山东大学自主创新基金资助项目(2018WQXM007)

夏目漱石小说中的近代知识分子主体性研究

梁懿文 著

山东大学出版社

图书在版编目(CIP)数据

夏目漱石小说中的近代知识分子主体性研究/梁懿文著.
—济南:山东大学出版社,2018.6
ISBN 978-7-5607-6093-3

Ⅰ.①夏…　Ⅱ.①梁…　Ⅲ.①夏目漱石(1867-1916)
—小说研究　Ⅳ.①I313.074

中国版本图书馆 CIP 数据核字(2018)第 165022 号

责任编辑:谭学秋
封面设计:张　荔

出版发行:山东大学出版社
　　社　址　山东省济南市山大南路 20 号
　　邮　编　250100
　　电　话　市场部(0531)88363008
经　　销:新华书店
印　　刷:济南华林彩印有限公司
规　　格:700 毫米×1000 毫米　1/16
　　　　　14 印张　205 千字
版　　次:2018 年 6 月第 1 版
印　　次:2018 年 6 月第 1 次印刷
定　　价:38.00 元

目 录

导　言

一、选题背景及意义

夏目漱石(1867～1916年)是日本近代文学史上的一座高峰,是一流的知识分子作家,被称为日本的"国民作家"。"国民作家的一个意义在于,即使他的作品不再具备所谓的前卫价值,但却由于其家喻户晓的知名度和较高的被阅读率,依然可以为后人提供重新阐发的话语基础,以及对于文化共同体而言不可或缺的精神纽带作用。……作为日本现代性反思的最高象征之一,人们可以借助他来臧否现代文明、帝国主义、殖民主义的诸种功罪。"①

夏目漱石作品紧紧把握住"近代"这一时代脉搏,立足于明治时代的日本社会,体现出批判现实主义的风格。自幼熏习儒家经典而受到的影响,使漱石自觉地为自己树立起一个士君子的人格。儒家的"修身、齐家、治国、平天下",心怀天下、忧国忧民的思想,深深地渗透到他的骨子里。对于明治日本,乃至人类未来,他始终怀有深刻的忧患意识。漱石的苦心,在于挽救世道人心。他希望以自己如椽的巨笔,针砭时弊,激浊扬清,挽狂澜于既倒,扶大厦之将倾。

夏目漱石出生于1867年2月9日,去世于1916年12月9日,时年未满50岁。在人生短短的半个世纪中,他留下了许多脍炙人口的文学佳

① 谭仁岸:《一百年的漱石,漱石的一百年》,载2016年6月18日《光明日报》。

作。他的贡献不限于文学，在思想启蒙和精神开拓方面也留下了无形的贵重的精神财富，为后世树立起一座丰碑，在日本文学史上熠熠生辉。“士不可以不弘毅，任重而道远。”[①]漱石的一生，无论是时代背景，还是个人的成长生活环境、内心生活，都饱经磨难，在矛盾与冲突中一路走来。漱石的一生，是充满了磨难的一生。蚌病成珠，正是这磨难，成就了一代文豪。漱石将时代的磨难、内心的苦难，统统化为艺术，以深邃的内涵、美好的面貌奉献于世间。

1868年的明治维新，是日本的巨大转折点。政治上，从曾经的以幕府为中心的幕藩体制，转向以明治新政府为中心的中央集权体制。在混乱迷惘当中，日本走上了新的国家建设道路，以举世惊异的速度进行各种改革，加入西方的资本主义世界体系之中。时代的变革，势必会波及生活于该时代的人们。夏目漱石就是被卷入时代漩涡当中的一名近代知识分子。从教育背景来看，他是当时的知识精英，毕业于东京帝国大学，后赴英国留学，一直勇立时代潮头。因而，通晓古今东西文化的他，在精神上比一般民众更早一步开化、觉醒，是混迷社会当中的“先觉者”。夏目漱石作为知识分子，不仅拥有学识，而且拥有强烈的正义感和社会责任感。他正是班达所言称的那种知识分子：“知识分子是一小群才智出众、道德高超的哲学家—国王(Philosopherkings)，他们构成人类的良心。”班达并不支持这种观念：完全抽离的、超乎世俗的、象牙塔里的思想家，极为孤立并献身于深奥甚至可能是玄奥的题材，而是认同“真正的知识分子在受到形而上的热情以及正义、真理的超然无私的原则感召时，叱责腐败、保卫弱者、反抗不完美的或压迫的权威，这才是他们的本色”[②]。

思想早熟的夏目漱石从十五六岁时起就抱有文学抱负。从《处女作追忆谈》中可以看出漱石早年的志向：“我在十五六岁时，读中国书籍、小说等，对于文学感到兴趣，自己也产生创作的愿望，将此想法与已故的长兄谈了之后，长兄认为文学不能作为职业，不过是一种自我满足，甚至训

① 杨伯峻译注：《论语译注》，中华书局2012年版，第114页。

② [美]爱德华·W·萨义德：《知识分子论》，单德兴译，三联书店2016年版，第26、27页。

斥了我。然而，仔细考虑之下，我希望从事自己有兴趣的职业。同时，那份工作须为世间所必需。”[①]从这段话中可见，漱石选择文学作为终身职业主要有两大理由：第一，兴趣所致；第二，认为其为世间所必需。既然漱石树立了要创作为世间所必需的文学的觉悟，那么与之相应的痛苦就在所难免。他自觉地选择了以知识分子的身份，铁肩担道义，肩负时代重荷，思考社会问题。

明治二十八年(1895 年)，夏目漱石离开东京到四国岛的松山中学任教，他将在那里所作的汉诗寄给好友正冈子规。其中有这样的诗句：“才子群中只守拙，小人围里独持顽。寸心空托一杯酒，剑气如霜照醉颜。”[②]《菜根谭》中有言：“君子所以宁默毋躁，守拙毋巧。”[③]作者誓做一位正直、有坚定操守的君子。“栖守道德者，寂寞一时；依阿权势者，凄凉万古。达人观物外之物，思身后之身，宁受一时之寂寞，毋取万古之凄凉。”[④]他恪守道德，从不以权势作衡量，而是坚守道义的标准，充分体现了一位受儒家思想影响的日本知识分子的气节和良知。

近代以来，从西方传入日本的个体主义观念，强调个人的至上性、个体的优先性，而没有注意到个体与社群之间的联系，没有试图沟通个体和社群。个体主义倾向于将“个人”看作一个孤零零的个体，这个孤独的个体是完全自由的，其权利和价值高高地凌驾于社群之上。个体的道德责任压力变轻，个性获得更大自由，然而自我的心灵和精神却显得空虚。个体从儒家信仰中走出，获得了道德信仰的自由。但是由于道德信仰的缺失，个人在精神上不再觉得充实，越发显得虚弱。个人与社群不再有紧密的纽带连接，个人感到自身的独立和自由，但也产生了强烈的孤独感和不安全感。[⑤]

时代的忧患以及自身不幸的身世，使漱石承受着双重的苦痛。漱石

---

① [日]夏目漱石：『漱石全集』第三十四卷「別冊(下)」，岩波書店 1957 年版，第 162 頁。

② [日]夏目漱石：『漱石全集』第二十三卷，岩波書店 1957 年版，第 35 頁。

③ (明)洪应明：《菜根谭》，杨春俏译注，中华书局 2016 年版，第 174 页。

④ (明)洪应明：《菜根谭》，杨春俏译注，中华书局 2016 年版，第 167 页。

⑤ 参见叶飞：《现代性视域下的儒家德育》，北京师范大学出版社 2011 年版，第 115～116 页。

出生后不久，就被送人寄养。当时的事情，漱石在《玻璃门内》中有如下回想："我是父母亲在进入暮年时生下来的所谓'幺弟'。母亲生我的时候曾说过的什么'年纪这么大了还怀孕，真是难为情'之类的话，至今还有人屡屡提起。看来不光是因为这层原因，反正在我出生后不久，我的双亲就把我送到乡下去了。当然，我的记忆里根本不存在这么一个'乡下'的影子。长大成人后，经过询问才知道，当时乡下似乎是有那么一对靠买卖旧器具为生的贫苦夫妇。"①漱石在离乳之后，从乡下被接回父母身边，但很快又成为四谷大宗寺门前名主盐原昌之助和阿和夫妻的养子。前后经过，夏目漱石的夫人夏目镜子在《漱石的回忆》这本书中有记录。"父亲原本就不想把他留在家里，打算一有机会就将他送人做养子。恰好那时有一户人家想要收养儿子。想收养的人家是没有孩子的盐原夫妇。……在寻找养子的过程中，第一个人选就是不受待见的夏目家的末子。盐原夫妇一直受到夏目家的恩惠，并且梦寐以求想要个男孩，夏目家也希望能找一户知根知底的人家，最终给了盐原家做养子。那是夏目三岁时的事。"②夏目漱石在《玻璃门内》中有如此记述："我不清楚我是在什么时候从乡下被领回家的，但不久又被送到某人家当了养子。我记得这好像是我四岁时的事情。我在那里长至八九岁，开始懂事了，这时养父家发生了不寻常的纠纷，致使我再次回到了自己家中。"③明治八年(1875 年)，养父母之间因为养父的外遇而发生龃龉，终于离婚，漱石户籍留在盐原家而本人则回到夏目家，正式复籍回归夏目家是在明治二十一年(1888 年)。

这段从父母身边反复带离的幼年经历，给他的心灵造成了巨大的影响。他的内心充满了不安、焦虑、恐惧与无力感，缺少父母之爱的孩子没有确定无疑的依靠，不知该依靠谁生活下去，于是在孤独中逐渐养成自立自强的性格。家庭中没有可以特别信赖的人，这与后来漱石一贯的"人间不信"的题目紧密相连。他的不安和无力，在被称为漱石作品"原液"的

---

① [日]夏目漱石：《玻璃门内》，吴树文译，上海文艺出版社 2012 年版，第 160 页。

② [日]夏目鏡子述、松岡譲筆録：『漱石の思ひ出』，岩波書店 1982 年版，第 54 頁。

③ [日]夏目漱石：《玻璃门内》，吴树文译，上海文艺出版社 2012 年版，第 160 页。

《梦十夜》中即有体现。例如《第一夜》中，濒死的女人问男人："太阳会升起来的，是吧？然后又沉下去，对吧？接着又升起来，然后又沉下去，对不对？在这火红的太阳东升西落、东升西落的过程中，我说，你能等候我吗？"[1]女人向男人要求永恒不变的忠诚。在寻求安全和保证这一点上，漱石与《第一夜》中的女主人公有相似的部分。另一个例子，是《第二夜》中心情非常不安定的武士。他被危机、杀气、病态的自尊心所折磨，其心境如同炼狱一般。这样的主人公也代表了漱石的一个侧面。夏目漱石一直为胃溃疡、神经衰弱、妄想症等身心疾病所苦。精神上的持续紧张，加重了他的胃病，最终因胃溃疡不愈而去世。

总而言之，与明治同时代的夏目漱石，在动荡的时代中、在不安定的家庭中成长起来。不幸的境遇赋予漱石孤独的性格。他将自己的孤独寄托在作品人物身上，以各种形式呈现出来。比如《三四郎》中上京青年三四郎的迷惘、美丽的新女性美弥子被男性社会排斥的孤独，《从此以后》中代助爱情理想破灭的孤独，《门》中宗助得不到救赎的孤独，《行人》中一郎作为高级知识分子深陷疑城的孤独，《心》中的先生窥见自私丑恶而绝望的孤独……主人公们各自品味着各种各样的孤独。同样，身处孤独之中的漱石，忍受着身体和精神两方面的痛苦，执着地前行在文学之路上。漱石描写了孤独的主人公，而他认为主人公的孤独很大程度上源于自私。而这自私，与西方个体主义自我思想的传播也有很大关系。最终，为了走出孤独，他探索"则天去私"的道路。这种探索，反映在其自传体小说《道草》中的知识分子健三对待身边人的态度和心情的变化中。从小我、自我，到无我、超我，漱石不断地追求做人的更高境界。"私"，主要原因在于贪婪，表现为自私自利，拥有强烈的占有欲。"天"道无私，在"天"的境界下，个人在舍己利他中加深了对人生本质的认识，甚至了悟宇宙人生的真相，大彻大悟，身心获得彻底的自由和解脱。漱石一直在通过写作探索人能够在多大程度上摆脱自私的桎梏。"则天去私"，是漱石的人生方向，也在漱石的作品中留下了印迹。夏目漱石深深地关心现代日本人的主体性

---

① ［日］夏目漱石：《玻璃门内》，吴树文译，上海文艺出版社 2012 年版，第 54 页。

问题。现代人，应当如何正确面对“自我”，给“自我”定位？本书围绕着日本近代知识分子的主体性，分析夏目漱石作品中的近代知识分子的主体性、恋爱观和道德观，同时，探讨作品主人公如何从果壳般的“小我”限制中解放出来，成为具有大爱境界的人。

二、学术史梳理

在日本，最初以小宫丰隆为代表的漱石弟子将夏目漱石刻画成一位抵达“则天去私”之悟道境界的圣人，这一形象直到20世纪40年代末才被江藤淳所解构。60～70年代是作品论、作家论时代。80年代引入西方“文本”概念，迎来符号学、文本理论的时代。90年代以来，学者运用文化研究、后殖民主义、女性主义等新理论解读漱石文学。漱石小说主人公多为知识分子，虽然学者论述时回避不了作者和主人公的知识分子身份，但专门从“知识分子”这一角度进行论述的著作和论文比较有限，在日文资料堪称最全的CiNii Articles网站上输入“夏目漱石　知识分子”的关键词，仅有18篇论文。较早的研究：江藤淳在《夏目漱石》(1956年)中认为“士君子”是夏目漱石心中理想的知识分子形象，他们的“启蒙主义的态度”和“自我绝对化”及“自我抹杀”欲求有连续性，小说中近代知识分子的孤独，源于他们所怀抱的社会理想与现实社会的落差。高桥和巳《知识分子的苦恼——夏目漱石》(1978年)从阶级角度揭示了近代知识分子的悲剧性命运，认为代助是明治资本主义和官僚主义的反抗者。菊池昌实在《漱石的孤独：近代自我的去向》(1984年)第三章中分析了明治日本社会中选择成为新社会的精英而承受孤独的知识分子形象。柄谷行人和小森阳一的漱石论则带有“现代性”的色彩，代表作有柄谷行人《日本现代文学的起源》(1980年)、小森阳一《重读漱石》(1995年)。较新的研究：《语言》杂志2013年第12期刊发了夏目漱石特集，主题为“作为知识分子的夏目漱石”，所收论文有《〈文学论〉的不幸》《漱石所说落语的真髓》《眼识东西字：作为世界人的漱石》等。小森阳一在《夏目漱石叩问现代日本的问题》(2017年)中论述夏目漱石如何通过确立“自我本位”的立场，与当时不断

抬头的军国主义进行对峙，同时思考在现代日本阅读漱石作品的意义。

在中国，最早从鲁迅、周作人的译介开始，一百年来，漱石研究经历了意识形态色彩的研究、作家作品论、比较文学的研究、文学理论研究的发展过程。专门探讨近代知识分子主体性问题的研究起步较晚，相关论著较少。如苏文倩《觉醒、挣扎与追求——鲁迅与夏目漱石笔下的知识分子形象比较》(1991 年)区分了漱石笔下的三代知识分子：幕末明治维新前的知识分子、与明治社会同时诞生的知识分子、明治维新以后的知识分子。叶琳教授在《对明治末期知识分子心灵的探索——试析夏目漱石的小说〈心〉》(2003 年)中归纳出，《心》这部小说将社会学同心理学结合起来；通过暗示法来支配小说的意识流程；运用现实主义和心理学分析方法揭示明治社会现实的矛盾和丑恶，探讨日本近代知识分子的利己主义问题和近代人孤独的内心世界。陈多友在《日本学者的现代中国认识——小森阳一访谈录》(2005 年)中，记录了两位教授关于"现代性""殖民地无意识"等问题的探讨。小森阳一认为："囫囵吞枣、生吞活剥地摄取西方思想文化是日本'现代性'发生过程中最大的曲折，这形成其本身的显著特色。"[①]王向远教授在《日本文学民族特性论》(2009 年)中概括了日本文学在思想构造方面表现为"皇国"观念与"脱政治性"的二元结构。李征在《火车上的三四郎——夏目漱石〈三四郎〉中现代性与速度的意味》中以夏目漱石代表作《三四郎》为中心，考察了火车这一新式交通工具的出现给明治时代日本人的精神世界带来的巨大转型。郭勇在《现代性语境中的主体焦虑——论夏目漱石的〈三四郎〉》(2010 年)中拆解了"电车"的隐喻，指出三四郎的主体伸展的滞后性；在身体与主体性的辩证关系框架中，分析了三四郎的主体性被消解的过程。高西峰《中日近现代小说中知识分子的自我救赎——明治小说与"五四"小说比较》(2015 年)比较明治小说与"五四"小说，重新审视中日近代小说中知识分子的自我救赎问题，寻找两国知识分子在文学观念和文化上的差异。高西峰、郭晓丽、程静合著的《日本近代小说中的知识分子——夏目漱石论》(2016 年)分为漱石

① 陈多友：《日本学者的现代中国认识——小森阳一访谈录》，载《开放时代》2005 年第 2 期。

研究、作品论、作家论、近代小说中的知识分子四个部分。此外值得一提的论文还有陈雪的《批判、焦虑、探寻——夏目漱石小说中近代新女性身份的建构》(2012 年)、李娇《夏目漱石文学中知识分子阶层在婚恋伦理观上的近代嬗变》(2017 年)等。上述研究成果,为本课题提供了弥足珍贵的研究线索和借鉴启发。

但笔者认为国内外夏目漱石小说中近代知识分子问题的研究主要存在以下问题:专门探讨夏目漱石小说中近代知识分子主体性问题的研究成果相对匮乏;文本研究重复率较高,广度与深度略显不足。缺乏跨学科、跨文化方法论的综合有效运用,研究方法有待进一步丰富和完善。

三、研究方法

1. 文艺社会学方法论。文学是社会的反映,对于夏目漱石这样一位批判现实主义的伟大作家,运用文艺社会学的方法论对其进行研究势在必行。

2. 精神分析方法。运用精神分析法剖析小说中近代知识分子的内在人格构造、心理矛盾。

3. 跨文化理论。由于夏目漱石兼具东西方文化背景,运用跨文化理论进行参照,可以更好地明确夏目漱石的主体性思想。

4. 主体性、现代性哲学方法论。主体性是现代性的哲学基础,由于作品时代处于“近代”这一历史节点,运用主体性、现代性哲学考察“走向现代”的近代知识分子,相关问题会更加明晰。

本书力图在充分贯彻执行以上方法论的基础上,开创新的研究视角,对夏目漱石小说中近代知识分子的主体性问题进行深入发掘和充分拓展,以达成富于启发性的见解。囿于水平和能力的局限,不足之处很多,恳请各位专家、学者不吝赐教。

第一章　日本近代知识分子夏目漱石主体性思想研究

主体性的确立，是每一个个体都自觉或不自觉地面临着的一个根本问题。夏目漱石一生致力于建立自身独立主体人格和本国的独立主体国格，对于缺乏自我主体性，人云亦云、亦步亦趋的"模仿"深恶痛绝。他提出"自我本位"，不仅是希望确立自身处世的根基，更是希望作为一个国家的日本在世界民族之林获得坚实的自我定位。在传统文化与西方文化的碰撞中，形成了他融合东方思想与现代精神的知识分子的独立人格。"眼识东西字，心抱古今忧"，作为一名学贯东西的学者，漱石身上既有传统知识分子的追求——成为圣贤君子，这体现在其小说中追求超越的人物形象塑造；同时又有建立现代主体性的需要——"自我本位"的确立。本章将从明治时期日本社会现实出发，从理论上梳理考察夏目漱石独立知识分子思想轨迹的形成以及小说人物的主体人格构建等问题。

夏目漱石是以"文"为立身之本、"自我本位"为信心之基、"个人主义"为处世信条来确立主体性的。夏目漱石主体性的确立，贯穿其一生，基本上经历了三个阶段：自我本位—道义上的个人主义—则天去私。其起点是"自我本位"，经历了"道义上的个人主义"的发展过程，最终回归到"则天去私"。从主体性的角度来说，基本对应着确立主体性的宣言、确立主体性的启蒙和实践、超越主体性的一个发展过程。如果在近代日本国家主体性的背景之下考虑日本"国民作家"夏目漱石的主体性，那么早期的

“自我本位”是面对西方强国确立自身主体性的宣言；中期的“道义上的个人主义”是夏目漱石以文化精英身份面向国民所作的主体性的思想启蒙；晚年提出的“则天去私”则放下了关注国家社会、通过批判干预现实的理念，倡导通过自我修养构建东方式的超越主体性。“则天去私”表达了一种积极态度，概括了夏目漱石追求完美人格的努力。

第一节　夏目漱石主体性思想轨迹变迁

“夏目漱石”是一个复杂的文化符号。其复杂性体现在其文化身份维度和个人思想维度上。在文化身份维度上，他身为日本人，生长在日本文化土壤中，吸收中国文学精华，又领略英国文学妙义，夏目漱石形容自己“眼识东西字，心抱古今忧”[①]，是东西方文化的交汇点和中转站；在个人思想维度上，对于权力的顺从与反叛形成了他忠君爱国和独立自主之间的矛盾性，构成人格的巨大张力，产生了独特的魅力。在矛盾中，有一条主线贯穿其一生，那就是骨子里的“身为一个日本人”的身份认同。出生于明治前一年的夏目漱石曾写道：“在和明治维新同时出生的我看来，明治的历史即是我的历史。”[②]他的一生，是与“明治日本”密不可分的。而他去世之后，也被尊崇为日本的“国民作家”。“大和魂”，是夏目漱石在《我是猫》中揶揄讽刺的，然而具有反讽意味的是，夏目漱石恰恰拥有一颗赤诚的“大和魂”，这体现了作家难以超越的民族主义。夏目漱石对于中国传统文化有着极深的认同感，也接受了西方自由、个人主义等思想的影响，但中国和西方的思想并没有影响他骨子里的忠君爱国思想。即使是他提出的著名的“个人主义”理念，都没有超出忠君爱国的范围。所以，夏目漱石个人的主体性的确立，应当放在近代日本国家主体性的确立背景之下考虑。

① ［日］夏目漱石：『漱石全集』第二十三卷「詩歌俳句」，岩波書店 1957 年版，第 37 頁。

② ［日］夏目漱石：『漱石全集』第二十卷「評論」，岩波書店 1957 年版，第 232 頁。

一、自我本位：近代日本人确立主体性的宣言

学者郭湛认为，在世界性的交往中有两种偏向：一是只把自己当作主体，二是只把对方当作主体。“两者的区别在于前者只把自己当作能动的主体，而把别的主体当作被动的、被支配的客体；后者则相反，只把对方当作真正的主体，忘记了或不承认自己也是独立的主体。一个是妄自尊大，一个是妄自菲薄，可以看作是单方面主体性的两个极端形式。”[①]妄自尊大和妄自菲薄这两种态度均来自对主体性的歪曲理解，只认可自己的主体性，或只认可对方的主体性，共同点是只承认片面的、单方的主体性。

在日本近代化之初，面对西方国家的先进之处，日本人惊叹不已，自愧弗如，于是妄自菲薄，崇洋媚外。明治政府的首任文相森有礼曾经建议日本人和西洋人通婚，以改善日本人种的质量；还建议废除日本文字，一律以罗马文字表示。这是典型的丧失文化自信的表现。简单否定日本文化传统的倾向在文明开化时期比比皆是。据说，不仅寺庙、佛塔、佛像被大量捣毁，古董、字画被廉价处理，而且诸如歌舞伎、大相扑、茶道、花道等国粹，也被斥之为野蛮、幼稚而几乎绝迹。德国人巴尔茨在1876年10月25日的日记中曾作了如下记述：“现在的日本人不愿回想自己的过去，即使有教养的人也一脸羞愧地说‘过去的东西太野蛮了’，有的人甚至说：‘我们日本人没有历史，我们的历史从现在才刚刚开始。’”巴尔茨认为：“对这些新日本人来说，他们对本国古老文化真正合理的因素并不关心，他们一味求新，只要是新制度，不管多么不合理也要大加赞扬。”[②]日本近代启蒙思想家、福泽谕吉的观点颇具有典型性。他将欧洲文明定位为国家进步的目标，认为：“如果想使本国文明进步，就必须以欧洲文明为目标，确定它为一切议论的标准，并以这个标准来衡量事物的利害得失。”[③]

由此可见，明治维新以降，日本为了赶超欧美文明，摒弃日本原有的

---

① 郭湛：《从主体性到交互主体性》，载《理论前沿》2002年第12期。

② 转引自宋成有：《新编日本近代史》，北京大学出版社2006年版，第126页。

③ ［日］福泽谕吉：《文明论概略》，北京编译社译，商务印书馆1960年版，第11页。

受中国影响的“汉文化”内涵，弱化和否定了自身的精神之源。[①] 这是日本与西方来往之初，日本人只把对方当主体，忘记或不承认自己也是独立主体的“单方面主体性”的极端体现，是“他人本位”的表现形式。当时日本社会的这种一味西化的风潮，也是夏目漱石提出另一个极端的单方面主体性——“自我本位”的社会历史背景。“自我本位”思想与“他人本位”思想是相对立的。在这样的情况下，强化本国文化，树立坚定正确的道德信仰，在东西方文化冲突中是非常必要的，这也是“自我本位”思想提出的重要意义。

“自我本位”，是漱石在英国留学期间树立起来的一种态度，这里的“自我”，含有“作为日本人的自我”的意义。何乃英在其著作中引用了夏目漱石形容自己的话：“在英国绅士之间，好像一只与狼群为伍的长毛狮子狗，过着悲惨的日月。”[②]在《现代日本的开化》中，夏目漱石也提到，在西方势力进入日本之前，日本是“日本本位”地发展着的。而开化之后，日本被迫进行了“外发的”、不自然的开化，暗含外国势力干扰了日本自然发展进程之意。它是作为一个日本人的夏目漱石面对比母国强大许多的西方列强而产生的一种带有某些“悲愤”意味的概念。这个概念的提出，可以理解为面对欧美强国确立自身主体性的宣言，也从一个侧面反映了在文明开化之初，日本在西方列国面前主体性没有确立的状况。

在留学英国期间，一直苦于文学究竟为何物的夏目漱石领悟到，唯有依靠自力才能明确文学的概念，拯救自己脱离烦闷苦恼。自己为主、他人为宾的“自我本位”的观点为漱石驱走了不安，树立了自信，成为漱石新的出发点，并为他指明了前进的方向。在认识论层面，“自我本位”意味着尊重作为一个独立的日本人的主体性，而非人云亦云的西方人的奴隶。可见，“自我本位”对于夏目漱石来说有着特殊的重要地位。

夏目漱石留学英国是在明治三十四年(1901 年)，经过 34 年的文明

① 参见张乐涵：《巴金与夏目漱石小说中婚恋观比较研究》，辽宁大学硕士学位论文，2013 年，第 15 页。

② 何乃英：《夏目漱石和他的小说》，北京出版社 1985 年版，第 49～50 页。

开化，日本现代化取得了相当的成绩。在日本“国运”上升的背景之下，夏目漱石提出了“自我本位”，以图扫除民族自卑感。“自我本位”概念的影响可以从正、反两方面来思考。积极方面，从认识论的层面讲，这一特殊时期的以“我”为主、以“他”为宾的主张，使夏目漱石树立了自信，甚至产生了自大的心态。“我在拥有了‘自我本位’这个词后，变得强大了许多，产生了‘彼者何人’的气概。”①换句话说，在没有实行“自我本位”之前，面对英国人，夏目漱石是虚弱、恐惧的。这种“自我本位”的心态是在一种作为弱国国民的自卑心理的基础上建立起来的，它包含着对于陌生强大客体的敌意，有很强的对立、抗衡的心态。因此，“自我本位”的思想，对于夏目漱石本人或者其他日本人，其积极意义在于，在特殊的历史时期，在日本民族被西方强国殖民化的危机之下，它唤起了民族自立、自强的意识。其消极影响在于，这种将自己固定为主体、他人固定为客体的“我为主、他为宾”的意识，具有很大的狭隘性和局限性。首先，它失去了一种广义的“主体—客体”关系的把握，看不到事实上任何人、事、物都是互为主客体。其次，将自己视为主体、他人视为对象化的客体，这种狭隘僵化的“主体—客体”关系定位，为个人主义走向利己主义埋下了伏笔。而当今这种思维模式早已受到质疑和否定。

从开化之初缺乏主体性的妄自菲薄到藐视外国的妄自尊大，从只承认西方的主体性到只承认日本的主体性，这两种对主体性的认识都是偏颇和极端的，归根结底体现了日本与西方强国交往之初欠缺自信。这两种极端的主体性观点体现了单纯的“主体—客体”关系，都是只承认单方面的主体性，而不是一种“交互主体性”。有学者指出：“在当代各个国家和民族的交往中间，这两种偏向时常以某种方式表现出来。交互主体性不是一方的主体性，其存在的前提是主体与主体互相承认和尊重对方的主体地位。”②这两种偏向都是对交互主体性之“交互”本性的背离，体现了日本在与西方交往初期在处理本国和外国主体性问题上的极端性。

---

① ［日］夏目漱石：『漱石全集』第二十一卷「評論　雑編」，岩波書店 1957 年版，第 141 頁。

② 郭湛：《从主体性到交互主体性》，载《理论前沿》2002 年第 12 期。

二、道义上的个人主义:近代日本国民主体性的启蒙

从近代日本的社会条件来说,当时日本没有形成产生个人主义的市民社会,所以西方意义上的基于人本主义的个人主义没有生存的土壤。近代日本社会的个人主义是建立在空中楼阁之上的。学者王晓范认为:"传统日本这一重视人为的作为的契机在遭遇西方文明时,表现出高度机能主义的特色。这一特色有助于近代日本抛弃先验的主观的传统主义秩序,而引入西方客观主义、理性主义的思维方式与秩序规范。"因此,"近代日本可以迅速地抛弃原有的先验的特定封建伦理秩序,而引入西方个人权利本位的价值规范。但是另一方面,由于日本传统人为的作为只是在原有封建身份等级秩序之内的特殊主义行为,而不具备成为超越性的普遍主义客观价值规范的能力,因此,日本虽然大量引入了西方个人自由、权利、民主这样的观念,但是无法真正从源头上引入西方外在超越类型的普遍主义个人本位价值规范"。[①] 所以,"个人主义"在日本,如同自由、权利、民主一样,只是一种嫁接观念,而无法从源头上引入西方外在超越类型的普遍主义个人本位价值规范。

"道义上的个人主义"是夏目漱石作为文化精英面向日本未来的领导者所作的国民主体性的思想启蒙。1914 年 11 月 25 日,夏目漱石在学习院作了《我的个人主义》的演讲,回顾了自己过往的人生之路,结合自身对于人生价值和文学意义的探索过程,阐述了"道义上的个人主义"这一思想。在讲述了"自我本位"的形成过程之后,夏目漱石引出"个人主义"的观点,即不受强权压迫、不受金钱诱惑,遵循公平、正义的原则,如同尊重自己的个性一样尊重他人的个性。其内容主要包括三个方面:一是要使自己的个性得到发展,就必须同时尊重他人的个性;二是要行使自己所拥有的权力,就必须充分意识到随之而来的义务;三是要显示自己的财力,就必须尊重与之相伴的责任。个性、权力、金钱这三者背后,必须要有积

① 王晓范:《文化传统与现代化——中日近代摄取西方政治思想探微》,浙江大学出版社 2012 年版,第 145 页。

累了一定程度伦理道德修养的人格作为支撑，否则，就没有发挥个性、行使权力和财力的价值。没有人格的人发挥个性，就会妨害他人的个性；行使权力，就会变成权力的滥用；使用金钱，就会招致社会的腐败。夏目漱石强调伴随着义务的权力，认为没有义务心的自由不是真正的自由，那种任性的自由在社会上绝不可能存在，即使存在，也必会立刻被他人排斥踏碎。所以在夏目漱石道义上的个人主义看来，自由和义务是并重的，二者如影随形，不可割裂。并且，“道义上的个人主义”的秉持者不结党营私、党同伐异，体现了“和而不同”的君子之风，因此会时常品尝到孤独的滋味。另外，个人主义是国家主义，也是世界主义。一旦国家有事，决不会坐视不管，但平时不会将“国家”渗透到日常生活中。

“道义”，是中国传统文化中一个极为重要的概念。强调“道义上的个人主义”，旨在提倡有责任感的独立主体人格。中国传统文化历来肯定人的独立人格、重视人的尊严。“天下兴亡，匹夫有责”，强调平民的主体责任意识。孔子说：“三军可夺帅也，匹夫不可夺志也。”[①]明确肯定平民具有独立的意志。孟子说：“人人有贵于己者。”[②]明确肯定人人具有内在的价值。道家更是看重个人自由。在儒家道家思想的影响之下，中国知识分子之间形成了“士可杀不可辱”的传统，是重视个人尊严的表现。宋明理学家亦强调“立志”，肯定人们应具有不随波逐流的独立意志。陆九渊说：“不识一个字，亦须还我堂堂的做个人。”“堂堂的做个人”，即是具有独立的人格。这一类重视人格独立的思想是传统文化的精华。[③]

“道义上的个人主义”有一定的进步性。它承认每一个人的主体性，同样是主体的个人与个人之间具有平等的地位。它体现了“主体—主体”思维模式，较之自我本位的“主体—客体”思维已经有了较大的进步。它将每一个人都视为主体，基于平等的理念，提倡应尊重每个人的平等权利。

---

① 杨伯峻译注：《论语译注》，中华书局2012年版，第133页。

② 杨伯峻译注：《孟子译注》，中华书局2012年版，第297页。

③ 参见张岱年：《心灵与境界》，北京联合出版公司、陕西师范大学出版社2012年版，第35～36页。

另一方面,“道义上的个人主义”也存在明显的局限性。总体来说,“忠君爱国”思想是形成他“自我本位”以及“道义上的个人主义”价值观的起点和归宿。夏目漱石的个人主义思想并没有彰显出“个人”在“国家权力”面前的主体尊严和权利。在《我的个人主义》中,夏目漱石赞赏了英国式的个人主义。英国式个人主义意味着在经济和其他领域内没有或者至少是最低限度的国家干预。但漱石的“忠君爱国”思想使他放弃了对国家权力的批判。他曾为日本在日俄战争中的胜利而欢欣鼓舞。这种“忠君爱国”也是源于一种“私”。当自己的国家对别国做了不义之事,这时应遵循“义”的标准还是“利”的标准呢?所以,可见“道义上的个人主义”是一种不触及政治的、为统治阶级服务的、作为日本国民的修身术被提倡的。从“自我本位”到“道义上的个人主义”,从“自我中心主义”到“日本中心主义”,本质的逻辑没有区别,这种道义仅限于日本国内。夏目漱石所提倡的“道义上的个人主义”,是一个没有普遍是非正义观的、为日本国家服务的个人主义,是狭隘的民族主义的个人主义。

三、“则天去私”:东方式的超越主体性

“则天去私”是漱石晚年回应弟子的提问而提出的一个抽象理念。对于它的含义,漱石本人没有具体的书面阐述。从他与弟子的几次谈话中,可以推测出它含有超越“本能”和“感性”,“一己之见”的意思,可以认为是一种超越主体自身局限性的一种愿望。“则天去私”要求的是一种彻底公平、理性的态度,人的自我主张、感受统统都应被摒弃。所以,“则天去私”是对真实人性的一种全面否定和超越。

对于这一理念的阐释,根据学者张小玲的梳理和概括,几种代表性的观点大致分为肯定和否定两类。“肯定一方有和辻哲郎、小宫丰隆、唐木顺三等人,如和辻哲郎认为这是一种对生死淡然处之的公平无私的境界;小宫丰隆认为这是净化之后的充满‘天之爱’‘神之爱’的‘大我’境界;唐木顺三认为这其中包含着超越自我达到自然之法的‘道’;而龙泽克己认为这不是旁观的、悟道的,而是相对即绝对、自己即他者的世俗日常生活

式的泛人间的境界；濑沼茂树则进一步发展唐木顺三的观点，认为其中含有根源性的、生命源泉性质的理论。”[①]即，肯定的一方认为，“则天去私”的内涵包括：公平无私的境界，神圣的“大我之爱”的境界，超越自我而“得道（自然之道）”的境界，融入世间、自他无别的境界，甚至它是生命的源泉。总之，从积极意义上对“则天去私”进行把握和阐释，它是一种超越的圣人境界。这与夏目漱石作品中对于“超我”成圣的追求是相符合的。

除此之外，对此持肯定观点的学者还有很多。如：日本学者西乡信纲认为“则天去私”是建立在漱石对生活悲观、无奈的基础之上形成的超越现实的宗教境地。“他在晚年达到的‘法天去欲’（则天去私）的宗教境地就在这里（《道草》描写的生活中）形成了。这就是想要完全超越现实的东方式达观，也是他尊重道义的个人主义最后的归宿。”[②]

中国的研究者多将其视为一种知识分子的修身方法和途径而给予了肯定。张龙妹、曲莉认为：“在对人性中难以剔除的利己主义思想的剖析与追究之余，作为对它的一种超越，漱石在晚年提出‘则天去私’的理想道德世界的构想。所谓的‘则天去私’就是克服小己的私欲和利害计较，顺应天道的法则，从而实现人心与自然的和谐与共。这一东方悟达思想集中体现在他的最后一部作品《明暗》中。”[③]吕元明认为，“则天去私”是晚年的漱石明确提出的克服个人主义、利己主义的“救世良方”。“这是作者在确认西方之路走不通时，而转求东方的一种出路。从东方佛教信仰中克服‘私欲’，即称‘则天去私’。”[④]张小玲认为：“则天去私”的基调就是立足于个人道德修养范畴，是个人性的行为。“则天去私”强调作为个体的主体的人格修养，是一种个人道德修养层次的目标。“天”，不是自然界的天和宗教的天，而是内在的道德。

---

① 张小玲：《夏目漱石与近代日本的文化身份建构》，北京大学出版社2009年版，第140～141页。

② [日]西乡信纲等：《日本文学史——日本文学的传统和创造》，佩珊译，人民文学出版社1978年版，第310页。

③ 张龙妹、曲莉：《日本文学》（下），高等教育出版社2008年版，第441页。

④ 吕元明：《日本文学史》，吉林人民出版社2005年版，第235页。

对“则天去私”持否定态度一方的代表论者有清水几太郎、北山隆、江藤淳等人。根据张小玲的梳理，“清水几太郎认为‘则天去私’是避世的消极立场；北山隆在《夏目漱石的精神分析》中认为这是夏目漱石向幼儿期的后退；江藤淳则认为这是逃避现实生活的喘息，以往对‘则天去私’的理解都不免受到‘漱石神话’的影响”①。我国学者刘振瀛从阶级的角度出发，指出了夏目漱石资产阶级的局限性，认为“使夏目漱石苦恼的、他探索的不过是个人主义的‘最高伦理’，而探索的结果，又不过是一种近于一切都认了的绝望观”②。这种观点无疑应归为否定的一类。“近于一切都认了的绝望观”的评价和清水几太郎的观点相近，认为“则天去私”代表了绝望和消极。否定的观点认为“则天去私”包含着以下几层含义：消极避世、退行、“逃避现实生活的喘息”等。结合夏目漱石作品中的隐遁、逃避的情绪，“消极避世说”有一定的道理。如夏目漱石《草枕》的开头部分写道：“发挥才智，则锋芒毕露；凭借感情，则流于世俗；坚持己见，则多方掣肘。总之，人世难居。愈是难居，愈想迁移到安然的地方。”③但是，说这是一种“逃避现实生活的喘息”却有待商榷，因为在漱石的晚期似乎看不到这种狼狈。漱石晚年的心境非常平和，对于生死淡然处之，这种态度在《玻璃门内》中有迹可循。漱石这样写道：“骋目环视着人类而微笑”，“也用同样的视线纵观迄今为止写了那么些无谓文章的自己，怀着自己仿佛成了别人似的感觉，脸上也现着微笑”。④ 显然，夏目漱石已经超越了自己和他人的区别，可以客观、超脱地看待自己，并且在精神上有“微笑”的余裕，所以“则天去私”并不是逃避现实的狼狈喘息。

小川丰隆等人将“则天去私”理解为从“小我”升华为“大我”，即从一个作为特殊个体的主体当中，发现一个作为人的普遍性的存在。这个“我”就是不仅仅局限于自身范围的“小我”，而是一个可以代表人类普遍

---

① 张小玲：《夏目漱石与近代日本的文化身份建构》，北京大学出版社 2009 年版，第 140～141 页。

② 刘振瀛：《日本文学论集》，北京大学出版社 1991 年版，第 144 页。

③ ［日］夏目漱石：《草枕》，陈德文译，上海译文出版社 2014 年版，第 3 页。

④ ［日］夏目漱石：《玻璃门内》，吴树文译，上海文艺出版社 2012 年版，第 191 页。

人性的“大我”。去除了对于自我特殊性的执着，主体就可以从其他主体身上看到他们共性的、普遍性的东西，这时真正的平等才可以产生。即有人阐述的“则天无私”里包含的“一视同仁”的意义。基本上可以认为，这是从西方个人主义向东方思想的回归。综观夏目漱石的作品世界，尤其是中后期作品，人物内心的痛苦确实多由对“个人主义”的各种不同理解和实践而产生。而“则天去私”中的“私”，作为与“天”相对的概念，它代表了个人的一切“私心杂念”，“去私”，即否定“为自己的私心”。漱石给弟子举了“则天去私”的例子：父母发现回家的女儿失去了一只眼睛，却能淡然处之。从这个例子中可以读出两点信息：一是夏目漱石在伦理上提倡一种公平，否定了偏爱；二是再次体现了早年提出的“非人情”主张，凡是人情，都被认为是“私”而一概加以排除。为此，夏目漱石甚至否定了父子亲情。也许这确实是对人的本能的一种超越，却少了一些人情味，违背了人的善性，难怪弟子均呼“残酷”。所以，“则天去私”要求的是一种彻底绝对的公平、理性的态度，所谓的“小自我”“小主张”“小感受”统统都应被摒弃。因此，“则天去私”里既有公平无私的需要，又是对人性的一种根本的否定。

冯友兰认为，人的境界有四重，从低到高分别为“自然境界”“功利境界”“道德境界”和“天地境界”。[①] “则天去私”，体现了漱石摆脱“功利境界”，进入“天地境界”的一种向往。狭隘而固执的“自我本位”，基本属于“功利境界”；而“道义上的个人主义”，虽然凸显了“道义”，可以视为趋向于“道德境界”，但“个人主义”难以把握。较之前两者而言，“则天去私”体现的则是一种向“天地境界”提升的努力。晚年提出“则天去私”的夏目漱石，相对于早年提倡“自我本位”的漱石、中年贯彻“个人主义”的漱石，最大的成长是获得了“平等”的视角、“怜悯”的心态，将悲怜的目光投向他人，也给予自己。例如，晚年的自传体小说《道草》中的健三，他曾固守作为知识精英的清高孤独的自我，但随着生活的磨砺，他逐渐对身边作为平凡普通人的家人产生了认同感，认识到在本质上自己与他们没有什么不同。乃至在遗作《明暗》中，放弃了以往的男性本位、将女性视为“他者”的

① 参见冯友兰：《贞元六书》（下），中华书局 2014 年版，第 601～612 页。

叙述视角，以平等的视角正面塑造了一个人物形象饱满的女主人公阿延，并对女性的内心同样进行了深入细腻的挖掘和刻画。女性久违地得到了“主体”的地位，男性与女性之间不再是《行人》中的那种“主体—客体”的关系，而是“主体—主体”的关系。这是夏目漱石在思想和艺术创作上一个质的飞跃。这意味着主体走出了自我尊大的固囿，开始平等地对待、悲悯地看待包括自己在内的每一个人，力求与他人建立一种平等相处、互相尊重的关系。正如郭湛指出的那样：“相对于把他人当作客体的那种唯我主体性，人际关系中的交互主体性无疑是人的主体性的重大进步。”①晚年的夏目漱石内心中蕴含着“仁爱”，这种仁爱更多地表现为怜悯，漱石开始树立起交互主体性的心态。后期的作品《道草》和《明暗》中，不再如前期、后期三部曲那样刻画单独的封闭主体形象。女性取得了相应的话语权，两性之间交互性的对话与互动渐次展开。遗憾的是随着他的去世，交互主体性在作品中的进一步发展被迫中断了。

“则天去私”基本上表达了一种提升个人境界的积极态度，概括了夏目漱石追求完美人格的努力，倡导通过自我修养实现个体主体性的构建。而这一主体性是一种东方式的超越主体性。也许没有完全去掉“私”，但在这个过程当中，漱石在不断地接近“天”。晚年谛观人世的夏目漱石早已无意于人世间的一切。于人，于己，于世俗的一切，他都不再留恋。死亡，于他意味着一种解脱。

第二节　漱石作品中自我封闭式主体成因探析

夏目漱石的小说作品中描写了众多具有封闭式主体性的主人公。封闭性，是夏目漱石作品人物主体性的一个鲜明的共同点。自我封闭式主体的成因可从以下四个方面考察：第一，近代日本社会的“蛸壶”式结构（丸山真男）；第二，日本民族的“依赖”文化心理（土居健郎）；第三，“自由、独立、自我”的时代精神影响；第四，作家“弃儿”的自卑感、对人性的怀疑

① 郭湛：《从主体性到交互主体性》，载《理论前沿》2002 年第 12 期。

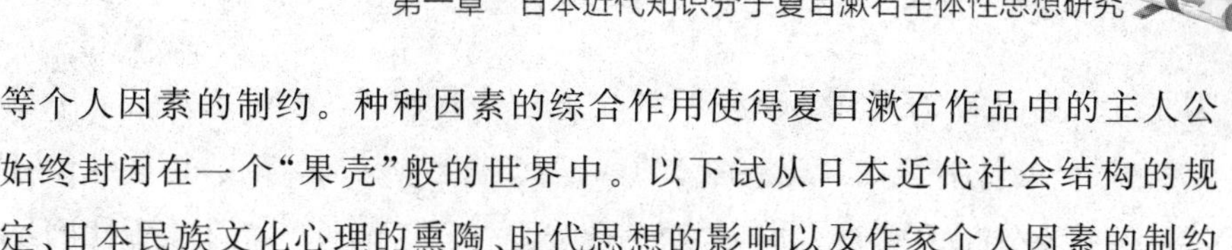

等个人因素的制约。种种因素的综合作用使得夏目漱石作品中的主人公始终封闭在一个“果壳”般的世界中。以下试从日本近代社会结构的规定、日本民族文化心理的熏陶、时代思想的影响以及作家个人因素的制约四个方面进行考察，探究漱石作品中自我封闭式主体的成因。

一、近代日本社会的“蛸壶”式结构

日本政治学家、思想史家丸山真男在《日本的思想》一书中，揭示了日本近代社会结构的实际状态——由大大小小的封闭的“蛸壶”式组织体构成。他提出了“蛸壶型”和“竹刷型”两种概念来比喻社会文化的不同存在类型。“竹刷就是用一节竹子将它的一端劈成很多细条，拿手作比喻，从手掌中分出手指，手指根都连在一起。这种类型的文化叫‘竹刷型’。‘蛸壶型’（日本式捕捉章鱼的陶罐），照字面理解就是一个个蛸壶并排着互相没有联系的类型。”①丸山真男认为，近代日本的学术、文化以及各种社会组织的形态不是“竹刷型”，而是“蛸壶型”的。近代日本接受欧洲学术时，采取了分离化、专业化的形态，学者成为分离了的、单一学术的研究者。它们之间没有被一种共同的文化或知识联系起来。“由于知识分子没有共同的‘知识’基础，所以一开始就不存在知识阶层这种同质功能结合的阶层。”“明治以后，伴随着近代化的发展，近代的功能集团取代封建时代的传统的行会、‘讲’（一种会）、‘寄合’（即法会）等发展起来了。然而，这样的组织体不论在官厅、教育机关或产业工会，虽然程度有差别，但都存在各自变成一个闭锁的‘蛸壶’的倾向。巨大的组织体内部像过去的藩一样，被分化割据。”②

各组织体变成一个个“蛸壶”后，便吞并其所属成员。由于成员被完全束缚起来，自发性、自主性受到极大的限制，他们相互之间自下而上地、自主地形成共同的语言、共同的判断标准的机会自然极其匮乏。日本的

① ［日］丸山真男：《日本的思想》，宋益民、吴晓林译，吉林人民出版社 1991 年版，第 92 页。略有改动。

② ［日］丸山真男：《日本的思想》，宋益民、吴晓林译，吉林人民出版社 1991 年版，第 97 页。略有改动。

这种组织集团的“蛸壶化”现象经常被表达为封建性、家族主义。丸山认为，这不单纯是封建性、家族主义等前近代遗物的体现，实际上是近代社会组织功能分化的同时表现为“蛸壶化”这种近代与前近代的矛盾性的结合。各集团将成员牢牢圈住的结果，必然形成组织的内部与外部即内圈与外圈的严格区分。由于“蛸壶化”还意味着无限细分化，蛸壶中间又可形成蛸壶，于是内圈与外圈也无限地层层细分化。每一个集团都有一种非常封闭的类似于团体精神的东西，组织越是近代化、巨型化，反而将人束缚得越紧，变得缺乏社会流动性，这深刻地反映了日本“近代”的特质。

从丸山真男的论述中可以看出，造成日本近代封闭的蛸壶式社会的原因在于近代社会组织功能的分化，其结果表现出与前近代的封建性、家族主义的相似性。近代社会组织功能的分化，加重了日本原本具有的封建性、家族主义的倾向，各组织牢牢控制其内部成员，组织之间界限清晰、壁垒森严。组织内部又无限地层层细分化，形成一个个更小的封闭的蛸壶式组织体。

夏目漱石作品中的主人公，挣脱出一个蛸壶式组织体，而不加入另一个，成为孤立于一个个封闭的蛸壶之外的、一个人的蛸壶式“组织体”。如《从此以后》中的代助，他年过三十，既不成家，也不立业，倚赖父亲的家财自闭于自家的精神小世界(脱离社会的小蛸壶)中，过着“高等游民”的生活。受过传统道德教育的他曾经为了对朋友的侠义心，在爱情与友情的矛盾中选择放弃爱情，成全友情。时过境迁，他发现，当初他的牺牲并不值得。朋友已经变得堕落、无赖，自己心爱的人并不幸福。这刺激了他强烈的自我意识，并对自己当初的选择产生了疑问，这时他决定夺回所爱。可是这意味着违背社会公认的伦理道德，毕竟朋友和爱人已经结为合法夫妻。爱人决心脱离家庭投奔他，两人就这样众叛亲离，小说至此戛然而止。《从此以后》的结局延续于后一部作品《门》中。主人公宗助和妻子阿米，作为不伦之恋的主角登场。他们被原来各自的蛸壶式组织体——学校、家庭驱逐，又没有得到新的蛸壶式组织体的接纳，离群索居，颠沛流离，生活得封闭又辛苦。《门》中是这样描述他们的生活的：“除日常用品

之外，两人几乎无须社会的存在。”[①]他们夫妻二人形成了一个封闭的“蛸壶”。然而，二人之间又心有隔阂。否则，宗助不会在心有苦恼时对阿米欲言又止，烦闷至极时留下阿米一人去禅寺参禅，阿米也不会瞒着宗助独自去算命占卜。于是，蛸壶式的小家庭中，夫妻二人又分化成两个小蛸壶。《心》中的K，作为寺院住持的次子，被送给医生家做养子，可是他并不打算继承医生的家业，而是立志求道。真相大白之后生父和养父都与他断绝了关系。K经历了两次从蛸壶式组织体的脱离。第一次，被送做养子，是从原生家庭这个蛸壶式组织体的脱离，之后他得到养父家——第二个蛸壶式组织体的接收。然而，在人生道路的选择上，他的自我意志与养父家这个蛸壶式组织体的意志产生了冲突和背离，因此他不得不离开第二个蛸壶。之后，他没有了可进入的第三个蛸壶，而是自成一个蛸壶，孤立奋斗。这时，他的同乡好友“先生”，以同为天涯沦落人的同情之感对他施以援手，并强行将他拉入自己的“蛸壶”（虽然是以跪地恳求的方式）——一个由房东夫人、小姐和自己构成的封闭式组织体中。K被迫进入了第三个蛸壶。然而，随着时间的流逝，他发觉自己爱上了房东小姐，这使得他成为朋友的情敌。当K向“先生”倾吐心声之后，在友情和爱情、利他和利己之间，“先生”不像曾经的代助，他没有任何犹豫地选择了爱情，选择了利己。K受到“先生”毫不留情的打击，终因绝望而自杀，以死亡来脱离这第三个蛸壶。可是，他的死亡并没有将他的阴魂带走，良知尚未泯灭、忏悔愈发强烈的“先生”最终也随他而去。这个悲剧从一个侧面说明了日本蛸壶式组织体的强大约束力和排斥力。“蛸壶”具有极端的封闭性，组织体内部与外界界限森严，组织体对于内部成员具有强大的控制力，造成“蛸壶”内部成员对被组织体抛弃的极端恐惧，也造成脱离了“蛸壶”的前成员的绝望。被封闭式小团体排斥于外，这种孤独之深是日本式孤独所特有的，也就不难理解为何日本人的从众心理如此强烈。

---

① ［日］夏目漱石：《门》，高镝、钱剑锋译，大连理工大学出版社2014年版，第420页。

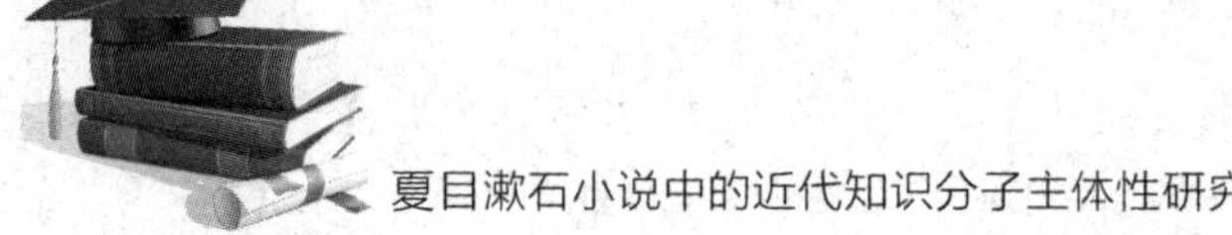

二、日本民族的“依赖”文化心理

日本精神分析家土居健郎在《日本人的心理结构》中，从心理学的角度，将日本人的“依赖”心理解读为社会结构的深层次原因。与丸山真男着眼于日本社会结构的封闭性相比，土居健郎更注重封闭组织体内部的依赖性。哲学家中村元研究比较东方人的思维方式而得出结论：日本思想的显著特点是极端重视封闭式的人际关系。[①] 他的分析与丸山真男的研究具有一致性，土居健郎对此也不否认，他认为日本式集团的封闭性是日本人“依赖”心理的一种表现形式。“依赖”（甘え）是日语中一个特有的词汇，表达了彼此融为一体、互为依赖的感觉，它反映了日本人的一种特有的心理。依赖心理的原型是婴儿朦胧地觉察到自己与母亲的区别，渴望紧紧依附母亲的感情，即“依赖”在心理上否定母子分离的事实，促成母子间的一体感。土居健郎将其定义为“否定人与人本应分离的事实，企图减轻分离痛苦的心理活动”，并指出：“依赖心理对日本人精神生活各个方面的影响之大，与没有‘依赖’词语的民族显然是无法对比的。日本人为反映各种依赖心理创造出诸多相关的语词，打造了一个充满依赖氛围的世界。”[②]在《依赖心理与日本人的思维方式》一节中，土居健郎指出：“日本人认为只要他人不介入自己的圈内，那么他永远是他人，与自己所处的彼此依赖的社会毫无干系。从这个意义上讲，确实有其封闭性的一面，然而，从另一角度来看，这个社会又可以凭借相互依赖溶解分化他人，使之进入自己的圈内，所以又可以说彼此依赖性社会具有极大的包容性。当然对那些否认依赖心理的局外人来说，是无法忍受这个反对突出个人、要求彼此协调、平均一致的世界。因为在他们眼里这简直是一个封闭自锁、唯我独尊的独立王国。”[③]换言之，彼此依赖性社会的包容性只体现在自己圈子内部，圈子外部的局外人如果想要得到这种“包容”的话，就要通过

---

① 参见[日]土居健郎：《日本人的心理结构》，阎小妹译，商务印书馆2006年版，第109页。

② [日]土居健郎：《日本人的心理结构》，阎小妹译，商务印书馆2006年版，第51页。

③ [日]土居健郎：《日本人的心理结构》，阎小妹译，商务印书馆2006年版，第52～53页。

与圈内人的相互依赖被其“溶解分化”，才能有资格进入圈内而不被视作外人。这种“圈内”的“包容性”带有很大的局限性和狭隘性，它包容的只是“同己”，而对“异己”彻底排斥。“异己”只有变成“同己”才能得到圈内人的“包容”，获得“依赖”的资格。学者杨宁一指出：“集团意识中强烈的内外有别观念反映出在对集团内部的依赖心理和对外部漠不关心、冷酷无情的心态。”[①]既然封闭的组织体对外部漠不关心、冷酷无情，那么在组织体内部的“依赖”就显得尤为重要。而如果在组织体内部的依赖无法顺利达成，个体就只能将自我封闭起来。

土居健郎应用“依赖”理论解读文学作品，取得了开创性的成果。其中，夏目漱石的作品是他主要的实践基地。他以“依赖”理论解读漱石作品，著有《漱石的心灵世界——漱石文学中“依赖”的研究》等著作。土居健郎认为神经质患者对人际关系过于敏感，频频显露猜疑、顾忌和拘泥，都是出自潜在的依赖心理。“这类患者处于一种想依赖却无法依赖的矛盾心理状态，他们心底蕴藏着最根本的情绪是惶惶不安，由于始终摆脱不开这种情绪，整个生活为之所困扰。”[②]

如《过了春分》中的须永，他是父亲和女佣的私生子，生母生下他之后就去世了。没有孩子的养母将他领养回家，视如己出，用心呵护，母子之间的感情表面看来十分和睦，实际上这份和睦之中潜藏着隐隐的不安。母亲和须永都害怕失去这份没有血缘的母子亲情。母亲一方面对须永隐瞒他出身的秘密，另一方面竭力试图促成自己的亲生外甥女千代子和须永的婚事，以此加深联系纽带，弥补自己缺失的安全感。一郎也经常背着人反复研究自己与母亲的相似和不同。“哪怕是缺点，若是和母亲同时都有，我也非常高兴。纵然是长处，若母亲没有而我有，就会很不愉快。”[③]这反映出他希望母亲是生母，渴望一体感的强烈愿望。然而在潜意识中，

---

① 杨宁一：《当代日本人的自我认识历程》，载《学术界》2001 年第 2 期。

② ［日］土居健郎：《日本人的心理结构》，阎小妹译，商务印书馆 2006 年版，第 75 页。

③ ［日］夏目漱石：《春分之后》，赵德远译，上海译文出版社 2013 年版，第 282 页。

须永对向自己隐瞒真相的母亲又怀有无意识的敌意。[①] 他的无意于就职、不答应与千代子的婚事，都是对母亲的反抗心理在作祟。缺乏一种真正完全托付内心的“依赖”对象，使得须永的内心对他人永远处于一种封闭和隔阂的状态。

《行人》中的一郎无法相信任何人。他怀疑妻子的忠贞，甚至让弟弟和妻子单独共处以试探其清白。其根源在于一郎无法建立良好的“依赖”关系，他不能和任何人融为一体。但他心底又有着深深的“依赖”的需要，他总想抓住妻子的“灵魂”，还质问过友人 H：“你的心和我的心究竟相通到哪里？从哪里分开的？”[②]在《心》中，主人公“先生”因受到一直信赖的叔父的欺骗而陷入对他人的怀疑之中，又因自己背叛朋友 K 导致其自杀而怀疑包括自己在内的人类总体的人性。对人性的悲观和绝望，使他与世隔绝，一味诅咒自责，造成了他的自我封闭。这样的人当然不能放心地“依赖”别人，无法在与别人的“一体感”中得到归属感和安全感。

三、“自由、独立、自我”的现代精神的影响

1868 年，日本政府开始实行明治维新，在政治、经济、军事、文化、教育等各个领域大力移植西方文明，自上而下地开展了大规模的“文明开化”的运动。在西力东渐的时代潮流之中，启蒙思想家福泽谕吉积极倡导日本国民的“独立”意识，强调国民的独立精神是国家独立的基石。福泽谕吉说：“所谓独立，就是自己支配自己，而没有依赖他人的思想。”这是对于支配整个日本社会深层的依赖心理的否定。他把是否具有独立意识视为东西文化的根本差异之一，指出：“如果把东洋的儒教主义与西洋的文明主义加以比较，可知东洋所缺乏的是有形方面的数理学和无形方面的独立心这两点。”[③]丸山真男对此评价说：“他把独立自由的精神与数学物理学的形成作为欧洲文明的核心，这一点生动地说明了他对近代精神的

① 参见[日]土居健郎：『漱石の心的世界　漱石文学における「甘え」の研究』，角川書店 1982 年版，第 103 頁。

② [日]夏目漱石：《行人》，张正立译，上海译文出版社 2017 年版，第 357～358 页。

③ 转引自刘岳兵：《日本近现代思想史》，世界知识出版社 2010 年版，第 72 页。

结构具有透彻的洞察力。"①

关于独立、自由的精神，夏目漱石曾于1914年11月25日在学习院作了《我的个人主义》的演讲。他提倡"道义上的个人主义"，其内容主要包括三个方面：一是欲使自己的个性得到发展，就必须同时尊重他人的个性；二是欲行使自己所拥有的权力，就必须充分意识到随之而来的义务；三是欲显示自己的财力，就必须尊重与之相伴的责任。个性、权力、金钱这三者背后，必须要有积累了一定程度道德修养的人格作为支撑。继而指出，秉持"道义上的个人主义"原则生活，不结党营私、党同伐异，会伴随着孤独和寂寞之感。《心》中的主人公"先生"对一个仰慕他的青年学生说："往日跪在其人脚前的记忆，必使你下一步骑在其人头上。我之所以摒弃今天的尊敬，是为了明天不受侮辱；之所以忍耐今天的寂寞，是为了明天不忍耐更大的寂寞。生活在充满自由、独立、自我的现代的我们，作为代价恐怕人人都必须品尝这种寂寞。"②话语中充满了悲观的论调，隐含着与人交往必然要受到伤害的先入观念，最后一句将人性洞察融入时代观察之中。现代社会等级观念逐渐弱化，明治维新之后日本提倡"士、农、工、商"四民平等。漱石认为，现代社会中人与人之间的交往趋向于平等，违背平等的交往是不符合现代精神的，并且是要受到人性的报复的。

关于依赖与自由的关系，土居健郎将西方与日本作了比较，认为"在西方'自由'是与人的基本权利和尊严相结合，受到尊重赞美的。同时，自由观念成为个人高于集团的一个依据"，而"日本式的自由观念不是基于个人超越集团"，"日本式的自由本是源自依赖心理"。"因为依赖意味着需要他人，要使个人依存于集团，所以不可能真正独立于集体。"③因此，强调个人的西方自由观念传入日本之后，带来了个性解放、追求自由自主的新观念，这与以"依赖"心理为纽带的日本社会传统思想发生了严重的冲突。

在对作品《心》的研究中，土居健郎认为"依赖心理受到挫折或者发生

---

① [日]丸山真男：《福泽谕吉与日本近代化》，区建英译，学林出版社1992年版，第34页。

② [日]夏目漱石：《心》，林少华译，中国宇航出版社2013年版，第379页。

③ [日]土居健郎：《日本人的心理结构》，阎小妹译，商务印书馆2006年版，第59页。

纠葛时会引发各种精神方面的障碍，即使因恋爱、友情或师生情谊得到暂时满足，也绝不会就此罢休，这种满足只是一时的，终归会破灭。置身于'自由、独立、充满自信的现代社会'，希求依赖获得连带感只能是海市蜃楼般的一场空幻"，"如果人们想要挣脱这种幻灭的痛苦，就必须正视自己，心甘情愿地忍受人类与生俱来的孤独与寂寞"。[①] 他还指出，在现代社会中，日本人一直视为"理所当然"的、"纯真无邪"的"依赖"情感在西方价值观的参照之下显得"幼稚"。因此，人们尽量让自己显得独立起来，其实内心深处却不息地涌动着想要依赖的情感。但是现代社会却不允许人轻易依赖，"特别是明治维新以后，社会上的人际关系与传统完全相悖"——"从注重共同体社会向追求利益的社会转变"。"今天的日本社会不像以前那样轻易地允许人们相互依赖，也许是随着社会的复杂化，人们要找到依赖的对象或怎样依赖比以前困难多了。"[②]人们不再能够感受到那种"心灵深处真挚的连带感"[③]，于是，漱石作品中"依赖"愿望受挫的主人公只好退缩回到自己内心的小世界里独自咀嚼孤独与寂寞。因为无法通过依赖与别人融为一体，只能自成孤立、封闭的个体。

四、作者"弃儿"的自卑感与对人性的怀疑

心理学认为，童年记忆对于一个人的影响极其深远，这种见解在文学界也得到广泛认可。英国艺术评论家赫伯特·里德总结了作家们记忆中反复出现的主题，他引用威廉·桑塞姆的说法——"童年记忆的闪现"，即"所有艺术的创造力都源于一种渴望：渴望唤起藏在童年遗忘的面纱后面的各种图像和强烈情感"[④]。阿德勒在《自卑与超越》中对童年记忆在人的一生占有的显著的地位给予了高度的评价："第一，个体对自身和所处环境的基本评价都包含在内。它是个人对自己的外表，最初对自己或多或少的完整印象，以及别人对他的要求，第一次综合的结果。第二，它是

① ［日］土居健郎：《日本人的心理结构》，阎小妹译，商务印书馆 2006 年版，第 185 页。
② ［日］土居健郎：《日本人的心理结构》，阎小妹译，商务印书馆 2006 年版，第 164 页。
③ ［日］土居健郎：《日本人的心理结构》，阎小妹译，商务印书馆 2006 年版，第 88 页。
④ ［英］安德鲁·考恩：《写小说的艺术》，董韵、李菱译，中国人民大学出版社 2013 年版，第 77 页。

他的主观出发点，也是他为自己编织自传的开始。”[①]

夏目漱石本名夏目金之助，出生于1867年2月9日。父亲直克，母亲千枝。父亲是东京都新宿区的一个管理11个町的名主，在漱石出生时家境已开始由盛转衰。夏目漱石作为五男三女的末子出生时，父亲已50岁，母亲42岁。由于父母的利己心和虚荣心，他一出生就被父母送到四谷乡下的一家旧货店做养子。养父母将他“同器具店的废旧货一起，搁在小小的笸箩中，每晚在四谷大街的夜摊上摆出来”[②]。有一次姐姐偶然路过发现这一幕，心生怜悯，于是将他抱回了家。婴儿啼哭了一整夜，姐姐因此受到父亲严厉的训斥。漱石9个月的时候，又被转送给盐原昌之助夫妇做养子，9岁时，因养父母离异而返回夏目家，但户籍未改。这种尴尬、孤独的处境反映在他的自传体小说《路边草》中：“健三既不能待在海里，也不能住在山上。两边把他推来推去，他只能在中间打转。”[③]在漱石14岁时，母亲去世了。21岁时，户籍才从盐原家复归夏目家。而他之所以能够复籍，也是因为两位哥哥相继去世，出于对家业继承的考虑，才得到父亲的允许。在《玻璃门内》中，漱石流露出对母亲的思慕和怀念，但他还是不得不承认：“我对于母亲的情况了解得很少，母亲没有给我留下什么过多的印象。”[④]父亲对漱石的态度一直是苛刻的。在自传体小说《路边草》中，漱石借健三之口讲述，生父没有把他“当独立的人来对待”，甚至“把他当破烂货”[⑤]。童年不被父母认可、多次被遗弃的经验在漱石幼小的心灵里烙下了深深的伤痕，无价值感、无归依感沉淀成他内心深处的自卑感。以新精神分析学派霍妮的理论来看，幼年的漱石充满了基本焦虑。在不利于成长的因素影响下，儿童无法按照个人需要来发展，将导致他们缺乏“归依感”和集体主义精神，还会让他们产生莫名的恐惧和得

① [奥]阿尔弗雷德·阿德勒：《自卑与超越》，吴杰、郭本禹译，中国人民大学出版社2015年版，第11～12页。

② [日]夏目漱石：《玻璃门内》，吴树文译，上海文艺出版社2012年版，第160页。

③ [日]夏目漱石：《路边草》，魏雨译，北京联合出版公司2013年版，第196页。

④ [日]夏目漱石：《玻璃门内》，吴树文译，上海文艺出版社2012年版，第183页。

⑤ [日]夏目漱石：《路边草》，魏雨译，北京联合出版公司2013年版，第196页。

不到安全保障的心理反应，这被霍妮称为“基本焦虑”。[①] 以土居健郎的“依赖”理论来解释，夏目漱石自幼就没有得到“依赖”的特权。父母不允许他称其为父母，而是令其以“爷爷”“奶奶”相称呼，他没有可靠的依赖对象。因此，漱石在人生早期的人际关系中没有体会到那种宝贵的“一体感”。幼年的基本焦虑延续到成年，夏目漱石始终难以建立对“他者”的信任。在妻子镜子口述、女婿松冈让笔录的《漱石的回忆》中，有漱石疑似被害妄想症发作的记录。对人性的怀疑纠结了其一生，促使他塑造了众多自卑多疑、忧郁孤独、封闭于自我小世界中的人物形象。主人公们只是封闭在一个狭窄的小天地里、深陷于自己内心的纠葛当中无法自拔。他们是一群自我封闭式的主体，被囿于一个莎士比亚形容的如同“果壳”[②]般的世界里，对于他们来说，这个“果壳”就是整个世界。

五、结语

夏目漱石作品中自我封闭式主体的形成，有着内在与外在的多方面原因，既有日本社会结构、民族文化心理特质的规定，又有时代赋予的影响，还有作家自身独特经历的投射。

从社会结构方面看，日本的各个组织体都存在变成各自封闭的“蛸壶”的倾向。这些组织体对外封闭，内部被分化割据。组织体内部又可分化成次级、再次级的组织体，不断分化下去，直至无法分化，最后剩下一个人的组织体，这一个人的组织体也具有封闭性，但除了自己之外已无人可依赖。漱石通过创作呈现出脱离了大组织体的小组织体当中一个人的封闭式组织体的孤独。

从社会文化心理来看，日本社会是一个崇尚“依赖”的社会。日本人有着很强的圈子意识，圈子里面是一个互相依赖的独立王国，圈子外面毫

---

① 参见[美]卡伦·霍妮：《自我的挣扎：神经官能症与人性的发展》，邱宏译，万卷出版公司2011年版，第2页。

② 引自莎士比亚戏剧《哈姆莱特》第二场中哈姆莱特的一句台词：“倘不是因为我有了一个噩梦，那么即使把我关在一个果壳里，我也会把自己当作一个拥有着无限空间的君王的。”（朱生豪译）

不相干，除非通过与圈内人的相互依赖被其“溶解分化”，才能有资格进入圈内。因此，当圈子里面的人由于一些原因无法敞开心扉依赖他人时，问题就会出现，从而产生彼此心存隔阂的封闭式主体。

从追求“自由、独立、自我”的现代精神来看，这种时代精神与日本社会原本崇尚的“依赖”心理发生了严重的冲突。现代日本社会不像以前那样轻易地允许人们相互依赖，随着社会的复杂化，人们要找到依赖的对象和方法比以前困难得多。于是，漱石作品中“依赖”愿望落空的主人公只好孤立、封闭自己，退回到自己内心的小世界里独自咀嚼孤独与寂寞。

从创作主体来看，作家自身“弃儿”的经历使他对人性的本质充满了怀疑，自卑感使他对依赖别人心存疑虑，然而他的内心深处又渴望与他人的一体感。在封闭的“果壳”里渴望着与他人的联结，用思考的方式研究着幸福，却不肯迈出实质性的一步。作者的这种复杂纠葛的心情反映在作品当中，也促成了一个个自我封闭式主体的诞生。

综上所述，日本近代的社会结构、日本民族的文化心理特质、近代精神的影响、作家自身独特经历的投射等内在与外在的多方面原因综合在一起，促使了夏目漱石作品中自我封闭式主体的形成。正如学者郭湛所言：“人的生命意识的发展，就是不断地突破自我中心，走向被人承认、承认他人、走向群体（社会、文化）的过程。唯有如此，一个人才能获得日益完整而深刻的生命自觉，人的主体性才能实现自我超越，从给个人主体性走向交互主体性。在主体间的这种相互观照中，既确定了对自身而言的自我的存在，同时又确证了他人的自我的存在。一个人的个体生命只有在其群体（社会、文化）生命中，才能得到张扬和确证。”①一个封闭的个体是没有生命力的。走出封闭心灵的壳，走向群体（社会、文化）才是个体彰显生命价值的出路。

① 郭湛：《主体性哲学——人的存在及其意义》，中国人民大学出版社2011年版，第33页。

第三节　主体的内部：夏目漱石创作中的“超我”和“本能”

夏目漱石其人早已离我们而去，其名却像一个“漂浮的能指”[①]，不仅成为代表日本的“国民作家”，而且停留在百年之后的读者视野之中。一如中国的鲁迅研究被称为“鲁学”一样，日本也构建了自己的“夏目学”[②]。“漱石山脉”吸引着众多学者从不同的角度攀登，而源于心理学的精神分析批评的视角和方法就是其中之一。文学是“人学”，探讨的一个主要领域就是人的心理。从精神分析视角对文学进行研究，是揭示伏藏于识域下的潜意识世界、深入解读文学奥妙的一种有效方法和途径。在先行研究中，目前国内对漱石作品从精神分析批评视角进行的研究在夏目漱石研究中所占比重较小。在精神分析批评的理论当中，弗洛伊德的“人格的三重结构”理论蕴含丰富的想象成分，三个部分间复杂多变的相互关系为文学阐释开辟了极其广阔的空间，因而一直受到文学评论家的青睐。这一理论同样适用于解读夏目漱石的文学创作。在这一理论视角的参照之下，夏目漱石及其作品人物的本我、自我、超我的问题得到清晰的呈现。“本我”中的爱欲本能和死亡本能与“超我”的关系在夏目漱石创作中的体现是本节考察的重点。

“超我”型人物的塑造，是夏目漱石创作中的一个亮点和重点。在夏目漱石的笔下，“本我”的爱欲本能受到抑制，死亡本能却潜入超我，使其成为自身的代理人。“超我”带有严肃性，甚至残暴性，以最严格的道德标准对“自我”施以压迫，使其不堪忍受罪疚感。漱石笔下“超我”型的主人公有着极高的道德标准和完美主义的性格，而这造成他们的人生悲剧。“超我”的这种破坏性是死亡本能的变相表现。“超我”型主人公的塑造，与夏目漱石的“超我”型人格有着深刻的联系。

---

① 庄焰：《日本及英美的夏目漱石文论研究现状概述》，载《外国文学动态》2014 年第 10 期。

② 谭仁岸：《一百年的漱石，漱石的一百年》，载 2016 年 6 月 18 日《光明日报》。

一、弗洛伊德的人格和本能理论

根据弗洛伊德的“人格三重结构”理论，一个人的人格由三个主要部分组成：本我、自我和超我。

“本我”(id)是人格中模糊而不易把握的部分，且大多数为负的性质，它像是“一大锅沸腾汹涌的兴奋”[①]。本能给本我提供精力，但本我既无组织，也无统一的意志，仅有一种为追求满足本能需要的冲动。它没有时间的观念，也不遵守逻辑规律，是一个纯粹的主观世界，不管客观情境如何，只求满足自己的本能冲动而后快。它受快乐原则支配，不辨善恶是非。为本我的运作提供能量的是本能(instincts)。在无数本能中有两个最基本的本能——爱与死。爱的本能和死的本能都是弗洛伊德对人性本质的揭示。爱的本能目的是保存物种，延续生命，弗洛伊德称之为“力比多”(libido)。力比多包含一切与“爱”(love)有关的本能能量。这里的“爱”是广义的爱，它包括“自爱(self-love)以及对父母和儿童的爱、友爱和对整个人类的爱，还有对具体对象和抽象观念的奉献”[②]。但弗洛伊德认为，两性间的爱是这种爱中最核心的，以至于有人将力比多译为“性力”。但实际上弗洛伊德谈论的“性”是一种隐喻，是一种心理学意义上的性，与生理意义上的性有很大差别。死的本能最能体现本能的一般属性：回复到生命开始前的原生状态。死的本能代表生的初始，是生命周而复始的循环链上至关重要的一个环节。[③] 生命和死亡并不是截然分开的两极，而是相互连接的，“死亡”正是“生命”的开始，而非结束。本我的本能力量非常顽强并具有隐秘性，它可以改头换面，以超我的形式实现自己的目的。

“自我”(ego)并未同本我截然分开，它是本我的一部分，是通过知觉——意识的媒介已被外部世界的直接影响所改变的那一部分。自我代

① [奥]弗洛伊德：《精神分析引论新编》，高觉敷译，商务印书馆2013年版，第58页。

② [奥]弗洛伊德：《自我与本我》，车文博主编，九州出版社2014年版，第89页。

③ 参见朱刚编著：《二十世纪西方文论》，北京大学出版社2006年版，第141～142页。

表理性和常识，与含有情欲的本我形成对照。自我寻求把外界的影响施加给本我，努力用现实原则代替本我的快乐原则。自我受到外界、超我和本我三方面的制约，弗洛伊德将其比作“三个残酷的主人”，自我就效忠和周旋于三方之间，尽力调和此三人的主张和要求。而这些要求常常互相分歧，甚至冲突。

“超我”(superego)是“我们和父母关系的代表”[①]。在超我中有一种“更高级性质”，儿童自幼就知道这些更高级的性质，对此他们既羡慕又害怕，后来就将它们纳入到自身中来。“超我”是人格结构中代表理想的部分，它包括“自我理想”和“良心”两方面，特点是追求非现实的完美。超我主要作为一种罪疚感(更确切地说，作为一种批评)来表示自己。“破坏性成分置身于超我之中，并转而反对自我。现在在超我中取得支配地位的东西可以说是对死的本能的一种纯粹的培养。”[②]

本我是心理能的储藏库。一切用于人格做功的能都来自本能，能量不断地从本我的储藏库中汲出，以形成自我和超我。[③] 心理能量在本我、自我和超我之间进行着配置，总量平衡，此增彼减。本我属于自然天性，是感性的；超我一般被认为是理性的，但实际上它和本我一样，“都是非理性的，都要歪曲和篡改现实”。“超我强迫自我不是按照事物的本来面目认识它们，而是按照自己主观认为它们应该是什么样去认识”，本我则“强迫自我把世界看成如自己所希望的模样”。[④] 即超我和本我都是要否认现实。

二、夏目漱石作品中的本我、自我和超我

漱石作品中本能的能量在人格结构中分配的特点如下：本我的爱欲本能受到抑制，死亡本能势力强大。死亡本能流向超我，控制超我为本我

---

① [奥]弗洛伊德：《自我与本我》，车文博主编，九州出版社 2014 年版，第 178 页。

② [奥]弗洛伊德：《自我与本我》，车文博主编，九州出版社 2014 年版，第 195 页。

③ 参见[美]C. S. 霍尔：《弗洛伊德心理学入门》，陈维正译，商务印书馆 1985 年版，第 28～30 页。

④ [美]C. S. 霍尔：《弗洛伊德心理学入门》，陈维正译，商务印书馆 1985 年版，第 30～39 页。

服务，以消减生命力甚至消灭生命为最终目的。

在夏目漱石的笔下，本我的爱欲本能描写是以象征的手法隐晦地表现的。例如《其》中三千代喝百合花瓶中水的场面、代助休憩于花香氛围之中等。《门》中宗助和阿米之间的关系发生质变的过程被形容为“大风”。“事情始于冬去春来时节，结束于樱花落尽、嫩叶初绽时分。一切都是生死煎熬，那是炙烤青竹沥油般的痛苦。大风猛然间将两人刮倒，等两人重新站起来时，到处都是沙尘。他们发现自己已经浑身裹满了沙尘，只是不知道是何时被吹倒在地的。”[①]他们结合的过程完全是由一种无意识状态之下的非理性冲动支配的，这就是来自本我的爱欲本能。在“超我”登峰造极的代表作品《心》中，带有道德和精神洁癖的“先生”旗帜鲜明地宣布了他的爱情观：“假如爱这个神奇的东西存在两端，高的一端涌动神圣感，低的一端鼓涨性欲，那么，我的爱的的确确捕捉住了高的一端。”对于心仪的小姐，他的胸中怀有一种“丝毫不带有肉欲气息”的“近乎信仰的爱”。[②] 而作为“先生”同乡的K，是净土真宗寺院住持之子，更是秉持近乎森严的禁欲主义。一心“求道”的他将全部生命力灌注于“精进”修行，“他说他的第一信条是应该为道而牺牲一切。节欲、禁欲自不消说，即使离开欲的爱本身也是道之障碍”[③]。可见，在对于人间爱欲方面，K比“先生”更加严格，他不仅要求自己断除肉欲之爱，还要求自己斩断精神之爱。

与本我的爱欲本能受到抑制形成鲜明的对比，本我中的死亡本能异常发达，它压倒性地倾注于超我。超我以其严厉的良心苛责和完美的理想形象对自我不断施压，给主人公的内心造成了长久而深刻的痛苦和折磨。在极端的例子中，如《心》的“先生”和K，被超我逼上了绝路，不得不以自杀了结。于是，超我成为本我的代理者，代替本我实现了死亡本能的目的。可见，本我的本能力量非常顽强并具有隐秘性，它可以改头换面，以超我的形式实现自己的目的。“超我的主要职能在于指导自我去抑制

① [日]夏目漱石：《门》，高镝、钱剑锋译，大连理工大学出版社2014年版，第439页。

② [日]夏目漱石：《心》，林少华译，中国宇航出版社2013年版，第482页。

③ [日]夏目漱石：《心》，林少华译，中国宇航出版社2013年版，第526页。

本我的冲动，不断以内疚或犯罪感来纠正偏离及违反道德规范和理想的行为。”[①]超我引起了主体的道德焦虑，漱石作品中卓越地描写了无法“成圣”的现代人的心理挣扎。“道义”一词在漱石的语境中成为代表超我的一个关键词，因为超我的强大作用，很多主人公周围都萦绕着一种挥之不去的罪责感。

夏目漱石加入《朝日新闻》成为职业作家之后的第一部作品《虞美人草》中就痛斥了利己主义，张扬了“道义”，带有强烈的劝善惩恶色彩。《从此以后》中的代助，面临着“生活欲”和“道义欲”的矛盾冲突。《门》中以“无子之痛”对不伦之恋的主人公进行了惩罚，他们的内心中潜藏着挥之不去的“结核性的恐惧”，正是严厉的“超我”给他们造成的“道德的焦虑”。《春分之后》的主人公——“私生子”须永的苦闷抑郁也是对其父道德缺陷的一种间接批判。

超我发展到顶点，就是死亡。“在一个道德高尚的人身上，其超我在对待自我时，可能变得太具有挑衅性，使自我感到自己一无是处、丑恶无比。这样想的人往往摧残自己的肉体，甚至自杀。这样一来，这种自我伤害行为满足了本我的‘攻击性冲动’(aggressive impulses)。”[②]《心》中的“先生”和K的结局属于这种极端的例子，他们的超我强大到使其自杀的程度，这种超我已经受到死亡本能的支配。“一个有坚定良心的人时刻提防着不道德的冲动，他把大量的能量都消耗在抵御本我上，因此不能有足够的能量做出有用的令人满意的功。结果，他变得寡言少动，过着约束压抑的生活。”[③]K的良心和理想自我来自他的真宗信仰，作为一个有坚定信仰和理想的人，他时刻提防着“本我”的不道德冲动，将大量能量消耗在抵制本我上，因此没有足够的能量在现实中成就自我。他寡言少动，过着过于压抑的苦行僧般的生活。因为自己对美丽的异性动了“凡心”，而招致对自己强烈的憎恶，最终在“先生”的一句“精神上没有上进心的人是渣

① 陆扬:《精神分析文论》，山东教育出版社1998年版，第28页。

② [美]C. S. 霍尔:《弗洛伊德心理学入门》，陈维正译，商务印书馆1985年版，第39页。

③ [美]C. S. 霍尔:《弗洛伊德心理学入门》，陈维正译，商务印书馆1985年版，第38页。

滓”的谴责之下含恨自尽。而“先生”也因导致K的自杀而痛恨自己的卑劣，希望鞭笞自己、惩罚自己而远离社会、封闭内心，成为“社会绝缘体”。“先生（老师）”这个称谓，极具反讽意味。这个“本应是具有一定社会地位和身份的存在，有着强烈的社会归属意识的词汇”，“在夏目漱石的笔下却成了离群索居、靠遗产生存的社会绝缘体的代名词”。[①]“先生”将自己从社会放逐也无法排遣深入骨髓的罪疚感，最终必须以自杀了结。

如果说本我是放纵任性的胡作非为，那么超我就是不顾现实的自我拔高。总之，因为本我中的本能能量没有得到合理的分配，自我没有发挥出正常的调节功能，而使主人公无法很好地生活于现实社会中。“古典精神分析学派把无意识的心理冲突看作是神经症的根本原因，由于神经症病人的自我不够强健有力，因而无法正常有效地调节自我、超我以及外界现实之间的冲突，从而表现出各种心理症状。”[②]

夏目漱石作品人物普遍患有不同程度的神经衰弱。他们大多自我封闭，与世隔绝。“疾病”属于经验范畴，它首先传导了人不寻常的经验，同时它还是一种隐喻，揭示了社会和个人的“失灵”。[③]神经症状可以解释近代日本人在激变的近代社会中体会到的刻骨铭心的孤独感。当把“疾病”放进“个人—疾病—社会”这一病理与社会三角形中，就可以看出这些患有神经衰弱的主人公的社会化过程出现了问题。问题的根源在他们自身所处的社会——近代日本的明治社会具有很大的不合理性。于是，夏目漱石通过对人格的批判过渡到了对社会的批判。

三、夏目漱石作品中的死亡本能

“弗洛伊德认为，本能是指由躯体的内部力量决定着人的精神活动方面的一种先天状态，本能是人内部的需求和冲动。”“生的本能”是一种表

① 邓传俊、李素：《夏目漱石的〈心〉中的称谓艺术》，载《名作欣赏》2014年第9期。

② 杨维中：《佛教在精神分析与心理治疗中的意义》，载《南京大学学报（哲学·人文科学·社会科学版）》2013年第3期。

③ 参见［德］维拉·波兰特、方维贵：《文学与疾病——比较文学研究的一个方面》，载《文艺研究》1986年第3期。

现个体生命的发展和爱欲的本能力量，它代表着潜伏在生命自身中的一种进取性、创造性的活力，那么死的本能就是以破坏为目的的攻击本能，它的终极目的就是毁灭生命状态。“这类似于一种追求涅槃的冲动，它正好和把人推向不朽的爱欲(Eros)构成对应的关系。”①而人的生的本能和死的本能并不是孤立存在的，它们交织在一起，共同影响着人的行为。在代助和三千代身上，既有一种突破原有黑暗不幸生活、获得重生的渴望，同时又有以破坏为目的的攻击本能即死亡本能。

埃米尔·迪尔凯姆给“自杀”定义如下：“人们把任何由死者自己完成并知道会产生这种结果的某种积极或消极的行动直接或间接地引起的死亡叫做自杀。”②按照迪尔凯姆的定义，代助的行为属于一种准自杀的行为。代助想要的是三千代和他一起殉情，希望以自杀来成全两人结合的心愿，同生共死，向其他人表示自己对爱情的坚贞，并对社会作出控诉。代助无意识中的殉情渴望，也得到了对象三千代的呼应。代助为了复活“过去的自然的爱”——那是他的纯洁的爱情的美梦，而向三千代告白。但是，他无法预想光明的未来。尽管如此，代助还是这样逼迫三千代：“我需要你，非常地需要你。”③代助表白之后，三千代做了死的觉悟。“我已经做好了思想准备，万一有什么事，我决意不要这条命了。”“你要是命我去死我就去死”，“我已经铁心不移了，所以根本不在乎。即使什么时候被他(平冈)杀了也无所谓”，表现了她自暴自弃的心理和求死的决心。当代助不让三千代说这些话时，三千代说：“即使让我爱怎么就怎么，我这种身体也不可能活很久的。”④三千代曾生下一个婴儿，但不幸夭折，并且她再无怀孕的希望；同时，她还患上了心脏病，且无痊愈的希望。身体的病苦、生活的贫困、丈夫的无情，同时折磨着这个可怜的弱女子，一天天地吞噬弱化着她的生存意志。她有着从苦难的人生中获得解脱的心情。面对听

---

① 童庆炳、程正民主编：《文艺心理学教程》，高等教育出版社 2001 年版，第 27 页。

② [法]埃米尔·迪尔凯姆：《自杀论：社会学研究》，冯韵文译，商务印书馆 1996 年版，第 11 页。

③ [日]夏目漱石：《后来的事》，吴树文译，上海译文出版社 2017 年版，第 213 页。

④ [日]夏目漱石：《后来的事》，吴树文译，上海译文出版社 2017 年版，第 238 页。

了他的表白而哭泣的三千代，代助问道："那么，我永远保持缄默不说出来，对你是幸福的吗？"三千代竭力否认："你要是不这么讲出来，我这个人也许活不下去了呢。"[1]三千代需要一个活下去的支撑和使自己脱离苦境的拯救。这时，代助以"爱"之名出现了。代助的"爱"对三千代来说意味着一种"救赎"，但是这份爱伴随着死亡的诱惑。川岛秀一对三千代的"我决意不要这条命了"的话语，作了如此评价："没有奢望与作为对方的男人组成一个'家'。只是想要一味'信赖'着男人的爱，度过短暂的一生。"[2]无论是代助还是三千代，都是挣扎于苦境中的不幸之人。他们二人为了脱离不幸，互相寻求着拯救。对他们两人来说，尤其是对代助来说，"痛苦"这种感情，远远超越了恋爱的感情。他们之间与其说是"纯粹"的恋爱，不如说从这恋爱中发现了作为不幸之人的代助和三千代的姿态。

原本，代助对所有身边的人——包括父亲、哥哥、平冈乃至嫂子，都无法完全信赖。如此孤独的代助，变得自暴自弃以至产生追求死亡的冲动。不惮与整个社会作战来践行禁忌之爱的代助心底，存在着通过为恋爱献身而毁灭自己、获得重生的愿望。代助知道反抗父亲的结果，可是他依然采取了行动——向三千代告白、与平冈和家庭决裂，这是一种不计后果的准自杀行为。作品中虽然没有直接写出代助的结局，但是从一切都变红的描写中，可以窥见代助精神方面不幸的结局。而这正是代助渴望的轰轰烈烈的死亡——即使肉体没有消亡，但在社会意义上代助已经死亡了。最后，代助终于如愿以偿了，他对社会的愤懑都爆发出来了。代助通过爱情确立自我主体性，这背后是强大的死亡本能在支配，是那个时期青年身上的"内讧的"和"自灭的"倾向在发挥作用。

四、作家夏目漱石的本我、自我和超我

夏目漱石很早就注意到了无意识和本我的存在。1896 年，漱石 30

---

① [日]夏目漱石：《后来的事》，吴树文译，上海译文出版社 2017 年版，第 216 页。

② [日]川島秀一：『漱石の女性表現——文化テクストとしての〈漱石」——』，『山梨英和短期大学紀要』第 34 号，2000 年 10 月，第 67 頁。

岁时发表的文章《人生》中有相关论述:“人是会做梦的,会做意想不到的梦,醒来之后冷汗淋漓茫然自失,因为是梦而付之一笑者,是知一而不知二之人。梦并非只在夜里光临卧床,青天白日里也到来,大道中间也出现,毫不客气地闯入衣冠束带之中,在瞬间令人羞愧难当。然而人生的真相有一半隐藏在这梦中。发挥自己的这个真相是获得名誉的捷径。遵循此捷径对于卑怯的人类来说是无上的难关,强调‘岂不自知’的人,若让他诚实地将其心灵的历史写下,他一定会为对自己的无知感到吃惊。”[①]“梦”,代表了人广阔而深不可测的潜意识世界;“心”,代表了非理性的本我。潜意识时时处处伴随着人,其中隐藏着人生的一半真相。这段阐述生动而又深刻地道出了漱石对潜意识的理解。他还写道:“无可奈何我们心中有一个无底的、两边平行的三角形”,“不测之变起于外界,意想不到的心从心底涌出,毫不客气并且凶暴地涌出,海啸和震灾,不仅发生于三陆和浓尾,也存在于自家三寸丹田之中,岂不险哉”。[②] 在这里漱石以无底的三角形比喻人心的难测,以海啸和地震来比喻“本我”盲动力的可怕。

对于不安分的“本我”的恐惧,使夏目漱石产生了惧怕“本我”失控的神经性焦虑。为此,他持之以恒地砥砺“本我”、追求“超我”。他将“本我”的享乐冲动压抑起来,并通过写作使之得到升华。根据儿子夏目伸六的记载,父亲夏目漱石一生没有像样的“娱乐爱好”(道楽),终日埋头于写作。[③] 他的“野心”,是名闻天下、流芳百代,这种野心固然是一种欲望,却非一种纯粹自私的享乐欲望。他的目的在于将自己的精神财富作为遗产流传后世。这是一种超我性质的而非本我性质的欲望。“超我”时刻督促漱石保持良心。在漱石夫人镜子的《漱石的回忆》中,展现了夏目漱石重视义理人情的一面。根据镜子夫人的记载,漱石在松山时代的工资为每月 80 元(为日元,下同),熊本时代为 100 元。每月从工资中扣除 7 元 50

① [日]夏目漱石:『漱石全集』第二十二卷「初期の文章」,岩波書店 1957 年版,第 219 頁。
② [日]夏目漱石:『漱石全集』第二十二卷「初期の文章」,岩波書店 1957 年版,第 221 頁。
③ 参见[日]夏目伸六:『父夏目漱石』,角川書店 1961 年版,第 48 頁。

钱偿还助学贷款[①]，每月供养父亲 10 元，援助每位姐姐 3 元。[②] "超我"使漱石对人格境界有着凡人难以企及的要求。因此，对人性中的弱点漱石无法容忍，这使得他的作品充满了批判性。他幻想成为超越世俗、远离人性恶的超人，这一理想也与其自身精英知识分子的身份息息相关，促使他创造了鲜明而生动的"超我"型的人物形象。后期作品中对人性之私的抉剔达到了悲怆的程度，去世前仍然念念不忘"则天去私"，体现了"超我"战胜"本我"的执着和决心。

在夏目漱石身上，本我的爱欲本能和死亡本能同样强烈。夏目漱石将力比多——这种潜在的生命力升华转化为创作的动力。对于成功，他有着强烈的意欲。在 1906 年 10 月 22 日写给其门生森田草平的书信中，40 岁的夏目漱石坦承："我是希望我的文章能流传百代的野心家。"[③]诚然，这与鼓励个人自我实现的日本明治社会新风气有关，但也不可否认作家自身强烈的生的本能。

对于死亡，夏目漱石从不陌生。幼时家中挂着的写有"生死事大，无常迅速"[④]的字画，在漱石的脑海中记忆犹新。15 岁时慈爱的母亲故去，21 岁时大哥、二哥相继去世，23 岁时温柔的三嫂登世撒手人寰，31 岁时生父与世长辞，36 岁时留学英国期间挚友正冈子规离世，37 岁时学生藤村操纵身跃入华严瀑布自杀，44 岁时亲身经历了"修善寺大患"的 30 分钟的死亡状态，45 岁时不到 2 岁的第五个小女儿雏子猝死，46 岁时明治天皇"崩御"等，都是他亲自感受的生离死别，这些事件都在他的文字当中留下了印记。这些死亡，令他哀伤，使他痛苦，同时也刺激了他的死亡本能，呼唤着生命重返于无机的状态、寂灭的原乡。夏目漱石赞美死亡，述发了这样的感怀："我疲惫地在布满不快的人生道路上行走，心里时常在想着自己总有一天要到达死的境地。我坚信那死一定要比生快乐。我也

① 据镜子夫人回忆，当时若申报家计困难，贷款和学费均可免除。

② [日]夏目鏡子述、松岡讓筆録:『漱石の思ひ出』，岩波書店 1982 年版，第 29 頁。

③ [日]夏目漱石:『漱石全集』第二十八巻「書簡集(二)」，岩波書店 1957 年版，第 113 頁。

④ [日]夏目漱石:《玻璃门内》，吴树文译，上海文艺出版社 2012 年版，第 183 页。

想象着届时将是人类所能达到的至高无上的状态。”①

生命的爱欲本能和死亡本能实为一体两面，密不可分。它们共同构成了生命交织着“光与影”和“明与暗”的瑰丽影像。虽然夏目漱石“一贯笃信死比生可贵”，然而他也热爱生命，“和先祖一样”，他“依然执著于这个生”，并写下“不管怎么平庸，活下去总比死好”②这样的文字。“立身出世”的志向和为之付出的超越常人的奋斗，彰显了夏目漱石强烈的生命本能。而死亡本能如影随形，它潜入夏目漱石的超我。“超我”型人格的夏目漱石付出艰辛的代价去追求并实现良心和自我理想——道德完善、人格完美、功成名就、流芳百世。然而与此同时，死亡本能也在悄悄地蚕食着他的生命。“生的本能，即性本能是建设性的，它导致新生命的诞生，使人类的生命历程生生不息。死的本能则是破坏性的，它是恨的动因，表现为向外部扩展的攻击力和侵略倾向。而当这一倾向在外界受挫时，它又折回自我，成为自杀的一种诱因。如是这两种本能相反相成，使人的生命运动永远伴随动荡不安的节奏，由此而出演了令人目眩的复杂人生。”③死亡本能的破坏性是恨的动因，给他带来强烈的攻击和侵略的倾向。这种对外界的攻击性又通过投射作用回到了自身，使他怀疑外界充满了要攻击自己的敌人，从而罹患被害妄想等精神疾病。他的家人承受了难以言说的痛苦，尤其是镜子付出了巨大的忍耐和包容。

夏目漱石的一生，与任何人的一生一样，是爱欲（生命、食色）本能和死亡本能合作和反抗的综合作用的结果。他希望以坚强的生命本能战胜死亡，超越死亡。对于死亡的超越，有三种形式：第一，原始信仰式超越；第二，文明信仰式超越；第三，世俗式超越。夏目漱石选择了第三种。自幼熟习“左国史汉”④等中国典籍的夏目漱石对儒家传统有着极深的认同，他的志向表达了一种儒家所追求的不朽之道。儒家的不朽观念有“大

---

① ［日］夏目漱石：《玻璃门内》，吴树文译，上海文艺出版社2012年版，第103页。

② ［日］夏目漱石：《玻璃门内》，吴树文译，上海文艺出版社2012年版，第104页。

③ 陆扬：《死亡美学》，北京大学出版社2006年版，第125页。

④ 指的是《春秋左氏传》《国语》《史记》《汉书》。在日本很久以来被略称为“左国史汉”，是中国史书的代表。

人物”和“小人物”之分。“大人物”的不朽是通过“立德、立功、立言”完成的，“小人物”的不朽是通过家族绵延、子承父业、丧葬嫁娶等形式实现。[①]而夏目漱石追求的不朽是一种功业式的超越死亡的方式。在历史时间内建立丰功伟绩，“雁过留影，人过留名”，也就变相地超越了死亡，战胜了死亡。最终，他疲惫不堪地倒下了，于不到50岁时溘然离世。但他的一生，是一个战士的一生，坚韧的意志和决心支撑着他一直坚持到生命的尽头。对于生命与死亡，夏目漱石持一种“尽人事以听天命”的达观态度。“使生如夏花之绚烂，死如秋叶之静美”[②]，也许是符合夏目漱石生死观的描述。

五、结语

弗洛伊德的“人格三重结构”理论认为，一个人的人格由三个主要部分组成：本我、自我和超我。人格是一个动力系统，一切用于人格做功的能，都来自本我的本能。本能力量非常顽强并具有隐秘性，它可以改头换面，以超我的形式实现自己的目的。爱的本能和死亡本能都是弗洛伊德对人性本质的揭示。在夏目漱石的笔下，爱欲本能受到抑制，是以象征的手法隐晦地表现的。死亡本能异常发达，它压倒性地倾注于“超我”。“超我”以其严厉的良心苛责和完美的理想形象对自我不断施压，给主人公的内心造成了长久而深刻的罪责感，在极端的例子中，“超我”驱使人物以自杀谢罪。“超我”成为“本我”的代理者，代替“本我”实现死亡本能的目的。由于“自我”无法正常有效地调节“自我”和“超我”以及外界现实之间的冲突，从而使主人公无法很好地生活于“现实”社会中，表现出各种心理症状。“疾病”传导了人不寻常的经验，还隐喻着近代日本社会和个人的“失灵”。由此，夏目漱石通过对人格的批判过渡到了对社会的批判。

夏目漱石很早就注意到了无意识和本我的存在。对于不安分的本我的恐惧，使夏目漱石产生了惧怕本我失控的神经性焦虑。为此，他持之以恒地砥砺本我、追求超我。在夏目漱石身上，生的本能和死的本能同样强

---

① 参见杨足仪：《死亡哲学》，经济科学出版社2013年版，第144页。

② [印]泰戈尔：《飞鸟集·新月集》，郑振铎译，外文出版社2014年版，第18页。

烈。夏目漱石将力比多——这种潜在的生命力升华转化为创作的动力，他的一生及其文学创作，是爱欲本能和死亡本能合作与反抗的综合作用的结果。夏目漱石的志向表达了一种儒家所追求的不朽之道，体现了世俗功业式的超越死亡的方式。死亡于他意味着一种解脱和超越，对于生命和死亡，夏目漱石持一种达观的态度。他的一生，是战斗的一生，支撑他一直走到生命尽头的，是坚韧的意志、决心以及那“超我”的理想。

第二章　自我与他者：日本近代知识分子的主体性

近代日本人的主体性确立经历了重重的试错过程，至今仍然不敢说业已完成。小说中的近代知识分子挣脱传统，排斥"依赖"，通过激进的"个人主义"追求片面的独立，结果走向孤立境地。一如黑川雅之所言，现在的日本人"已经沦为西方文化的奴隶"[①]。人的主体性确立，根源在于对本国、本民族的文化自信。近代化的深入带来时代焦虑的伴生物，例如扭曲的个人竞争观念、理性与非理性的分裂、人的价值和尊严感丧失、人际安全感的缺失等，使得近代人步履维艰。一个封闭的个体是没有生命力的，走出封闭心灵的壳，走向群体（社会、文化）才是彰显个体生命价值的出路。本章主要分析漱石小说中近代知识分子确立主体性时与东方传统的冲突及后果，涉及脱离"面包"的"天爵的贵族"——《从此以后》中的代助、近代日本知识"病人"——《行人》中的一郎、《心》中孤独的"求道者"K、《道草》中与他者从对立走向对话的健三等。

第一节　《从此以后》中的现代性批判

苏文倩在《觉醒、挣扎与追求——鲁迅与夏目漱石笔下的知识分子形

① ［日］黑川雅之：《日本的八个审美意识》，王超鹰、张迎星译，河北美术出版社 2014 年版，第 7 页。

象比较》中区分了漱石笔下的三代知识分子形象：一是幕末明治维新前的知识分子形象（长井得等）；二是与明治社会同时诞生的知识分子形象（广田、松本、一郎、“先生”、健三、哥儿、代助、《我是猫》中的一群知识分子等）；三是明治维新以后的知识分子形象（美弥子、三四郎、野野宫等）。[①]代助的父亲，是幕末维新前的知识分子。代助基本属于与明治社会同时诞生的知识分子，被称为“明治的第二代人”。他们依靠父辈辛勤打拼积累的财产过着经济上自由的生活。作为一名知识分子，代助对近代日本与西方的关系、明治社会的种种问题有着敏锐的洞察。然而由于过于悲观的态度，他的看法难免失于片面和极端，这又导致了他的人生悲剧。代助已年过三十，可是他并未婚娶，终日无所事事，过着“高等游民”的生活。代助是一个理想主义者。他的理想化反映在各个方面：对于社会，他要求平等、公平，人与人之间充满信任和友爱；对于爱情，他渴望纯粹的、自然的爱。总之，他希望一切都是美好的。过于理想化导致了他对现实的悲观失望，随之而来的是对社会的激烈批判，以及神经衰弱的症状。这使他是一名理想主义者的同时也是一个悲观主义者。

一、高压统治下的死亡阴影

1910年6月，幸德秋水等社会主义者、无政府主义者被检举密谋暗杀明治天皇，被称为“大逆事件”。1911年1月，幸德秋水等12人被处决。《从此以后》这部小说创作于1909年，当时整个社会笼罩在一种专制压抑的氛围当中，因此作品中也弥漫着一股绝望和无力的气息。关于该事件，石川啄木写下了生前未发表的评论《时代闭塞的现状》。石川啄木揭露了明治社会的种种黑暗面和强权势力对人们的压迫，“围绕着我们青年的空气，如今丝毫也不流动。强权势力遍地横行，现代社会组织发展到每个角落”[②]。在强权政治的统治下，青年的思想和行动受到严重的禁

① 参见苏文倩：《觉醒、挣扎与追求——鲁迅与夏目漱石笔下的知识分子形象比较》，载《中国现代文学研究丛刊》1991年第1期。

② ［日］石川啄木：『日本近代文学大系 23 石川啄木集』，角川書店1969年版，第477頁。

锢。作品开篇就渲染了不祥的气氛。在夜晚的睡梦中，一朵多层花瓣的茶花掉落在地上，“那声音仿佛皮球从天花板上投下来一样”。这使代助感到惊惧，“把右手搭在左胸前，仔细检查心脏的跳动是否正常”，不久之后，“朦胧之中他又看到婴儿脑袋一般大小的花的颜色”，于是，“他像忽然想起什么似的，赶快把手放到胸口，边睡边检查心脏的跳动”。① 这种气氛可以从色彩入手进行解读。邱紫华、王文戈认为，对东方民族来说，色彩不仅会引起视觉感受的情绪反应，而且其中还含有特定的宗教或道德的象征意义。日本学者佐竹昭广在《古代日本语的色名性格》中指出，日本色名起源于自然界的四种原色——赤（明）、黑（暗）、白（显）、青（晕）两组对立的色，并且各自具有文化学和美学的含义。② 白色具有纯净的、神圣的、充满生命力的象征。今道友信指出：“对于表示清净生命的白来说，黑是死之冥土的脏污黑暗，是与白对立的不净的黑暗。然而，死亡的灾祸出现时，大多伴有流血的惨剧。就是说，黑暗之死以赤色的流血为前提。在这个意义上，赤也是可憎的脏污。”“白与表示不净的黑和赤是对立的；而且，如果黑或赤意味着死亡的脏污的话，与它们对立的白就是清净，同时也是表示与死相对立的生命之色。那么，至少可以说，在古代日本人的世界观中，以人们所喜爱、所尊敬的白这种色彩为中心，对生命与清净是等量齐观的；对死与不净也是等量齐观的。不净即脏污，脏污与罪恶和过错则是一个东西。”③作品的开头即以赤色的茶花意象作为“脏污”的死亡和罪恶的象征。首先，与日本民族审美习惯所喜爱的浅粉色樱花的花瓣如细雪般轻盈飘落的场景不同，单个大朵赤红色的茶花于黑夜之中重重地坠落，给人一种审美心理上的违和感。其次，用“婴儿脑袋一般”来形容花的大小，令人想到“斩首”（首切り），给人带来一种难言的厌恶和恐怖感，于是，整部作品就在一种不安的基调中展开了。漱石曾在《草枕》中形容茶花“夺目的艳丽深处隐含着无法形容的沉郁的色调”，“它带有阴暗、

① ［日］夏目漱石：《从此以后》，载《夏目漱石小说选》（上），陈德文译，湖南人民出版社1984年版，第241页。

② 参见邱紫华、王文戈：《东方美学简史》，高等教育出版社2004年版，第305页。

③ ［日］今道友信：《东方的美学》，蒋寅等译，三联书店1991年版，第182、184页。

歹毒和恐怖的气氛。它以这种情调为基础，外表装扮得十分华美，然而既无媚人之态，也无迷人之姿。它时开时落，时落时开，躲在不惹人注目的山阴里从容度过几百年星霜。只要看它一眼便是死期到了！……那颜色不是普通的红色。那红色是遭受屠戮的囚人的血兀自招惹人眼，兀自在人的心中制造不快”。茶花凋落的时候，“决不散开，它不是零落，而是紧抱一团飘离枝头。飘离枝头时是一次离开，似乎毫无眷恋，落下来紧抱一团，这真有点叫人生畏了”。① 可见，作者精心选择茶花意象，即是为了渲染这种不祥的气氛。

代助不停地将手放在胸前测试心脏的跳动，表现了他对死亡的恐惧。死亡，是人的宿命，惧怕死亡是人的一种本能。从人类的进化来说，对于未知的事物保持恐惧，是一种保护自己的手段。代助近来养成了在躺着的时候测试胸前的脉息的习惯，他想到心脏的跳动“似乎是召唤自己走向死亡的警钟”，表现出对死亡的恐惧和焦虑。“如果活着听不到这样的警钟，如果这只装满鲜血的袋子不同时装满时光的话，自己该有多么快活！他可以饱享生之欢乐。”②表达了代助对死亡的拒斥和对永生的渴望。

除了开头之外，小说其他章节中也充满了杀气和死亡的气息。如：枕边报纸的第一版上画着男人在杀女人的画。蚂蚁的意象多处出现，象征焦躁和渺小，而代助捏死蚂蚁又轻轻弹去，用裁纸刀将余下的蚂蚁弄死，这一细节暴露了代助内心的残忍性，也隐喻了在强权政治的高压之下，国民的性命如同蚁命一般渺小和卑贱。像蚂蚁一般渺小的个人，被一种残酷的、凌驾于个人之上的强大外力左右着命运。第四章的开头，重现了俄国作家安德烈夫的《七个被绞死的人》的血腥而残酷的刑场场景，读完之后，代助最担心自己万一碰到这种事怎么办，“代助凝神坐在那里，设身处地地想象着，一个人当他徘徊在生的欲望和死的压迫之间的时候，心里该

---

① ［日］夏目漱石：《草枕》，陈德文译，上海译文出版社 2014 年版，第 99～100 页。

② ［日］夏目漱石：《从此以后》，载《夏目漱石小说选》（上），陈德文译，湖南人民出版社 1984 年版，第 241 页。

是多么苦闷啊"[①]。旋即感到难以忍受，不敢继续想象下去。代助之所以感到害怕，担心《七个被绞死的人》的结局发生在自己身上，是因为他的内心深处压抑着对政府的不满、反叛情绪。高桥和巳就在《知识分子的苦恼——夏目漱石》中从阶级角度揭示了近代知识分子的悲剧性命运，认为代助是明治资本主义和官僚主义的反抗者。[②] 他有一个夙愿："如果死是容易实现的，那么它应当发生在一个人精神失常达到顶点的瞬间，这正是代助所一直期待的。"[③]原来，他渴望一种轰轰烈烈的死亡。

二、时代的焦虑

明治时期，日本政府主导了急行军式的近代化开发。代助认为日本不自量力，负债累累，却如同"青蛙拼命同牛比身个儿"一般，硬要勉为其难地挤进一等大国的行列，迟早会鼓破肚子。在此压力之下，国民无暇用脑子，无法好好工作。对于自己的无业，他有一套冠冕堂皇的理由。什么事都不干，"要怪社会"，"是日本对西洋的关系决定着我不能有所作为"。[④] "文明开化是用欧美资产阶级的世界观、道德标准和近代技术手段实行社会全面改造的过程，并由此将日本决定性地引入资本主义发展道路。"[⑤]罗洛·梅认为，在现代西方社会，价值观的丧失以及由此带来的空虚和孤独使人产生了焦虑。在剧烈变化的时代里，传统的伦理价值观逐渐崩解，新的人生价值尚未确立，现代人由此产生极度的焦虑。而对西方亦步亦趋的近代日本，也正步此后尘。作品中代助主要强调了以下几点：

---

① ［日］夏目漱石：《从此以后》，载《夏目漱石小说选》（上），陈德文译，湖南人民出版社1984年版，第275页。

② ［日］高橋和巳：「知識人の苦悩——夏目漱石」，『夏目漱石作品論集』第六巻，太田登、木股知史、萬田務編，桜楓社1995年版，第53頁。

③ ［日］夏目漱石：《从此以后》，载《夏目漱石小说选》（上），陈德文译，湖南人民出版社1984年版，第276页。

④ ［日］夏目漱石：《从此以后》，载《夏目漱石小说选》（上），陈德文译，湖南人民出版社1984年版，第306～307页。

⑤ 宋成有：《新编日本近代史》，北京大学出版社2006年版，第130页。

(一)扭曲的个人竞争观念

在最大限度地谋求利益心理的驱使之下,人们使用不健康的、剥削式的竞争形式。“它使得每一个人都成为其邻居的潜在敌人,引发了许多人与人之间的敌意和怨恨,并且极大地增加了我们的焦虑以及人与人之间的疏离感。”[①]“作为人类的一个成员,代助认为今天人们如果在内心里不互相抱着忌恨就决不互相接触,他把现代这样的社会称为二十世纪的堕落。”[②]每个人都在不触犯法律的范围之内,在心中犯着这种侮辱别人的罪恶,并且彼此心知肚明。代助不堪忍受这种侮辱别人,同时又受到别人侮辱的生活。病态的竞争扭曲了人性和正常的人际关系。每个人都成为潜在的竞争对手,表面的和平之下隐藏着敌意和怨恨,人与人之间形成一种伪善的关系。

(二)理性与非理性的分裂

19世纪,人们将理性和情感割裂开来,把理性看作积极的、可接受的,而把情感看作非理性的、消极的和不可接受的。及至20世纪,理性的地位被牢固地树立起来,理性的作用被进一步放大,人们普遍认为理性可以提供解决一切问题的答案。理性与非理性的持续分裂,在弗洛伊德人格模式中表现明显。其中,代表人类非理性的本能和情感,时刻受到来自理性的自我和超我的控制和压抑。理性与情感的这种分离,迫使人们不得不在两者之间作出抉择,从而造成人格或人性的分裂,给人精神上造成极大的痛苦。[③] 代助对于这种痛苦感触至深。作者用“哭泣”这一行为代表被现代所扼杀的感性。学生时代的代助“是个爱为别人哭泣的人。但是,他渐渐流不出眼泪来了”。“现代社会的精神是不许人们哭泣。肩负着西方文明的重压,在剧烈的生存竞争状态中喘息着,挺立着,并真正为别人而哭泣的人,代助至今未碰到一个。”[④]这里提到“现代社会的精神”,

---

① [美]罗洛·梅:《人的自我寻求》,郭本禹、方红译,中国人民大学出版社2013年版,第31页。

② [日]夏目漱石:《从此以后》,载《夏目漱石小说选》(上),陈德文译,湖南人民出版社1984年版,第333页。

③ 参见车文博:《人本主义心理学》,浙江教育出版社2003年版,第245页。

④ [日]夏目漱石:《从此以后》,载《夏目漱石小说选》(上),陈德文译,湖南人民出版社1984年版,第332页。

却并没有指明其具体含义。后面提到“剧烈的生存竞争”，强调生存压力之大使人感情枯竭、心灵干涸，根本无暇顾及同情别人。

（三）人的价值与尊严感的丧失

现代社会里，人们感到自己在庞大的社会机构面前无力改变政府和有关部门的控制。在威胁人类生存的混乱世界中，人们苦闷、彷徨，感觉到自己渺小无助，不能发现自己的价值和尊严，从而引起焦虑。当时，“显贵绅士的淫行”“政府收买议员”“政治家和绅商勾结”等社会罪恶公然横行，青年社会流行“奢侈淫靡”“汲汲于外观的修饰，寄希望于侥幸”的恶劣风气。木下尚江认为，青年的烦闷、“无思想无道德的颓废”的根源在于资本主义同旧有的封建道德之间的竞争。他们“头脑受着由藩阀政府发明的神权式的忠君思想、锁港式的爱国的道德律的束缚，全身已经被卷入资本家时代的无道德的浊流”。对此观点伊豆利彦作了进一步的阐释：“虽然资本主义的发展破坏了旧有的封建道德的基础，但是封建道德作为天皇制的基盘仍然被固守着，以个人为基础的新的近代道德的确立受到了阻碍。这必然会引发无思想、无道德的颓废。”[①]贫民在失去财产的同时也失去了道德心，社会犯罪数量剧增。代助痛心地说：“日本是个不从西洋借钱就无法维持生计的国家。它还以先进国家自居，拼命想挤入一等强国的行列。这只能是打肿脸充胖子，愈见可悲。……受到西洋压迫的国民，头脑迟钝，也就很难成事。……精神困惫、身体羸弱、道德沦丧，各种不幸之事，一一接踵而来。整个日本不管走到哪里都看不见一寸光明，眼前只是一片黑暗。……假如整个日本社会的精神、道义和肌体大体上还算健全的话，那么我依然是个前途有为的人。”[②]在代助看来，整个日本暗无天日，一个人再努力也无济于事。代助被这过渡期的混乱不堪状况扰乱了头脑，消磨了意志，只是一味地悲观和逃避。

---

① 转引自[日]伊豆利彦：『漱石と天皇制』，有精堂1989年版，第20页。

② [日]夏目漱石：《从此以后》，载《夏目漱石小说选》(上)，陈德文译，湖南人民出版社1984年版，第306～307页。

三、人际安全感的缺失

对于近代日本社会的人际关系,代助也发出了尖锐的批判:"现在的社会,只不过是每个孤立的个人的集合体。……所谓文明,就是把自我尽量孤立起来。""他对现代的日本抱有一种特殊的不安,这就是人与人之间缺乏信赖造成的野蛮现象。"[①]对代助这样的无神论知识分子而言,人间之爱就是他的信仰,是使他获得救赎的依靠。他相信"人与人之间如果互相有了信赖,便没有必要依靠神明了"[②]。生存竞争激烈造成人心隔阂,互不信任。对于与从前好友平冈的疏远,代助已无奈地接受。代助清晰地认识到陷在这一种孤独深渊里会有的烦闷,认为这种境遇是"现代人的必然的命运"[③]。信仰的缺失,价值的沦丧,使近代人陷入前所未有的危机。像是被抛进了一个陌生的世界,被工业文明所异化,人与人变得难以沟通。人们将爱封锁,吝啬感情,更多地自我关注、自我保护,于是冷漠成为现代人一个显著的特征。冷漠是人对抗焦虑、防御打击的一种方式。代助的倦怠,来自于他确信自己作为一个实体无法控制自己的生活,改变他人对自己的态度,或者改变周围世界,因此他陷入了深深的无用感和绝望感之中。

代助对于现代社会的人际关系是悲观的。关于成为中学生的侄子诚太郎的将来,代助这样想象:"作为一个人,为了生存,终归有一个被别人所不喜欢的命运在等待着他。那时,他可能穿着不太显眼的粗布衣服,像叫花子似的不断寻求着什么,沿街乞讨吧。"[④]他认为现代人为了生存,都背负着如乞丐般向人行乞、遭人嫌弃的命运。这样的代助,如何感受生活

---

① [日]夏目漱石:《从此以后》,载《夏目漱石小说选》(上),陈德文译,湖南人民出版社1984年版,第331、342页。

② [日]夏目漱石:《从此以后》,载《夏目漱石小说选》(上),陈德文译,湖南人民出版社1984年版,第342页。

③ [日]夏目漱石:《从此以后》,载《夏目漱石小说选》(上),陈德文译,湖南人民出版社1984年版,第332页。

④ [日]夏目漱石:《从此以后》,载《夏目漱石小说选》(上),陈德文译,湖南人民出版社1984年版,第354页。

的美好、人生的价值呢？漱石在1905～1906年曾写下这样的话："自我意识的结果是产生神经衰弱。神经衰弱是20世纪共有的病。"[①]代助已经表现出神经症的症状。亀井胜一郎借用松尾芭蕉在《幻住庵记》中的词，形容代助是"略带病身"之人。他在《长井代助——现代文学中出现的知识分子肖像》的论文中，着眼于代助的"知性生活"，结合中世的"隐者"传统进行论证，认为他的悲剧源于近代资本主义社会中"隐者"这一时代错误。[②]"神经症是一组主要表现为焦虑、抑郁、恐惧、强迫、疑病症状，或神经衰弱症状的精神障碍。症状标准为至少有下列一项：恐惧；强迫症状；惊恐发作；焦虑；躯体形式症状；躯体化症状；疑病症状；神经衰弱症状。"[③]代助综合了其中几种症状，如恐惧、焦虑、神经衰弱等。他郁悒而不安，害怕来自外界的刺激。刺激剧烈时，代助就会尽量减少社会交际，在家中一味闷头大睡，还要经常使用极为淡雅而清醇的花香陪伴自己，帮助睡眠。他连看到鲜艳的色彩都会受到刺激。蔷薇花、石榴花的鲜艳色泽，都与代助抑郁的心境极不协调，因此一接触到这类过分明亮的事物，他都会感到不胜矛盾。比起深色，他更喜欢浅色；比起明亮，他更喜欢暗淡。代助的内在和外在，头脑中的世界同现实中的世界是分裂的。平冈这样评价他："你一味沉于思索，凭着这种思索，你把头脑里的世界同现实的生活分割开来，你忍受着这种极不协调的生活，这不正是一种无形的失败吗？"内部和外部失去了调和与平衡，这被平冈讥笑为一种"失败"。而代助也不掩饰对自己的讥笑与鄙视。他说："你尽管笑好啦，你不笑我，我已经自己笑自己啦。"[④]代助的人际安全感缺失，传达了一个意义：孤独和焦虑甚至比死亡更可怕。

---

① [日]夏目漱石：「日記及断片（上）」，『漱石全集』第二十四卷，岩波書店1957年版，第131頁。

② 参见[日]亀井勝一郎：「長井代助——现代文学にあらはれた智識人の肖像」，『夏目漱石作品論集』第六卷，太田登、木股知史、萬田務編，桜楓社1995年版，第12～15頁。

③ 中华医学会精神科分会：《中国精神障碍分类与诊断标准（第3版）》，山东科学技术出版社2001年版，第55页。

④ [日]夏目漱石：《从此以后》，载《夏目漱石小说选》（上），陈德文译，湖南人民出版社1984年版，第305页。

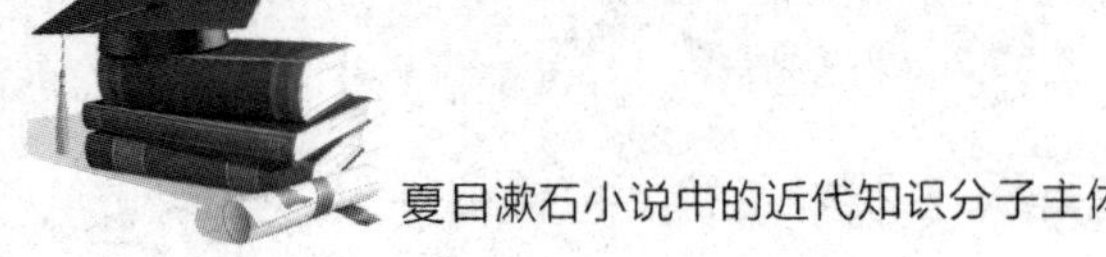

四、空洞化的生活

代助在物质和精神两方面过着空洞化的生活。物质方面，年过三十却不能自食其力，还要仰父兄鼻息，这使得他无力主宰自己的生活。精神方面，他过着一种自闭的、自恋的、轻蔑处世经验的生活，并且罹患了神经症。同时代评论中，阿部次郎关于《从此以后》的主题是这样说的："世上所有的艺术作品都是作者对被命运赠与的问题的艺术性解答。我认为《从此以后》的作者在此小说中尝试解释的问题有两个：一是在个人生活有关方面描写并批判了日本现在的社会状态。二是描写了不堪忍受活在与现实的暧昧妥协中的表面的常识性的生活，勇往直前迈向第一义的、哲学性的生活的精神状态。并且第二个问题是第一个问题的继续和完成。"①代助的生活具有一种不彻底性，他生活在与现实的暧昧妥协中。现在他要突破这种妥协，去过第一义的、哲学的生活。"代助每月必定回一趟老家拿钱去。他是全仗着父兄的金钱过活的。"②传统的日本家庭实行长子继承制，所以身为次子的代助不担负继承家业的压力，在家庭中的地位就像一个优雅的食客。石原千秋认为代助在家里的地位是一个"边缘性的存在"和"多余的人"③。代助生活的基础是父亲的财力和宽容，除此之外没有任何依据。因此他没有自主权，不得不与现实作出暧昧的妥协。这对于一个年过三十的人来说，不能说是一种正常的状态。

而且，代助和父亲的关系绝非坚不可摧。代助对父亲缺乏基本的信任，更不用说尊敬。他在心里秘密地轻蔑父亲"幼稚"，怀疑父亲的人格和智商。他总是躲着父亲，每见到父亲，就在腹诽："总觉得父亲不是一个隐藏自己观点的伪君子，就是一个不明事理的愚人。有了这样的想法，他越

---

① 《东京朝日新闻》于1910年6月18日、20日、21日连载了阿部次郎的评论《读〈从此以后〉》。

② ［日］夏目漱石：《从此以后》，载《夏目漱石小说选》（上），陈德文译，湖南人民出版社1984年版，第260页。

③ ［日］石原千秋：『反家族小説としての「それから」』，『夏目漱石作品論集』第六巻，太田登、木股知史、萬田務編，桜楓社1995年版，第193頁。

来越对父亲产生了反感。”[①]这种毫无感情、表里不一的父子关系，很难想象还可以维持多久。为了取得父亲的经济援助，代助将对父亲的嫌恶隐藏起来，装作若无其事。

像大多数“次男公子哥儿”那样，在强大家庭的庇佑之下，没有尝过生活艰辛的代助自然不会懂得自食其力的重要性。从父亲的角度看，决不会让代助一直这样下去，代助到目前为止的生活是一个“犹豫期间”，直到父亲逼婚才宣告了这个犹豫期间的结束。为了使家族利益最大化，父亲为代助策划了一场政治婚姻。佐川家的女儿是最合适的人选，但这是赤裸裸的利益关系，与爱情无关。代助虽然爱着三千代，但是三千代没有与长井家交换的等价价值，所以三千代是不可能被代助的父兄认可的，况且，三千代还是有夫之妇。

在精神方面，越智治雄对于代助的内心世界如此评论：“代助‘对于肉体的骄傲’达到异样的程度。他有着不把感动表现于外部现实世界的自闭性、一种自恋主义，所以他不是平冈所说的以‘作用于现实社会’的形式把握自我，而是住在自家特有的世界中。”“他是轻蔑处世经验的审美家”，“对于这个‘想要活的男人’‘想要绝对地体验生’的男人来说，美是如此重要，当然，美是生的内容，不过这个事实反而明确地显示出，这是因为他的内部存在着他自身都没有注意到的空洞”[②]。

“他是一个希冀能够使高尚的生活欲望得到满足的人，在某种意义上，他想获得道德欲望的满足。”预感到这两者不可避免的冲突，“他尽量把生活欲望压低到最低限度，自己忍受着”。这一天，代助出神地坐在西洋书籍中间，最后得出一个结论，能够把自己从这种脆弱的生活中拯救出来的办法只有一个：“我必须去见三千代。”[③]代助要去见三千代的目的是把自己从脆弱的生活中拯救出来，并没有为三千代的前途与幸福过多地

① ［日］夏目漱石：《从此以后》，载《夏目漱石小说选》（上），陈德文译，湖南人民出版社1984年版，第334页。

② ［日］越智治雄：『「それから」論』，『漱石私論』，角川書店1978年版，第172頁。

③ ［日］夏目漱石：《从此以后》，载《夏目漱石小说选》（上），陈德文译，湖南人民出版社1984年版，第357页。

考虑。因此，三千代被赋予代助拯救者的角色，她的牺牲是注定的。代助的爱，是带有死亡气息的不吉的爱。它不是建设性的，而是摧毁性的。代助要携着三千代一起走向毁灭。对社会和生活的理想化、脆弱的物质基础、空洞的精神生活，导致了代助悲观的人生态度，使他发出尖锐的文明批判，渴望找到一个宣泄口。

五、过去的爱：理想的容身处

猪野谦二认为这是一篇纯粹的恋爱小说。“首先，比什么都重要的是，这本小说是日本的近代小说中罕见的、纯粹的一篇恋爱小说。”[①]木股知史在太田登和玉井敬之的鼎谈中有如下的说法：“如果作为知识分子自我觉醒的故事来看，就变成了为此主题而设定了恋爱故事。这里似乎存在着《从此以后》论最初的难题。于是出现了对立的观点：是恋爱还是思想？最终代助自身是通过恋爱这种手段到达了觉醒，还是经过了恋爱这个过程导致了自我崩溃？亦即恋爱本身是目的，还是实现自我觉醒的一种手段？”[②]恋爱既不是目的，也不是手段，而是同为不幸之人的代助和三千代互相寻求慰藉的一种近似自然本能的行为。

值得注意的是，代助的母亲在文本里并不存在。母亲的缺位给代助留下一个爱的需要未被满足的巨大缺陷。因此他不具备以成熟的爱同他人建立联系的能力，并且其爱情观还保留着封建的因子。传统的三千代成为母亲的象征，给代助带来慰藉和温暖，提供安全感。代助注意到自己的活力是不充实的，无法完成渴望的行动，在半途就会怀疑行动的意义，他将这种现象命名为“倦怠”。同时，“他深切感到自己缺乏生活的能力。所以，他失掉了将某种行为作为目的而努力实行下去的兴趣”。他仿佛独自站在荒野之中，感到茫然。但是，与三千代在一起，代助感到无上的幸福和满足。“他从雨水里，从百合的香气里，从再次出现的往昔的回忆里，

---

① [日]猪野谦二：『「それから」の思想と方法』，『夏目漱石作品論集』第六卷，太田登、木股知史、萬田務编，桜楓社1995年版，第19頁。

② [日]太田登、木股知史、玉井敬之：『鼎談　太田登、木股知史、玉井敬之』，『夏目漱石作品論集』第六卷，太田登、木股知史、萬田務编，桜楓社1995年版，第265頁。

发现了纯真的和平的生命。这生命的表里都不存在什么私欲、利害和压抑个性的道德，它像行云一样自由，像流水一样自然，它的一切都是幸福的，因而也都是美好的。"[①]白色象征着纯净和生命，白色的百合花给代助带来了短暂的平静，不过，也诱惑代助通过"死亡"获得新生。百合的意象在作品中多次出现，通篇洋溢着百合花的香气。百合花原产于中国，在中国，多用于祝福新人"百年好合"。因它美丽的花形，自古就被用来形容女子走路时婀娜多姿的风采。在日本赞美女性的说法中也有"站如芍药，坐如牡丹，走路的姿态是百合花"。日本百合优美的花朵呈细长的漏斗形，娇羞地侧向一旁。花瓣俏丽上翘，香味优雅，具有女性温婉柔和的气质，是非常有魅力的花卉。"在欧洲文化中，山谷中的百合、铃兰，在表达优美和甘美的同时，因为喜阴凉处而表示谦让，被认为是青春和幸福的重生。然而同时，由于过于纯白、头低垂，也被认为是不吉利的花，如果移植到庭院中则会给家中带来死亡。"[②]在基督教文化中，百合带有圣洁的含义。耶稣受难时圣母玛利亚流下的眼泪变成了百合。百合也代表爱情，《圣经》中有这样的诗句："我是沙仑的玫瑰花，是谷中的百合花。"(《旧约·雅歌》2:1)"良人属我，我也属他。他在百合花中牧放群羊。"(《旧约·雅歌》2:16)百合还比喻高雅、脱俗的女子。"我的佳偶在女子中，好像百合花在荆棘内。"(《旧约·雅歌》2:2)除了观赏价值，百合还具有较高的药用价值。百合花具有治疗慢性肺部疾病、清热解毒、安神的功效。对于失眠多梦、精神恍惚有很好的镇静效果。难怪代助总是伴着百合花香入睡。无论是从外在还是内在，百合花和三千代的形象都是吻合的。这样一个传统的日本女性，给深受文明社会刺激的代助带来心灵的疗愈。

在向心爱之人表白后，代助需要直面现实的生存问题。由于自幼被养育成无法独立的人，中途尝试独立是充满危险的行为。可是他仍然飞蛾扑火般不计后果地去做。只有在那"过去的爱"中，他才能找到理想的

① [日]夏目漱石：《从此以后》，载《夏目漱石小说选》(上)，陈德文译，湖南人民出版社1984年版，第417页。

② [日]江藤淳：『「それから」のコンテ』，『漱石とその時代』第四部，新潮選書1996年版，第265～266頁。

容身之处，那是他和三千代爱情的归宿。所以，对代助而言，和三千代私奔几乎具有必然性。代助创造了一个逃避现实世界的虚幻空间来安置他的爱情梦想，可是却在社会的巨大压力之下被击得粉碎。对社会和生活的理想化、脆弱的物质基础、空洞的精神生活，导致代助悲观的人生态度，使他发出尖锐的文明批判，渴望找到一个出口。小说的结尾虽仍为作者惯用的开放式，没有明确地交代结果，可是其描写足以暗示代助不祥的结局。那是充满了代助最为忌讳的“红色”的世界，神经受到如此强烈刺激的代助将会如何？代助以理想主义者的殉情的方式，为自己的人生写下了轰轰烈烈的结局。

六、结语

代助对明治社会怀有一种极其悲观的论调，他失去了安全感。潜藏的内在自我挣扎着想要从各种复杂的状态中努力解脱出来。代助是一个对生活有着崇高理想的人，但理想与现实有着不可调和的矛盾和巨大的裂隙。他只顾理想，不考虑现实。行使了任性的自由之后，代助失去了现实的根基——生活来源，只能被迫狼狈地走进现实。然而过高的理想和现实的反差使其成为一个悲观的理想主义者。“人是有双重性的。在一系列外部的思想、情感和经历背后，有一个内在的自我，我们对他知之甚少；尽管如此，作为生命历程中的一个要素，我们不能把他抛弃。当外部的生活无法与内部的协调时，内在的自我就会受到伤害，他的痛苦将以一种难以命名的，甚至没法形容的形式显现在外部的意识中，这种痛苦的呼喊更像是含混不清的哀号，而不是意思明确的话语。”[①]在现实生活的挫败感中，他试图通过回归纯粹的爱情而找到自己真正的价值和心灵的归宿，书写了一个无力反抗的软弱的资产阶级知识分子追求恋爱自由的故事。在社会的重压之下，代助追求爱情的行为近似于一种以卵击石的反抗，驱使着他携着爱人走向殉情之路。当理想和现实的反差使怀揣理想主义的知识分子变得悲观，丧失人生意义，在物质和精神两方面过着空洞

---

① [印]泰戈尔：《泰戈尔回忆录》，张帆译，浙江文艺出版社 2011 年版，第 153 页。

化的生活，他们只能寄希望于从爱中找到理想的容身之处，突显出近代人人生意义与信仰的缺失。

夏目漱石曾于1913年12月12日在第一高等学校作了题为《模仿与独立》的演讲。演讲中提到："例如，如果我要公开宣布违反社会惯例的做法，并要将其实行。这时，如果做没有根底的事情，那么无论对我自己而言它是多么必然的结果，作为人类一员来说对于他人没有任何助益，不会产生任何影响。如果不能产生影响的话，那么我就只是在字面上独立，做字面上独立的事，最终死于字面上的独立。不仅于人没有任何影响，那种独立不过是伤害人的感情、给法则造成一种波动、使人产生一种不愉快感而已。"①"特殊人"代助遵循内心的"自然法则"，违抗"世间的法则"，要追求独立。可是，如同演讲中指出的那样，代助的"独立"没有根底，没有发自内心的力量。代助只是将自己封闭在个人的小小的世界中，缺乏一种积极的社会勇气。存在心理学大师罗洛·梅说过，时代的不确定性教给我们重要的一课："终极的标准是在相关联的某一特定时刻里要诚实、正直、勇敢和富于爱心。""如果没有这些，那我们无论如何也不能为未来而建构；而如果拥有了这些，那我们就能信赖将来本身了。"②

第二节　脱离"面包"的"天爵的贵族"

夏目漱石在其代表作《从此以后》中塑造了一位令人耳目一新、吸引不少拥趸的主人公形象——长井代助。代助的父亲曾在政府任职，后来从商，家产丰厚。代助年过三十，单身，受过当时最高等的教育，毕业之后一直赋闲在家，自诩为"高等游民""天爵的贵族"。从知识分子的角度来考察代助形象的早期论文中，亀井胜一郎、高桥和巳、林圭介等学者的论文较有代表性。亀井胜一郎着眼于代助的"知性生活"，将其与中世的隐

① ［日］夏目漱石：『漱石全集』第三十三卷「別冊（中）」，岩波書店1957年版，第121頁。

② ［美］罗洛·梅：《人的自我寻求》，郭本禹、方红译，中国人民大学出版社2013年版，第215页。

者传统关联起来进行论述，认为代助的“悲剧的一端，就在于近代资本主义社会中的隐者这一时代错误中”。并且，他将代助与江户时代的“无赖汉”作了对照，指出代助“是一个无可挑剔的无赖汉。这和‘天爵的贵族’是同义词”①。高桥和巳揭示了近代知识分子的阶级命运，认为长井代助的形象，是作为对于明治资本主义以及官僚主义的反抗者而塑造的，将其命运置于破灭的悲剧之中。② 林圭介希望在代助被构筑为“知识分子”的“主体化”过程中读出不同于“知识分子”的“青年”的故事。③ 从代助“天爵的贵族”的自我认识、对于物质与精神关系的看法、职业观这几方面来看，可以知道代助由于不知物质匮乏的痛苦而只关注精神方面。他单纯强调精神的重要性，在现实社会中逐渐失去立足地。以下试从精神与现实的关系着眼，从“天爵的贵族”、脱离“面包”的哲学家、物质的不安、职业的苦恼这四个方面考察日本近代知识分子长井代助形象。

一、被误用的“天爵的贵族”

《从此以后》的第一章详细地描写了代助的身体容貌。

> 他在那里仔细地刷了牙。他常常庆幸自己长着一口好牙齿。他脱光身子，仔仔细细摩擦着胸膛和脊背。他的皮肤细嫩而光洁，仿佛涂上了一层香油又细心揩拭过一般。每当他摇摇膀子、抬抬胳膊的时候，局部的脂肪就微微膨胀起来。他对这一点也很满意。其次又分开那头黑发，即使不搽油也显得十分自由、熨帖。口髭同头发一样细软，非常得体地遮蔽着嘴唇。代助抚摩着自己胖乎乎的面颊，对着镜子照了照，瞧那动作，简直像女人家梳妆一样。实际上，若在必要的时候，他甚至可以涂脂抹粉，凭着自己的肉体而夸示于人。他最讨厌

---

① [日]亀井勝一郎：『長井代助——現代文学にあらはれた智識人の肖像』，『夏目漱石作品論集』第六巻，太田登、木股知史、萬田務編，桜楓社 1995 年版，第 12～13 頁。

② 参见[日]高橋和巳：『知識人の苦悩——夏目漱石』，『夏目漱石作品論集』第六巻，太田登、木股知史、萬田務編，桜楓社 1995 年版，第 53 頁。

③ 参见[日]林圭介：『「知」の神話——夏目漱石「それから」論』，『成城国文学』第十六号，2000 年 3 月，第 20～30 頁。

的是罗汉般的骨骼和脸型，每当他对着镜子的时候，总是庆幸自己没有生成那样一副面孔。为此，当别人夸赞他举止潇洒的时候，他丝毫不觉得有什么难为情。他就是这样一个超越旧时代的日本的人物。[①]

越智治雄这样评价代助："代助是一个对于肉体的夸示达到了异样程度的人。这不过是无法将感动带给外部世界的自闭性、一种自恋主义。"[②]代助不仅对自己丰润的身体无比自豪，而且对自己的智商也非常自负。"代助的神经，充满了自己特有的细微的思考力和敏锐的感应性，由于受过高尚的教育，反而带来了精神上的痛苦。这是一个天赋的贵族所得到的无形的刑罚。"代助以"天爵的贵族"自任这一点颇为引人注目。为了突显代助的智力水平，作者还将代助与他的家仆门野作了对比："在代助看来，这青年的脑袋像牛一样蠢笨，说起话来直来直去，你偶尔转个弯儿，他马上就不懂了。他从不考虑怎样使自己的话说得更合乎逻辑一些。他的神经是粗的，象一团绳子胡乱绕成的一般。代助观察着这个青年的生活状态，他甚至怀疑这个青年为什么能活在世上。"[③]

代助仿佛在暗示门野这样低智商的人不具备生存于世的意义和权利。这种充满歧视的特权意识，与"天爵"的要求大相径庭。"天爵"一词来源于《孟子》。《孟子·告子上》载孟子曰："有天爵者，有人爵者。仁义忠信，乐善不倦，此天爵也；公卿大夫，此人爵也。古之人修其天爵，而人爵从之。今之人修其天爵，以要人爵；既得人爵，而弃其天爵，则惑之甚者也，终亦必亡而已矣。"翻译成现代汉语，即孟子说："有自然爵位，有社会爵位。仁义忠信，不疲倦地好善，这是自然爵位；公卿大夫，这是社会爵位。古代的人修养他的自然爵位，于是社会爵位随着来了。现在的人修养他的自然爵位，来追求社会爵位，已经得到了社会爵位，便放弃他的自

---

① ［日］夏目漱石：《从此以后》，载《夏目漱石小说选》（上），陈德文译，湖南人民出版社1984年版，第242页。

② ［日］越智治雄：『「それから」論』，『漱石私論』，角川書店1978年版，第172頁。

③ ［日］夏目漱石：《从此以后》，载《夏目漱石小说选》（上），陈德文译，湖南人民出版社1984年版，第247页。

然爵位，那就太糊涂了，结果连社会爵位也会丧失的。”[①]“天爵”是天然自然的爵位，指高尚的道德修养。因为品德高尚而受人尊敬，胜过拥有社会爵位。“天爵”所具备的“仁、义、忠、信”等伦理道德，是在社会中以他人为对象才得以体现的。然而，代助并不认同这类儒家道德，也没有自觉有意识地行善。即使与亲人朋友相处，也是彼此隔阂。他生活在“nil admirari”[②]的心境中，住在一个与别人几乎毫不相干的自家特有的环境里，尽量减少与社会的接触。“他从雨水，从百合的香气里，从再次出现的往昔的回忆里，发现了纯真的和平的生命。这生命的表里都不存在什么私欲、利害和压印个性的道德。它像行云一样自由，像流水一样自然，它的一切都是幸福的，因而也都是美好的。”[③]这里的“自由”和“自然”是代助梦寐以求之物，是与社会的“道德”“得失”“利害”相对立的东西。因此，为了得到“自由”和“自然”，代助试图将现实生活从自己的生活中排斥出去。因为无法排斥，就逃避现实。因此，他只能一再后退，直退到仅能容身的狭小世界中。这样的代助，自动放弃了表现“天爵”的美德的机会。因此，“天爵的贵族”于代助而言，只不过是一种自恋情绪的产物。代助自己每月从父亲处领取生活费，没有财政自由，因此无法成为真正的贵族。自我闭锁的代助将“天爵”这一词仅作字面理解，根据自己的方便加以解释，作为自己的装饰而使用。所以，“天爵的贵族”一说，只是代助在逃避现实基础之上的虚幻的自画像，是一种无法实现的梦想。不过，代助为表现自己的尊贵而使用“天爵”一词，这件事本身意味深长。虽然代助与儒家道德渐行渐远，却仍然被“天爵”一词所散发的高贵气息所吸引。

二、脱离“面包”的哲学家

长井代助对于物质持轻蔑的态度。他否定物质的象征——“面包”。

---

① 杨伯峻译注：《孟子译注》，中华书局 2012 年版，第 296～297 页。

② 拉丁语，对任何事情都无动于衷的冷淡心理。罗马诗人贺拉提乌斯《诗简》中的语句，作为反映明治知识分子世纪末的、虚无主义的信条而被引用。

③ [日]夏目漱石：《从此以后》，载《夏目漱石小说选》(上)，陈德文译，湖南人民出版社 1984 年版，第 417 页。

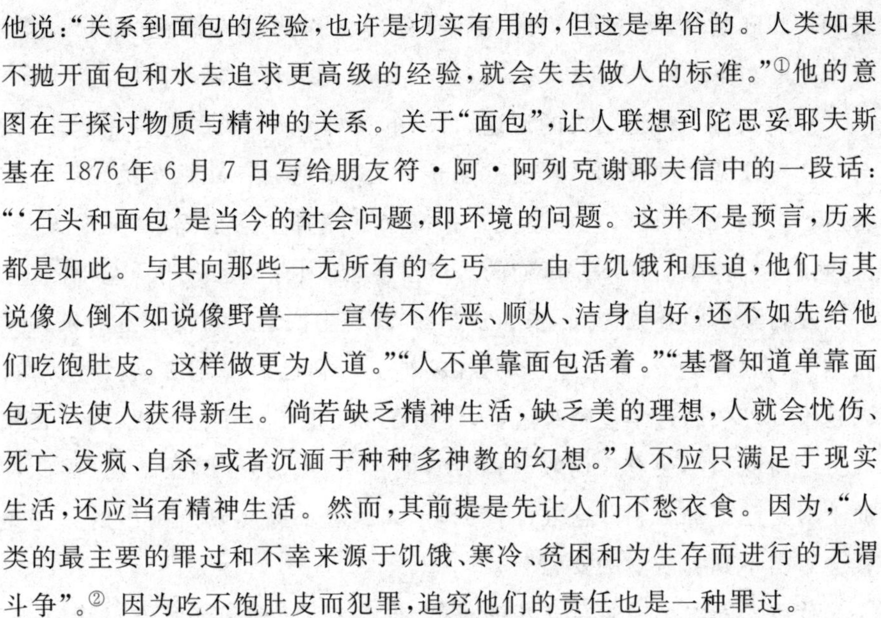

他说："关系到面包的经验，也许是切实有用的，但这是卑俗的。人类如果不抛开面包和水去追求更高级的经验，就会失去做人的标准。"[①]他的意图在于探讨物质与精神的关系。关于"面包"，让人联想到陀思妥耶夫斯基在1876年6月7日写给朋友符·阿·阿列克谢耶夫信中的一段话："'石头和面包'是当今的社会问题，即环境的问题。这并不是预言，历来都是如此。与其向那些一无所有的乞丐——由于饥饿和压迫，他们与其说像人倒不如说像野兽——宣传不作恶、顺从、洁身自好，还不如先给他们吃饱肚皮。这样做更为人道。""人不单靠面包活着。""基督知道单靠面包无法使人获得新生。倘若缺乏精神生活，缺乏美的理想，人就会忧伤、死亡、发疯、自杀，或者沉湎于种种多神教的幻想。"人不应只满足于现实生活，还应当有精神生活。然而，其前提是先让人们不愁衣食。因为，"人类的最主要的罪过和不幸来源于饥饿、寒冷、贫困和为生存而进行的无谓斗争"。[②] 因为吃不饱肚皮而犯罪，追究他们的责任也是一种罪过。

作为一名衣食无忧的富家公子哥儿，代助看到了精神生活、美的理想的重要性，却忽略了其基础——人首先要活着。夏目漱石自明治四十三年(1910年)10月至明治四十四年(1911年)4月，在《朝日新闻》上连载了《回忆录》，里面论及了德国哲学家欧肯·鲁道尔夫主张的自由精神生活："我们一般在为衣食而工作。为了衣食的工作是消极的。换言之，其中包含着不允许有选择自己的好恶之强制的痛苦。像这样从外部强加于人的工作，不能叫作精神生活。既然想过精神方面的生活，就得是朝着没有义务的地方自发地前进的、积极的东西。必须是，不受束缚、靠自己个人的意志自由地过着的生活。"夏目漱石对欧肯·鲁道尔夫的这种理论持怀疑和否定的态度。"学者欧肯在头脑里归纳出来的精神生活，现在是否能够成为事实，在世上存在，自然是另一个问题。只要想象一下欧肯本人是否得以纯净无杂地过上自由的精神生活，不是就很清楚了吗？在欲托身于

① [日]夏目漱石：《从此以后》，载《夏目漱石小说选》(上)，陈德文译，湖南人民出版社1984年版，第255页。

② [俄]费·米·陀思妥耶夫斯基：《人不单靠面包活着》，载《陀思妥耶夫斯基书信选》，冯增义、徐振亚译，上海译文出版社2013年版，第378～379页。

这种不间断的生活之前，按说我们早就应该作为没有职业的闲人生存着了。”①

按照欧肯·鲁道尔夫的理论，自由的精神生活，强烈地排斥职业，是与工作难以两立并存的。只要立足于社会，一定会存在社会的束缚。成为“没有职业的闲人”，就能享受自由高尚的精神生活了吗？“纯净无杂”的自由的精神生活并不是虚幻的海市蜃楼，必须有坚实的物质基础。

夏目漱石曾在题为《娱乐和职业》的演讲中说道：“在物质上为别人做得越多，在物质上对自己越有利；在精神上为自己做得越多，物质上对自己越不利。”按照这个逻辑来解释，代助在物质上不为了任何人，因此在物质上理所应当不会有任何收获；相反，他在精神上过于为了自己，因此物质上对自己更加不利。这样的代助，正如武者小路实笃所指出的，“背离社会者得不到物质上的安慰”②。

代助房间里洋溢着百合花的香气，他鉴赏西洋画，读西方书籍，喜欢散步，观看戏剧，去游乐园，参加上流社会的社交聚会等，过着一种单纯享受的贵族式生活。代助的审美活动是消费性质的，不产生任何价值。他的趣味依赖着百合花这样的物质，因而没有充实的内容。一旦外物消失，他的兴趣也就无所附丽。并且，这种没有原创性的审美活动附着的物质基础也不稳固。因此，代助对此逐渐感到不安和不满足。

越智治雄如此评价代助封闭的审美空间：“（代助）与平冈所说的‘将自己的意志付诸于现实的社会之中’这种形式的自我把握相去甚远，他住在自家特有的世界之中。在这一点上，‘将威尔基尔画像里“画得不好的地方，重新更换了颜色，使之变得更加完美。他被眼前的五颜六色包围了，神情恍惚地坐着”，正是代助的世界的象征。他是轻蔑处世经验的审美家。对于这个‘想要活的男人’‘想要绝对地体味生活’的男人来说，美是如此重要，原因在于美是生活的内容，同时也源于他内部的、自身尚未

---

① ［日］夏目漱石：《杂忆录》，文洁若译，红旗出版社2013年版，第87～88页。

② ［日］武者小路実篤：『「それから」に就て』，『白樺』創刊号，1910年4月。

发觉的空洞。”①

过着自我封闭式生活的代助，用平冈的话来说，就是“一味沉于思索，凭着这种思索，你把头脑里的世界同现实的生活分割开来”②。这样的代助，容易让人想起夏目漱石于明治四十四年（1911年）所作演讲《娱乐与职业》中的“哲学家”形象。在漱石看来，哲学家“从早到晚关在书斋里陷入深思，万事等闲视之，让人不由感到世间没有比他们更‘为自己’的存在了”③。

代助经常待在书斋里，思索“脱离面包”的根本原理。“送走客人之后总要独自坐一会儿，这是代助的老习惯。”④书斋是家中经营精神生活的特殊空间，是脱离了日常生活的柴米油盐，让精神自由驰骋的封闭空间。书斋里代助的身影，很好地说明了代助的自我与外界、精神与物质的关系。只有待在书斋闭门不出，代助才能毫无违和感地过着“热红茶”所象征的西洋式的生活。往外迈出一步，就会知道这个时代的日本并非普遍处于这种协调的、没有矛盾的状态。神经不如代助般敏感的其他人物，他们要么不把社会矛盾当作矛盾，要么因为认识能力欠缺而全然无意识地度过日复一日。书斋，对于代助而言，是与不协调的、充满矛盾的现实保持距离的精神避难所。带有哲学家性质的代助将重心放在形而上学方面看似理所当然，然而他轻视人存在的基本生活条件，和他的“次男公子哥”（「次男坊」）身份有很大的关系。因为没有尝过生活的艰苦，所以无法理解为了糊口而恶战苦斗的人们的辛劳。按照马斯洛的需求层次理论，人类的需求像阶梯一样从低到高按层次分为五种，分别是生理需求、安全需求、社交需求、尊重需求和自我实现需求。在自我实现需求之后，还有自我超越需求。第一层次生理上的需要，如空气、水、食物、睡眠等，是人生

---

① ［日］越智治雄：『「それから」論』，『漱石私論』，角川書店1978年版，第172頁。

② ［日］夏目漱石：《从此以后》，载《夏目漱石小说选》（上），陈德文译，湖南人民出版社1984年版，第305页。

③ ［日］夏目漱石：『漱石全集』第二十一卷「評論　雑編」，岩波書店1957年版，第28頁。

④ ［日］夏目漱石：《从此以后》，载《夏目漱石小说选》（上），陈德文译，湖南人民出版社1984年版，第331页。

存最低限度的必需物。假如一个人同时缺乏食物、安全、爱和尊重，通常对食物的需要是最强烈的，其他需要则显得不那么重要。此时人的意识几乎全被饥饿所占据，所有能量都被用来获取食物。只有当人从生理需要的控制下解放出来时，才可能出现更高级的、社会化程度更高的需要。代助的目标是自我实现，甚至自我超越。这是人类需求金字塔顶端的需要，是前面的需要满足之后的更高层次的需要。对于缺衣少食、生活毫无保障的人来说完全是奢谈。衣食无忧的资产阶级公子哥代助面对无法进入资产阶级而生活贫困的平冈时，无论他如何宣扬超越“面包”的理想也无济于事，不过是空虚的说教。哲学家，本是人类当中的智者，点燃人类智慧的火花，在思想上具有生产性和启发性。而代助的兴趣全部都是消费型的，“社会不好”“日本和西方的关系不好”等社会批判言论，虽然一定程度上切中了问题的要害，却无法形成体系，更不能给人以积极的启发，只不过催生悲观与厌世。

三、物质的不安与妥协

代助与自己的经济来源——父亲的关系并不稳固，拒绝了父亲为其谋划的政治婚姻就会与家庭断绝关系。代助在心里秘密地轻蔑父亲“幼稚”，每当与父亲在一起时，就会怀疑父亲不是一个善于隐蔽自己观点的伪君子，就是一个不明事理的愚人。这种表里不一的父子关系很难长久维持。代助也经常为自己与父亲的关系感到不安，这种不安主要来自经济方面。“自己和父亲之间的隔阂一天深似一天，使他尤其感到不快。他想象这种隔阂发展下去，最后就是断绝父子关系。他承认那是痛苦的，然而那种痛苦也并非不堪忍受，最可怕的是堵死了来钱的路子。代助历来认为，当马铃薯比金刚石还宝贵的时候，人类社会就不像样子了。今后，一旦触怒了父亲，断绝了金钱关系，不管自己愿意不愿意，都得舍弃金刚石去啃马铃薯。”①

① ［日］夏目漱石：《从此以后》，载《夏目漱石小说选》（上），陈德文译，湖南人民出版社1984年版，第387～388页。

代助与父亲之间父子关系的不妙发展趋势是这样表现的："对于父亲，他只在头脑里留下淡淡的不愉快的影象，然而这影象在最近的将来，肯定会越来越增加暗淡的颜色。"[①]与提供物质基础的资助者关系不稳定，无论表现得如何像个哲学家，高谈阔论，在根本上都是不安的。代助排除物质的纯粹理论，是在当前没有物质问题的情况下成立的。然而，这种清谈，如三千代凭直觉感到的那样，含混不清，欲盖弥彰。因为代助逃避经济方面的考验，所以他的理论发出了脱离现实的空洞声响。

拥有细致思考力和敏锐感受性的代助一味思索的后果就是变得不安。"代助有个癖好，就是时常爱摸摸心跳。他一天里总要惶惶恐恐地试探两三次。"[②]在小说的开头部分，被茶花掉落的声音惊醒的代助几乎是下意识地"把右手搭在左胸前，仔细检查心脏的跳动是否正常，随后便入睡了。不久，朦胧之中他又看到婴儿脑袋一般大小的花的颜色。于是，他象忽然想起什么似的，赶快把手放到胸口，边睡边检查心脏的跳动。躺在床上检查脉搏，已经成为他近来的习惯了"[③]。

代助在害怕什么呢？生活的表面之下，蕴藏的强大力量虽然无法看见，却能感受到它的影响力。"父亲这样的人，代助也拿他实在没有办法。"[④]自尊心很强的代助，即使十分厌烦，为了生活费也要每月去见父亲。这是为了生活所作的一种妥协。代助未必没有意识到，不能永远这样从家里领取生活费，过着得过且过的生活。但是代助宁愿忍受着这种痛苦，也没有勇气去改变现状。在向嫂嫂借钱时，嫂嫂梅子指出他的弱点："再了不起也没有用，就象一个车夫一样无能为力。"代助也深知自己欠缺经济能力这一弱点，但是他并不以为意。"他并不介意这些。他回过

---

① ［日］夏目漱石：《从此以后》，载《夏目漱石小说选》（上），陈德文译，湖南人民出版社1984年版，第429页。

② ［日］夏目漱石：《从此以后》，载《夏目漱石小说选》（上），陈德文译，湖南人民出版社1984年版，第311页。

③ ［日］夏目漱石：《从此以后》，载《夏目漱石小说选》（上），陈德文译，湖南人民出版社1984年版，第241页。

④ ［日］夏目漱石：《从此以后》，载《夏目漱石小说选》（上），陈德文译，湖南人民出版社1984年版，第334页。

头来一看，原来嫂嫂、哥哥和父亲都站在一个立场上。他想，自己也只好退回去，做一个社会上普普通通的人。他离开家时，就担心嫂嫂会轻意拒绝他的，但他决不想从此就靠自己劳动挣钱，代助没有把这等事看得如何重要。"[①]代助重视脑力劳动，轻视体力劳动，把自己的与众不同当作骄傲的资本，坚守精神贵族的自我认同感。他隐藏了对父亲的嫌弃和厌恶，装作若无其事，从某种意义上来说也是一种自我欺骗。而在父亲看来，这种状态不过是一种延长了的"犹豫期"，迟早会以一种符合常识的形式作出了结。可见，代助在家中的地位是被边缘化的，其存在价值被物化了，代助只是父亲积极策划的政治婚姻的一枚棋子。

关于自己的不工作、不劳动，代助有着自认为"正当"的理由："你问为啥，这不能怪我，要怪社会，广而言之，是日本对西洋的关系决定着我不能有所作为。首先，日本是借贷最多的贫穷国家，你想，借那么多钱何时能还清？即使能还也不能靠借钱过日子呀。日本是个不从西洋借钱就无法维持生计的国家。它还以先进国家自居，拼命想挤入一等强国的行列。这只能是打肿脸充胖子，愈见可悲。青蛙拼命同牛比身个儿，怎能不鼓破肚子呢？这些都给我们每个人很大的影响。受到西洋压迫的国民，头脑迟钝，也就很难成事。一切教育都是为了驱使人们不息的劳作，弄得大家神经衰弱，说起话来愚蠢可笑。自己过一天就干好当天的事儿，别的啥也不想。因为疲劳使你无法考虑其他的事。精神困惫、身体羸弱、道德沦丧，各种不幸之事，一一接踵而来。整个日本不管走到哪里都看不见一寸光明，眼前只是一片黑暗。我一人置身在这样的环境里，能说些什么，做些什么呢？我本来就是个懒惰的人。不，同你交往时起才变得懒惰起来。那时年少气盛，你也认为我是个前途有为的人吧。假如整个日本社会的精神、道义和肌体大体上还算健全的话，那么我依然是个前途有为的人，我有好多事情要干，那时候会有许多的新鲜事物刺激我不断克服我的怠惰。但是一切都落空了，我终于变成了现在这个样子。这就是你所说的

① [日]夏目漱石：《从此以后》，载《夏目漱石小说选》(上)，陈德文译，湖南人民出版社1984年版，第319页。

对世界兼收并蓄，满足于那些最适合我去接触的事物。当然，我并不想规劝别人按照我的办法行事。”代助就自己的这些看法征询三千代的意见，三千代回答：“您是因为厌世，才对一切都觉得无所谓的吧？我不很清楚。不过，我觉得您有点含混不清。”[①]代助以“社会不好”作为借口来掩盖自我的怯弱，与他形成对照的，是平冈的态度。平冈被描写成勇敢面对现实的实干家。“我要将自己的意志付诸于现实的社会之中，要使现实社会按照我的意愿行事，哪怕一点也好。没有这样的保证，我就难以生活下去了，从这里，我才发现自己生命的价值。”[②]对于社会，代助一味沉于思索，无所作为；而平冈则一味蛮干，无暇思考。虽然漱石不完全认同代助的生活方式，但对平冈也并非完全肯定。代助以“社会不好”“日本对西洋的关系不对”等理由来使自己的不工作正当化；平冈则是将社会上的一切全盘接收，不择手段地参与竞争，终究会成为与代助父亲一样的人。

四、知识分子的职业苦恼

高桥和巳在《知识分子的苦恼——夏目漱石》中有如下阐述：“在漱石眼中，资本主义表现为拜金主义，职业的专家是立身扬名主义者，甚至拜金主义的屈服者。”[③]这里的“屈服者”一词反映了带有压迫感的人际关系。关于即将升入中学的侄子的未来，他这样想：“不知道诚太郎将来要走哪条路。作为一个人，为了生存，终归有一个被别人所不喜欢的命运在待着他。那时，他可能穿着不太显眼的粗布衣服，像叫花子似的不断寻求着什么，沿街乞讨吧。”[④]在这里，侄子诚太郎代表了一个普通的现代人，他的命运就是被别人所不喜欢，像是沿街乞讨的叫花子。这是夏目漱石

---

① ［日］夏目漱石：《从此以后》，载《夏目漱石小说选》（上），陈德文译，湖南人民出版社1984年版，第306～307页。

② ［日］夏目漱石：《从此以后》，载《夏目漱石小说选》（上），陈德文译，湖南人民出版社1984年版，第305页。

③ ［日］高橋和巳：『知識人の苦悩——夏目漱石』，『夏目漱石作品論集』第六巻，太田登、木股知史、萬田務編，桜楓社1995年版，第53頁。

④ ［日］夏目漱石：《从此以后》，载《夏目漱石小说选》（上），陈德文译，湖南人民出版社1984年版，第354页。

心目中的“现代人”的形象。伴随着“屈服”的必然是“耻辱”的感情。对这种“耻辱”的憎恶,使得代助远离职业。滨野京子这样评论道:“平素认为关于面包的经验是劣等的、会带来精神的堕落的代助,不会轻易投降为了面包而工作。”[①]“投降”一词的前提是存在“敌对”关系。代助敌视的是以父亲为首的拥有“强权”的社会。向这种强敌乞讨“面包”,对代助而言是莫大的侮辱。让人感到讽刺的是,代助并不能避免这种侮辱。他每月都要从父亲那里领取生活费就是其证明。不过,代助无意识地尽量将侮辱的伤害控制在最低限度。

尽管如此,因为代助的职业观不符合现实就全盘否定也是不恰当的。代助的职业观中包含着积极的、富含未来性的启发。高桥和巳有如下见解:“对于漱石来说,或者对于作品中的长井代助来说,职业本身是真正的生活的敌人,真正的职业不是为了吃饭,必须是衣食无忧的人‘凭好奇心’而做的。这种职业观作为遥远未来的理想富于启发性,大概将不折不扣的天职职业观贯彻到底的话,就是这种状态吧。”[②]正如高桥和巳所指出的那样,作为一种理想,“天职职业观”的到来是在未来。在明治时代的日本,拥有这种职业观的代助的思想超越了时代。

代助抵抗工作的姿态,是“不愉快”的时代里乖僻之人的烦恼的具体体现。从日记和演讲来看,作者夏目漱石自身也充满了作为一名近代知识分子的苦涩。在明治三十九年(1906 年)10 月 26 日写给弟子铃木三重吉的书简中,夏目漱石这样写道:“吾人所处之世即使是污浊之物也好,令人不快之物也好,令人讨厌之物也罢,一概不予逃避,不积极地投身其中将一事无成。像诗人一般,洁身自好、优美纯洁地生活,只是生活意义的仅少一部分。像《草枕》的主人公那样是不行的。生存于当今世界,要想展示自己的优点,无论如何不像易卜生他们那样是不行的。”[③]平冈和代

---

① [日]浜野京子:『〈自然の愛〉の両儀性——「それから」における〈花〉の問題——』,『夏目漱石作品論集』第六巻,太田登、木股知史、萬田務編,桜楓社 1995 年版,第 147 頁。

② [日]高橋和巳:『知識人の苦悩——夏目漱石』,『夏目漱石作品論集』第六巻,太田登、木股知史、萬田務編,桜楓社 1995 年版,第 54 頁。

③ [日]夏目漱石:『漱石書簡集』,三好行雄編,岩波文庫 1990 年版,第 183 頁。

助，分别是"一概不逃避"而"积极地投身其中"和"诗人般"地生活的典型。在这里，漱石肯定了前者，即鼓励弟子充满勇气积极投身现实。

夏目漱石一向认为自己身处的明治社会是污浊、令人不快的。在明治四十四年(1911 年)8 月的演讲《现代日本的开化》中，漱石提出"西方的开化是内发的，而日本的现代开化是外发的"观点，西方花费 300 年完成的开化过程，日本人希望仅用 40 年去实现。这种外发的开化是受外界(西方)的压迫而产生的，所以"受到这种开化影响的国民总有空虚之感。不得不怀有不满和不安的念头"①。夏目漱石虽然看透了现代日本开化的性质，却没有找到良好的解决办法。演讲的最后，他说："不管怎样如果我所剖析的事情真实不虚的话，那么我们对日本的将来无论如何会变得悲观起来。……我没有任何好的办法。只能说些在尽量不罹患神经衰弱的程度上，内发地变化下去为好之类的体面话。"②这次演讲是在《从此以后》问世两年之后举行的。演讲的结尾，与代助的悲观思想一脉相承。

在大正二年(1916 年)12 月 12 日，夏目漱石发表了《模仿与独立》的演讲，表达了忠实于自我、勇猛前行的决心。在演讲中，夏目漱石反对盲目模仿，认为若要反对社会惯例进行思想改革，应当有坚实的根底、独立的精神和明确的目标，不惮世俗眼目，以"强劲猛烈的勇气"去"断言、宣言、实行"。③ 他还举出日本佛教净土真宗的亲鸾上人和挪威剧作家易卜生的例子，强调有支配自己的权威才能有真正的大改革。

漱石的以上想法，反映出他在黑暗混乱的社会现实面前，努力与消极悲观作斗争的积极心态；但同时从中也可以读出一名近代知识分子在转型期社会中动荡不安的心情，而作者的这种心情也反映在他所创造的主人公身上。代助看到了各种社会现象背后的问题，却不具备支撑自己的有"非常坚实的根底"的思想。没有支配自我的权威和发自内心的力量，所以无法积极地改变社会现实，结果陷入悲剧的命运。丝毫没有使社会

---

① [日]夏目漱石：『現代日本の開化』，『漱石全集』第二十一卷，岩波書店 1957 年版，第 50 頁。

② [日]夏目漱石：『現代日本の開化』，『漱石全集』第二十一卷，岩波書店 1957 年版，第 53 頁。

③ [日]夏目漱石：『漱石全集』第三十三卷「別冊(中)」，岩波書店 1957 年版，第 121 頁。

好转的积极行动，独以旁观者的姿态眺望世间的代助身上，反映了作者夏目漱石作为一名知识分子，在强大的现实面前的悲观和无力。“自由的精神生活”是昂贵的，“不管自己愿意不愿意，都得舍弃金刚石去啃马铃薯”，这不是长井代助一个人的窘境。作为一名受过高等教育的知识分子，代助拥有高尚的趣味，追求“纯一无杂的自由精神生活”。然而，经济地位的不稳定使他的精神生活无法完全自由。经济上的依赖性使他的社会批判空洞而不彻底。代助身上体现了《现代日本的开化》中所表达的夏目漱石在明治社会现实面前的无力。

第三节　两类“他者”：门里门外的宗助

张剑给“他者”定义如下：“‘他者’(The Other)是相对于‘自我’而形成的概念，指自我以外的一切人与事物。凡是外在于自我的存在，不管它以什么形式出现，可看见还是不可看见，可感知还是不可感知，都可以被称为他者。”[①]因此，“他者”是从与“自己”的相对关系中产生的概念。在漱石小说《门》中，涉及两个空间维度的“他者”：一个是横向的，如同“他人”这样有限的、相对的他者；另一类是纵向的，超越于“人”的宗教性的存在。这两类他者由水平线和垂直线构成了一个立体的空间，主人公宗助位于这个空间之中，他的孤独被放大审视。生活于横向的“他者”之间，宗助的困惑和苦闷越来越深，终于他开始寻求超越的他者，走到了禅门之前。宗助的“参禅”喜剧性地收场，最终证明了作为一名平凡的处世者，宗助没有从禅门获得开悟的根器，难以通过禅宗得到救赎。宗助的处境，反映了大多数日本人作为自然生活者的宗教状况。

一、水平线上的他者

对于《门》中的野中宗助来说，小六、佐伯、坂井、安井，包括阿米，都是站在水平线上的“他者”。水平线上的他者中，最为重要的是阿米和安井。

---

① 张剑：《他者》，载《外国文学》2011年第1期。

安井和阿米原本是一对同居的恋人，宗助的介入使他们关系破裂，阿米与宗助结为连理，安井远走他乡。安井走后，宗助和阿米一生都生活在他的阴影之下，日久天长，宗助的心中形成了结核性的恐惧。

> 打那以后，两人再也不提安井的事了，连想也不敢想。因为宗助和阿米心里很清楚，是他们迫使安井退学，返回乡里，接着就沉疴不起。要是安井果真去了满洲，他们不管怎样悔恨和苦恼，都无法挽回自己的罪过。"①

宗助夫妇因对安井犯下的罪而饱受悔恨之苦。这种痛苦并非源于单一的理由，而是具有多重性。宗助从朋友安井身边夺走了阿米。与安井的朋友关系加重了宗助的内疚心理。在战前的日本，已婚女性的出轨是触犯法律的，虽然安井和阿米并不是正式夫妻，但这种事实上的夫妻关系在社会上仍然得到一定程度的认可，因此宗助对社会是有罪恶感的。在耻感文化根深蒂固的日本，人们做事总会顾虑他人的看法，因此，宗助和阿米只能选择离群索居、悄无声息地生活。夺走朋友的爱人，从某种意义上说，宗助是一个胜利者，然而继之而来的，是不义的胜利带来的幻灭感。阿米亦是如此。背叛安井，与宗助生活在一起，虽然得到了爱情，却使自己的生活蒙上了一层负罪感的阴影。日本人有执着于"复仇"和"报复"的一面，如"雪耻"、挽回污名等，因此宗助和阿米都有害怕安井报复的心理。

与西方宗教中的原罪意识不同，宗助和阿米的罪恶感，是在重视集团意识的日本产生的"忌惮他人目光"的社会道德层面的罪恶感。关于宗助和阿米的关系，文中有多处深入细致的表述。例如：

> 宗助和阿米是一对情投意合的好夫妻。两人一道度过了六年多的岁月，至今没有闹过一次别扭，也从未脸红脖子粗地吵过嘴。两口子从服装店买衣服穿，从米店里买米吃。此外，再没有多少事需要求助于社会的了。日常除了买一些生活必需品，他们几乎不再意识到

① ［日］夏目漱石：《门》，载《夏目漱石小说选》（上），陈德文译，湖南人民出版社 1984 年版，第 608 页。

社会的存在。对于他们绝对不可缺少的是他们自己。他们彼此都能使自己感到心满意足。他们虽然住在城市,但却抱着寓居山野的心情。……他们的生活虽然失去了广度,却获得了深度。六年来,他们同人世没有散漫的交往,但却用六年的岁月,彼此挖掘了对方的心灵。他们的生命寄托在两人灵魂的默契之上。在世人眼里,这对夫妇依然是普通的夫妇。但在他们彼此看来,两个人已经成了道义上不可分离的有机体。构成这对夫妇精神境界的每一根纤维,都是双方相互绞合而成的。他们简直像掉落在大水盘的两滴油,将水弹起以后便自然地汇聚在一处了。不,他们是被水弹了起来,就势结为一体,再也分不开了。也许后一种评价对他们来说更为适当。

他们在相互契合之中找到了普通夫妇难以得到的亲密和满足,同时伴随而来的也有一种倦怠感。他们的内心被这种抑郁的倦怠占据了,然而他们从来没有忘记自己是幸福的。有时,这种倦怠在他们的意识里张起一道梦幻的帷幕,给两人的爱情罩上扑朔迷离的异彩。但这决不会给他们造成灵魂将要受到洗刷的不安。总而言之,正因为他们疏远人世,才得以成为一对情深意重的夫妻。①

谷崎润一郎对二人的夫妇和合有如此评价:“两人的爱情绝不是戏剧或净琉璃中的那种浅薄花哨的恋情,而是被描写为深深扎根于生命底部的严肃质朴的感情。《门》的作者告诉我们,生活于没有信仰的对象、没有道德的根底的荒废的现实当中,幸福地生活下去的唯一途径,就是在以真诚的恋爱永结同心的夫妇之爱中经营第一义的生活。”②如果将《门》中的夫妇与《道草》《明暗》中的夫妇作一对比即可发现,宗助和阿米的关系的确是非常温馨和睦的。他们之间有着沉默的理解,而非诉诸知性和语言,结成了超越语言和逻辑的一个有机体。与之形成对照,《道草》《明暗》中

① [日]夏目漱石:《门》,载《夏目漱石小说选》(上),陈德文译,湖南人民出版社 1984 年版,第 577～578 页。

② [日]谷崎潤一郎:『「門」を評す』,『谷崎潤一郎全集』第十四卷,中央公論社 1959 年版,第 4～5 頁。

的夫妇彼此就是他者，他们试图通过语言来实现默契，然而他们追求的绝非知性的理解，恰恰是宗助夫妻这种超越了语言和理论的活生生的关系。在《门》中，没有《明暗》或《道草》中那种理性的、高度紧张的对话剧，宗助和阿米夫妻二人是悄无声息却又默契地生活着。

越智治雄评价宗助和阿米的关系时认为，他们“不可能产生本质上的纠葛。换言之，等同于没有本质上的他者”。菊池昌实同意越智的观点，就为何不存在他者作了如下论述：“对于他们来说，没有主张绝对的东西的自我。二人的自我，在受到社会制裁之时已经被打得粉碎，夫妇间产生纠葛、争执的可能性最初就不存在。作者正是要描绘这样的夫妇。”[①]

虽然宗助和阿米没有自我，但是断言这样的夫妇不存在“他者性”还为时尚早。

> 宗助和阿米的关系，为他们的一生涂上了阴暗的色彩，生活里似乎有个幽灵时时徘徊，给两个人的精神带来压抑。他们知道，在自己的内心深处，潜伏着为人所看不见的恐怖，就像结核病灶一样。然而，他们都佯装不知。就这样过了新年。[②]

上面这段引用表明，宗助和阿米都在竭力回避自己内心深处的那看不见的结核性的恐怖物。与坂井聊天得知安井的消息之后，宗助一阵痛苦，一阵愤怒，在黑暗中躺在被窝里长吁短叹，想要干脆将一切都告诉阿米，让她一起分担痛苦。可当面对阿米时，宗助又失去了勇气，撒谎遮掩过去，第二天按时起床，装作若无其事。阿米也是一样，对宗助她也有所隐瞒。

> 阿米所说的要向丈夫坦露的，并不是两人原来共同经历的事情。她失掉第三胎以后，听到丈夫讲起当时的情景，感到自己是个残酷的母亲。尽管自己没有沾手，可细想起来，为了夺回用自身的血肉造就的胎儿的生命，一味在黑暗和光明的岐路上等待，这就等于将它绞

---

① [日]菊池昌実：『漱石の孤独　近代的自我の行方』，行人社 1984 年版，第 42 頁。

② [日]夏目漱石：《门》，载《夏目漱石小说选》(上)，陈德文译，湖南人民出版社 1984 年版，第 607 页。

> 杀。当阿米这样想的时候，她不能不把自己当成十恶不赦的罪犯。她独自一人承担着道德上的无情苛责。在这个世界上，没有人会了解她，和她共同分担这样的苛责。就连自己的丈夫，阿米也没有向他诉说过这种痛苦的心境。①

对于阿米这样的心境，菊池昌实作了如下评论："夫妇彼此在自己最为痛苦的时候，不能向躺在自己身边的最亲近的人倾诉，必须独自捱过不眠之夜。这种交互反复的光景，暗示了一个事实，那就是，即便看起来完全结为一体的两个人，自己内心深处最沉重的负担也只能独自背负。"②这种孤独是一种存在的孤独。比起互不理解的人的孤独，这种坚信彼此互相理解的人的孤独更具有讽刺性，更加令人无奈。在这部作品当中，漱石想要刻画的，除了"道义上的罪过"，还有以罪过为契机不得不窥见到的深渊。宗助夫妇的影子，覆盖了以后所有的出场人物。第十四章中提到，"正因为他们疏远人世，才得以成为一对情深意重的夫妻"。假如"人世"的因素消失，两人的异常紧密的关系是否会彻底瓦解？两人生活在一起的六年，夫妇俩从未发生过龃龉，更没有为争论而红过脸。这些只是"和睦"的表面现象。在内心深处，夫妇二人都是彼此的"他者"。

二、垂直线的他者

(一)漱石的参禅

如果将《门》这部作品的主题追究到底，就要面对救赎主题。无法忍耐生之孤独与迷惘的宗助，走向禅寺去寻求出路。救赎主题在这部作品中出现的必然性，在前期三部曲中的上一部作品《从此以后》中已经埋下了伏笔。在《从此以后》的最后一章中，恐惧不已的代助一路奔跑，直到气喘吁吁地停下脚步时，发现"路旁有一段石阶，代助意识朦胧地一屁股坐下来，用手按住额角，再也不动了。过一会儿睁开眼一看，面前有一面黑

---

① [日]夏目漱石：《门》，载《夏目漱石小说选》(上)，陈德文译，湖南人民出版社1984年版，第574页。

② [日]菊池昌実：『漱石の孤独　近代的自我の行方』，行人社1984年版，第47頁。

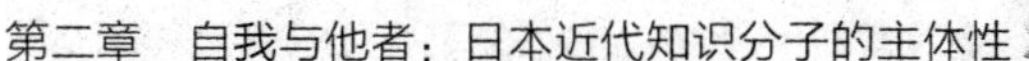

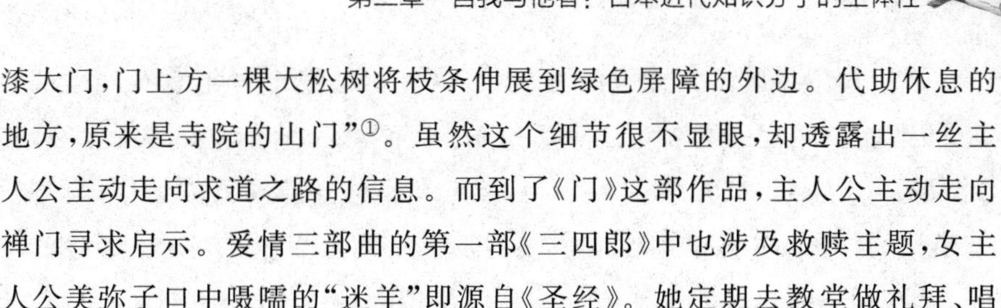

漆大门，门上方一棵大松树将枝条伸展到绿色屏障的外边。代助休息的地方，原来是寺院的山门”[①]。虽然这个细节很不显眼，却透露出一丝主人公主动走向求道之路的信息。而到了《门》这部作品，主人公主动走向禅门寻求启示。爱情三部曲的第一部《三四郎》中也涉及救赎主题，女主人公美弥子口中嗫嚅的“迷羊”即源自《圣经》。她定期去教堂做礼拜、唱赞美诗。她结婚前与三四郎最后一次见面分手时说的话——“我知我罪，我罪常在我前”，就是基督教《旧约全书》中的句子。

对于漱石来说，救赎是永恒的主题，尽管它时常以一种隐晦的、若隐若现的姿态出现。在此意义上，《门》的主题与《三四郎》和《从此以后》的主题是相通的，并且对于《从此以后》中隐约可见的宗教萌芽作了进一步的探索。关于《门》的题目，漱石在 1910 年 3 月 4 日给寺田寅彦的信中这样写道：“两鬓生了许多白发。我又开始写一部新的小说了。从 3 月 1 日开始在东京、大阪的《朝日新闻》上连载。书的题目是《门》，是森田和小宫随便起的，我却写得文不对题，十分难办。”[②]一向严肃认真的漱石，不可能“随便”定下作品的题目。“门”这个题目，具有意义深刻的隐喻性。它不是普通意义上的门，而是自我救赎的门，它象征了通过悟道而进入崭新世界的一个关口。“野中宗助”，作者以其名字暗示其命运，即“站在原野中渴望得到宗教帮助的人”。小说的第十八章到第二十五章中关于宗助参禅的描写，是以夏目漱石本人参禅的实际体验为原型的。1891 年 7 月 24 日，当时 25 岁的夏目漱石写了如下汉诗：

毁尽朱颜烂痘痕，
失来轻伞却开昏。
痴汉悟道非难事，
吾是宛然不动尊。[③]

① ［日］夏目漱石：《从此以后》，载《夏目漱石小说选》（上），陈德文译，湖南人民出版社 1984 年版，第 461 页。

② ［日］夏目漱石：『漱石全集』第二十九卷「書簡集（三）」，岩波書店 1957 年版，第 115 頁。

③ ［日］夏目漱石：『漱石全集』第二十三卷「詩歌俳句　附印譜」，岩波書店 1957 年版，第 34～35 頁。

从这初生牛犊不畏虎般的豪言壮语中，不难读出青年漱石冲天的意气。因为有“悟道”的热情，三年后的1894年年底，漱石至修善寺参禅，直到1895年正月。1895年1月10日漱石在写给齐藤阿具的信中，自嘲没有悟性，与三年前的豪言壮语相去甚远。由此可以推测，随着年龄的增长，漱石对参禅悟道的难度有了更深的认识。1910年3月1日《门》开始连载，至6月12日连载结束。8月，漱石经历了修善寺大患的生死考验。同年9月22日，34岁的漱石关于参禅的认识有了进一步深化和升华，写了如下汉诗：

圆觉曾参棒喝禅，
瞎儿何处触机缘。
青山不拒庸人骨，
回首九原月在天。①

在这首诗中，漱石以老子出关相比况，当年与道无缘的瞎儿，经历了种种人世的艰辛，甚至是生死的考验，悟出了道就弥漫在穷乡僻壤之间。漱石自称为“庸人”，亦是宗助一样的平凡人；天上的一轮明月，喻指漱石一直苦苦寻觅的“道”，蓦然回首，了然于心。宗助，是曾经的漱石，在参禅悟道的路上，似一名“瞎儿”，看不到光明，找不到方向。

(二)禅门：不得其门而入

宗助去看牙医时，在候诊室看到一本名为《成功》的杂志。在这本书上宗助突然看到两行汉诗，诗云：“风吹碧落浮云尽，月上东山玉一团。”宗助本对诗歌之类毫无兴趣，读罢这两句，却十分佩服。他想到如果人的心情也能变得同这景色一般，人生倒也有些意思。于是，他的心头为之一动。“放下杂志以后，唯有这两句诗时时在他头脑里萦绕。实际上，在他的生活中，这四五年来从未遇到过这样美丽的景色。”②这是一句出自《五

---

① [日]夏目漱石:『漱石全集』第二十三卷「詩歌俳句　附印譜」，岩波書店1957年版，第38頁。

② [日]夏目漱石:《门》，载《夏目漱石小说选》(上)，陈德文译，湖南人民出版社1984年版，第512页。

灯会元》的禅语，是对了悟圆满心境的表现。通过内心体验，获得觉悟，即明心见性，是漱石所追求的实现信仰的方式。这段描写表达了宗助对悟道之后的圆满心境的一种向往和憧憬。关于宗助参禅的动机，文中是这样写的：

归根结蒂，他们的信仰既不指望神明，也不仗恃佛陀。他们的信仰就是两个人互相依存着生活下去。他们紧紧抱合在一道，描绘出一个理想的圆来。他们的生活在寂寥中获得了满足。这种寂寥中的满足感，流露出一种甘美而悲凉的情调。他们同文艺和哲学无缘。他们品味着这种生活的情趣，为充分了解自己的现状而感到自豪。在这一方面，他们比那些具有相同际遇的文人雅士更富有，更纯粹。——这就是初七晚上，宗助应邀到坂井家得知安井的消息之前，夫妇俩共同的思想状态。①

而“安井”这个名字的突然出现，打乱了宗助自欺欺人的平静，重新撕开了两三年来已渐渐愈合的伤口。恐惧和不安纠缠着他的心，而宗助却没有勇气向阿米表明。

宗助在暗夜里行走着，他想从以上的情绪中解脱出来。这种情绪使他变得软弱、急躁，精神不安，心胸偏狭。他只想在透不过气的压抑中寻找一个切实的办法拯救现在的自己。他把造成这种压抑的因素——自己的罪行和过失，完全从这种结局中分离出来。他这时再也顾不得去考虑别的事，只是一味在为自己谋划。从前，他一直忍耐着过日子；今后，他必须积极改造自己的人生观。而这样的人生观光凭口述或耳闻是不顶用的，必须从内心里根本掌握住它的实质才行。宗助一边走，一边在嘴里不住地念叨“宗教”二字。②

---

① ［日］夏目漱石：《门》，载《夏目漱石小说选》(上)，陈德文译，湖南人民出版社 1984 年版，第 608 页。

② ［日］夏目漱石：《门》，载《夏目漱石小说选》(上)，陈德文译，湖南人民出版社 1984 年版，第 614 页。

可见，宗助参禅是为了使自己的内心变得强大，将自己从困惑不安、软弱无力的境遇中拯救出来，从而积极地生活下去。宗助见了师父，被问到“父母未生之前，自己的本来面目是什么”[①]，冥思苦想也找不到答案。再次拜见师父时，“宗助有气无力地坐在他的面前，嘴里只说了一句话，就再也没词儿了”，被师父教训道：“要弄明白了再来啊”，“这几句话，只要稍微有点学问，谁都会讲”。[②] 宗助像丧家犬一般退了出来，宣告了其参禅以失败而告终。究其原因，一方面在于宗助的“悟性”不足，另一方面在于他缺乏自主性的性格。第二十一章中有这样的叙述：

> 他来到门口喊人开门，可是看门的人站在门那边，不管他怎么敲也不肯露面。“敲也没用，自己打开走进来！”只听到有个声音这样说。宗助在考虑如何才能把门闩弄开。他脑子里已经明白地想好了开门的手段和办法，然而他却没有力量使用这种手段和办法把门打开。因此，他自己现在所处的地位同尚未考虑这些问题的往昔毫无两样。他依然无能为力地被锁在门外。他平生是靠自己的判别能力而生活的。如今这种判别能力却跟自己作对了，这使他很懊丧。他钦慕那种从来不加取舍、毫无商量余地的愚昧而顽固的信念。或者说，将那些善男信女排除智慧、不假思索的痴迷态度，尊为崇高的表现。宗助自己好像生来就命中注定要长期守在门外，这是无可奈何的。然而，既然此门不通，又为何偏要走到它的旁边呢？这不是自相矛盾吗？他回顾一下身后，始终没有勇气顺原路走回去。他眺望前方，前方铁门紧闭，永远遮挡着他的视线。他不是一个能走进这门的人，他也不是一个不进门可以安心的人。总之，他是一个伫立门下等待日落的不幸的人。[③]

---

① ［日］夏目漱石：《门》，载《夏目漱石小说选》(上)，陈德文译，湖南人民出版社 1984 年版，第 623 页。

② ［日］夏目漱石：《门》，载《夏目漱石小说选》(上)，陈德文译，湖南人民出版社 1984 年版，第 632 页。

③ ［日］夏目漱石：《门》，载《夏目漱石小说选》(上)，陈德文译，湖南人民出版社 1984 年版，第 638～639 页。

这段话中提到，宗助平生靠自己的判别能力而生活。这种判别的能力是所谓的“世智辨聪”，而非真正的大智慧，它对悟道来说反而是障碍。“知”与“信”的相克，在后期三部曲之一的《行人》中表现得更加激烈。站在门外的宗助，只是一味地敲门，却无法通过自己的双手亲自打开那扇沉重的铁门，这种缺乏自主性的怯懦的性格，是不可能改变自己的命运的。

（三）宗助和阿米的“罪”

美国女性人类学者露丝·本尼迪克特在《菊与刀》这本书中指出：“真正的耻辱感文化借助于外部的约束力来行善，这和真正的罪恶感文化借助于内心的服罪来行善是不一样的。耻辱感是对别人批评的一种反应。”[①]也就是说，西方的“罪恶感”文化，不是根据外在的强制力，而是根据内在的罪的自觉来判断自己的行为。宗助夫妇的罪恶感主要来自社会，来自外界。这种以外在强制力为道德判断根据的日本文化风土，容易孕育出没有自我的、以他人为判断依据的国民。对于没有自我的人来说，要求其根据内心的标准作出判断是一件难事。因此，就会产生“只要别人不知道，就没有罪”这样的想法。《门》是继《三四郎》《从此之后》的前期爱情三部曲中的最后一部，《从此之后》中的代助苦恼于社会规则和自己内心觉醒的“自然本能发动”的相剋，最终，选择成为社会的罪人。《门》是继《从此以后》而写的作品，理所当然地，其主人公就是成为罪人之后的《从此以后》的男、女主人公的延伸，背负着作为罪人的历史而登场。而宗助和阿米所背负的过去，即宗助宿命般地邂逅好朋友安井的情人阿米，并将其夺走。尔后的六年来，他们两人战栗于罪的意识，一边躲避着外界的视线，一边向彼此内心深入，一直深入到内心的底部，成为无法分离的一个有机体。作者将两人置于这样的心理实验场。这里提到的“罪”的意识，并非西方基督教社会中对于绝对“神”——造物主的罪，而是“对不住别人”的心情，是属于耻感意识的产物。宗助和阿米虽然战栗于“罪”的意识，却并没有积极地去认识和忏悔“罪”的根源，而只是一味地恐惧、逃避。

① ［美］露丝·本尼迪克特等：《菊与刀大全集》，晏榕、姜波译，中国华侨出版社 2012 年版，第 140 页。

在《门》这部作品当中，作者暂时收起了在《三四郎》和《从此以后》中犀利的文明批判笔锋，塑造了在日本的风土中，生息于自然时空中的、非常单纯地存在着的一对男女。这样的男女，不具有彻底追究“罪”的根源、弄清其真面目的能力。他们只是承受着没有觉悟的人由于愚痴无明而带来的痛苦，却对自己为何痛苦浑然不知。关于两人结合在一起的过程，文中是这样描写的：

> 事情发生在冬末春初，而结束于樱花散尽、绿叶滴翠的时候。这完全是一场生与死之间的拼搏。恰似砍倒竹子熬油——苦不堪言。暴风趁两人不在意的时候将他们猛然吹倒在地，等爬起来一看，到处都是漠漠砂尘。他们发现自己也是满身灰土。然而他们并不知道自己是什么时候被暴风吹倒的。人世间无情地背负了道德上的罪名。但是，他们在受到道德和良心的苛责之前，又一时茫然起来，怀疑自己的头脑是否清醒。在他们自己的眼里，他们不是什么可耻的、不道德的男女，而是一对关系奇特、不合伦常的情人。这里没有什么好辩解的，只是蕴蓄着不可言状的痛苦。他们一向认为，是残酷的命运同他们开了玩笑，使清白无辜的两个人遭受打击，从而把他们推进了深渊。[①]

在这部作品中，漱石透视了主人公宗助和阿米那种不问罪的根源、将一切视为命运恶意的凡庸性格，反照出其罪感意识的欠缺。日本人独特的道德观，使之做了错事之后即使有罪恶感，也只不过是一种相对的罪恶感，即“那个人没有做错事，而我做了错事”。日本人会说“遭遇了这样的命运”，将自己的过错转换成他者的责任。

从上面引文中可以看出，宗助、阿米从在一起之初到后来都处于一种糊涂的状态之中，并且认为自己没有责任，是清白无辜的，是残酷的命运跟他们开了玩笑，把他们推入了深渊。这样的认识是无法产生真正的忏

---

① [日]夏目漱石：《门》，载《夏目漱石小说选》(上)，陈德文译，湖南人民出版社1984年版，第593页。

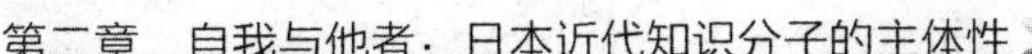

悔意识的，所以他们也无法找到救赎之路。他们没有意识到，他们犯下的是扎根于自己欲望之上的深重的罪。罪恶，往往与人的根源的欲望有关。人的根源的欲望(本性)是深不见底、不可预测的东西。1896 年 10 月，夏目漱石在第五高等学校《龙南会杂志》上发表了题为《人生》的文章。文中写道："吾人心底有一个无底边、两边平行的三角形，让人无可奈何。如果人生能够像数学那样说明，从给出的材料中能够发现未知的人生，如果人能够主宰自己的命运，如果诗人、文人、小说家能够记载所有的人生，那么人生就会便利许多。人是厉害的生物。天有不测风云，意想不到的心情从心底生出，无情而野蛮地涌出。海啸和地震，不仅起于三陆和浓尾也存在于自家的三寸丹田之中。实在危险啊!"[①]夏目漱石早已意识到人心的难测，在《门》中，用"大风"来形容这种非理性的欲望。和美德一样，罪恶的根源也存在于"心"，只是宗助和阿米没有看清楚自己的"心"。

三、夏目漱石对"命根"的追求

无法从禅门得到拯救的宗助和垂直的"他者"也是无缘的。他曾站在镜子前，望着自己的影子，思忖这个影子本来为何物。对于自己的存在，宗助是怀疑的。"父母未生之前的自己"到底是谁，孤独地生活在这个世上的自己到底是谁？在"存在"的苦闷当中，宗助试图寻找生的根据。

第五章中关于宗助牙疼的描写有很深的象征意义。宗助的门牙被硌着了，用指头一扳就摇摇晃晃的。牙医宣告，这颗牙一旦松动就不容易恢复原样了，因为里面已经出现了坏疽。"我只能告诉你是好不了啦。实在不行，可以拔掉，不过现在还不到时候。我先给你止止痛好了。我说坏疽，你也许不懂，就是说里头烂了。"[②]宗助坏掉的牙，象征着他目前的状态和处境——根基不稳，并且内部腐烂。牙齿里的坏疽，和内心深处"结核性的恐怖"一样，是无法医治的(当时，结核性的疾病尚不能被治愈)。

---

① [日]夏目漱石:『漱石全集』第二十二卷「初期の文章」，岩波書店 1957 年版，第 221 頁。

② [日]夏目漱石:《门》，载《夏目漱石小说选》(上)，陈德文译，湖南人民出版社 1984 年版，第 513 页。

夏目漱石对于宗助和阿米夫妇是不抱过高期望的。

生存下去的坚实的根底，是夏目漱石一向重视的问题之一。例如在《三四郎》中，就嵌入一个卧轨自杀的故事，表现出他对生存的根源的关心。三四郎感悟到：人生看似强韧的命根，不知不觉就会松弛下来，随时向黑暗漂流而去。夏目漱石的作品当中有很多关于“根”的字眼，如：“根底”“根本”“根摇摇晃晃”等，对于本源性的追求，是贯穿漱石作品的一个题目。《成功》杂志上刊登了“成功的秘诀”：“有一条说，凡事都得勇往直前。另有一条又说，光是勇往直前还不行，必须立足于坚固的基础之上。”[①]1910 年，修善寺大患之后，体验了 30 分钟死亡的夏目漱石，于 10 月 18 日写下了这样的汉诗：

缥缈玄黄外，死生交谢时。
寄托冥然去，我心何所之。
归来觅命根，杳窅竟难知。
孤愁空遶梦，宛动萧瑟悲。[②]

其中，“寄托冥然去”一句在 16 日的初稿中为“人间失寄托”，17 日改为“人间无寄讬”。“寄讬冥然去，我心何所之”，反映出在人间失去寄托的漱石，精神无处安放的悲愁。“归来觅命根，杳窅竟难知”一句，是指从生死的边缘回到现实世界，痛感生命的脆弱，生命的根据无论怎样寻觅，都是那么遥不可及。这首诗充满了生命无常之感，反映了漱石的虚无心境。尽管如此，究其一生，漱石也没有放弃对“命根”的追寻。而在 1916 年 12 月 12 日，夏目漱石发表了题为《模仿与独立》的演讲。夏目漱石再一次充分展现出其强大的社会责任感。

在总是透过现象追寻事物根源的漱石眼中，宗助的生活方式是不彻底的。宗助尝试通过宗教获得拯救，但是他的参禅没有信仰心，没有诚意，近乎投机行为，最终归于失败。神佛对于宗助来说，是彻底的“他者”，

① ［日］夏目漱石：《门》，载《夏目漱石小说选》（上），陈德文译，湖南人民出版社 1984 年版，第 512 页。

② ［日］夏目漱石：『漱石全集』第二十三卷「詩歌俳句　附印譜」，岩波書店 1957 年版，第 38 頁。

宗助甚至不得其门而入。“父母未生以前的自己”对于宗助来说是永远的谜。“他眺望前方，前方铁门紧闭，永远遮挡着他的视线。他不是一个能走进这门的人，他也不是一个不进门可以安心的人。总之，他是一个伫立门下等待日落的不幸的人。”[①]这是挖掘宗助和宗教的关系而得出的结论。只能自然地存在着，对于“罪与罚”的问题没有真正开悟的宗助，和宗教性无缘，他也无法通过宗教得到救赎。宗助和阿米是单纯地、自然地存在着的一对男女，是对人的罪业没有觉醒的平凡人。他们只是受苦、害怕，将一切归因于“命运”，任自己挣扎于不安和恐惧之中。同时，他们远离社会，过着离群索居、避人耳目的生活，彼此内心都有所隐瞒，存在着无法沟通和交流的隔阂。最亲近的人成了最陌生的“他者”。就这样，宗助在现实社会中被水平的他者相对化，又与垂直的他者——参禅开悟无缘。对宗助来说，一切都是无法与自己一体化的他者。从“他者性”的角度来考察宗助形象，他的孤独姿态格外凸显。这也代表了将一切归为“宿命”的日本文化土壤中的平凡人的普遍状况。

第四节 近代知识“病人”：《行人》中的一郎

《行人》是日本近代国民作家夏目漱石的长篇小说，1912 年 12 月6 日至 1913 年 11 月 15 日连载于《朝日新闻》，由《朋友》《哥哥》《归来以后》《尘劳》四章构成。其间，1913 年 3 月末，漱石胃溃疡发作，在写完《归来以后》之后卧床不起，小说一度中断。经过五个月的休养，漱石再次提笔，完成了最后的一章《尘劳》。《行人》中塑造了一位孤独的知识分子形象——长野一郎。一郎的孤独，源于他选择了一个思考者的立场、他偏执的人格以及他坚守的个人主义和自我本位处世原则。他的头脑是古今东西各种思想的大杂烩。一郎形象是日本近代知识分子的缩影，也是近代日本人精神分裂状态的象征。

---

① ［日］夏目漱石：《门》，载《夏目漱石小说选》（上），陈德文译，湖南人民出版社 1984 年版，第 639 页。

《行人》是一部思想观念浓度极高的小说。江藤淳曾对此作出如下评价:"这部小说是异常紧张的观念遮盖了一切艺术不完美的作品。"[①]本节结合近代日本社会背景,从一郎思考者的孤独、偏执者的人格、自我本位的处世原则、混乱的思想状态四个方面探究他的思想和精神领域,反思日本急速近代化给国民尤其是知识分子带来的思想和精神上的困惑和危机。

一、思考者的孤独

明治政府成立之初,明治天皇发表了《五条誓文》,明确了要"破旧来之陋习","求知识于世界",学习西方国家,建设一个能"与万国对峙"的近代民族国家的构想。以 1868 年的明治维新为起点,日本政府在政治、经济、军事、文化、教育等各个领域大力移植西方文明,展开了大规模的自上而下的"文明开化"运动。[②] 日本近代启蒙思想家福泽谕吉将欧美文明树立为国家进步的目标,认为:"如果想使本国文明进步,就必须以欧洲文明为目标,确定它为一切议论的标准,并以这个标准来衡量事物的利害得失。"[③]以欧美国家为榜样,日本奋起直追,要以最快的速度达到文明的目标。在《现代日本的开化》的演讲中,夏目漱石指出,日本的开化是外发型的流于表面的肤浅的开化,是一种在巨大压力下违背自然的扭曲发展,这种急行军式的近代开化免不了浮躁。

在明治时期的日本社会,原有的阶层等级仍然存在,但金钱的威力日益凸显,有经济实力的人坐马车、住高楼,过着奢侈的生活。这促使拜金主义盛行,催生各种社会腐败现象。官商勾结,谋求暴利。上级武士摇身一变成为高官,参与国政,骄奢淫逸,堕落腐化,成为全国吃喝玩乐的榜样。举国上下,相继沉沦。[④] 中江兆民记录了明治三十四年(1901 年)的社会乱象,暴露了日本从封建主义走向资本主义的转型期社会整体的道德沦

---

① [日]江藤淳:『夏目漱石』,新潮社 2006 年版,第 135 頁。

② 参见王俊英:《日本明治中期的国粹主义思想研究》,中国社会科学出版社 2015 年版,第 26 页。

③ [日]福泽谕吉:《文明论概略》,北京编译社译,商务印书馆 1960 年版,第 11 页。

④ 参见[日]中江兆民:《一年有半》,杨扬译,译林出版社 2015 年版,第 76 页。

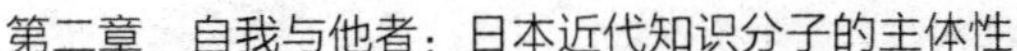

落、思想迷失。针对此种时弊，夏目漱石在作品中进行了强烈的批判。

一郎的身份是大学教授，他批判的重点指向国民性的问题。作为一名严肃的学者，他鄙视“轻佻”，喜欢深思现象背后的本质和意义。他有着正直的人格、卓越的智力和高尚的伦理感，以自己为标尺，对各方面都远不及自己的社会深感失望。他对社会风气的不满散见于文本当中。如：“当今的日本社会——也许西方也是如此——培养出来的人都是些油腔滑调的谄媚者，这样的人才能存在下去，真没办法！”①一郎的父亲是个交际型的人，性格乐天、率直，与一郎的沉默寡言、自我封闭形成鲜明的对照。一郎曾感慨道：“父亲全靠这个弄到自己的地位的。实际上，这就是社会吧。正经地做做学问，认真地思考问题在社会上一点也吃不开，只能遭人白眼。”②显然，一郎是有感而发。他认为社会对浮华表层的重视远远超过对深厚内涵的尊重，他的价值没有得到认可。社会整体价值评价标准失衡，这是一郎的不满之一。

一郎父亲的性格可视为普通日本人的代表。“日本人是讲究现实的，他们重视个别事物甚于普遍性的概念。”③日本作家橘玲也尖锐地指出，“极端的世俗性”是日本人的本性。简言之，就是“如果有益的话就去做，但决不做无益的事这种社会风气”。她甚至断言：“日本人是世界上最世俗的民族。”④从“父亲生来喜欢交际，加之职业上的需要曾经广为结交”⑤“那时候我还是个小职员，随身带个饭盒子”⑥等细节推测，一郎的父亲是位商人。他具备了顺应现实、及时行乐的世俗性，在社会上如鱼得水，左右逢源。在明治社会，高级知识分子原本就是少数精英派，而一郎的性格在世俗性价值取向的日本人当中更显孤高。日本自由民权运动理论家中

---

① ［日］夏目漱石：《行人》，张正立译，上海译文出版社 2017 年版，第 234 页。

② ［日］夏目漱石：《行人》，张正立译，上海译文出版社 2017 年版，第 222 页。

③ ［日］学习研究社·词典编辑部：《日本纵横》，赵丽君译，上海外语教育出版社 2015 年版，第 19 页。

④ ［日］橘玲：《〈日本人〉：括号里的日本人》，周以量译，中信出版社 2013 年版，第 112～115 页。

⑤ ［日］夏目漱石：《行人》，张正立译，上海译文出版社 2017 年版，第 209 页。

⑥ ［日］夏目漱石：《行人》，张正立译，上海译文出版社 2017 年版，第 215 页。

江兆民指出:“日本人性格的特点是:温和而随便,容易放肆和轻薄;坦白而直率,容易戏谑和亵渎。日本人所缺乏的是:严肃和坚强,端庄和郑重。”“我们日本人能够认清利益得失却不能明白理义,爱好行动却不爱思考。”[①]没有原创性哲学的国民“不论从事什么事业,都没有深刻和远大的思想,都不免流于肤浅”。与其他国家比较,“会发现日本人是非常明了事理的,善于顺应时代前进的潮流,而不会抱着顽固不化的态度”。这种特质使明治维新的变革几乎“兵不血刃”地完成了,“把原来的风俗习惯一下子改变为西方的风俗习惯,也不加以留恋”,然而“他们的重大病根,也正在于浮躁和浅薄。他们意志薄弱、缺少魄力的重大病根,也正在于此”。[②]令一郎感到痛苦的正是这种“轻薄”和“戏谑”。令人触目惊心的社会现实摆在面前,父亲等人居然可以视而不见,谈笑风生。关于深刻和痛苦、浅薄和愉快的关系,有这样一个例子:“一个常被人认为是深刻的英国思想家柏林处在他认为是有史以来最坏的20世纪依然活得安详和愉快,他说他的愉快来自浅薄:‘别人不晓得我总是活在表层上。’”[③]一郎的父亲也许从来没有感到深刻思考的必要性,这也许是乐观主义使然,然而这在严肃认真的一郎看来是不可理喻的,他甚至为父亲的“轻薄”而流泪。对于这样一种国民性,他有着一种哀其不幸、怒其不争的痛苦。一郎的孑然独立是一种超绝于同类的宿命的孤独,是一种思想先行者的孤独。德国人西美尔说过:“对于比较深刻的人来说,根本只有一种把生命维持下去的可能性,那就是,保持一定程度的肤浅,因为,如果他要把对立的、无法和解的冲动、义务、欲求、愿望,通通按它们的本质所要求的那样深刻地、绝对彻底地深思下去,则他就必然会神经崩溃,疯狂错乱,越出生命以外去。”[④]一郎即是如此,彻底的思考把他逼进了死胡同,使他发出绝望的呐喊:“是死,是疯,或是入教?在我面前只有这三条路。”[⑤]“深刻”的思考,

① [日]中江兆民:《一年有半》,杨扬译,译林出版社2015年版,第49、39页。

② [日]中江兆民:《一年有半》,杨扬译,译林出版社2015年版,第17页。

③ 何怀宏:《比天空更广阔的》,上海三联书店2014年版,第215页。

④ 何怀宏:《比天空更广阔的》,上海三联书店2014年版,第21页。

⑤ [日]夏目漱石:《行人》,张正立译,上海译文出版社2017年版,第363页。

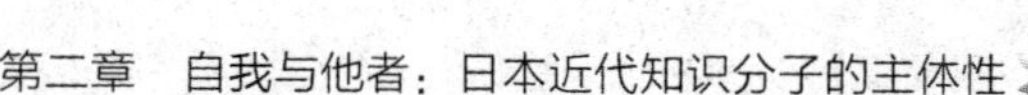

使他失去了放松和笑容，他的脸庞因为自己面临问题的严肃而变得越来越严肃，作为自然的结局，他将变成自己僵硬的雕像。

二、偏执者的孤独

疾风骤雨的近代化导致了日本国民身体和精神的各种症状。夏目漱石在《现代日本的开化》中肯定了日本人为“求知识于世界”而取得的成绩，更指出快速现代化的代价：难以复原的神经衰弱。“我们在明治维新开始后的四五十年里达到了西方文明花费了100年才达到的复杂层次。西方人在精神方面和体质层面要比日本人更健壮，即使忽略了他们作为先行者的艰辛，他们仍然花费了100年。如果我们真的能够用他们不到一半的时间，取得这样的成就，我们就能以取得了惊人的知识而自豪。但是，我们将遭受难以复原的神经虚脱。为了喘息，我们将倒在路边。”[①]高强度、快节奏的近代化步伐昼夜不息地前进，巨大的生存竞争压力导致精神疾病的产生。夏目漱石指出，在近代日本，没有患上神经衰弱反而不正常。作为一位思考者，一郎患上了严重的神经衰弱。从精神分析的角度来看，他表现出“偏执型人格障碍”的症状。他对他人怀有普遍的不信任，有嫉妒妄想；对人有敌意和攻击性；难以相处，在亲近关系中有严重的问题；对可能的威胁高度警觉，行为戒备、秘密、离奇；冷淡、缺乏温情；外表给人以客观、理性的印象，然而更多时候表现出易变的情绪；表达方式以敌意、嘲讽为主。[②] 他的敌意和攻击性突出表现在暴力倾向。他的弟弟、妻子以及关心他的同事H，都受到过他的人身攻击。他不相信人的善性，坚信父母、妻子等家人都是虚伪的。对人性的怀疑在夫妻关系中发展为嫉妒妄想。他无端猜忌妻子和弟弟的关系，甚至想出让他们单独过夜的办法来试探妻子的忠贞。在外面，他温和稳重；可是在家中，他却喜怒无常，“很难对付”，使全家笼罩在一种阴惨压抑的气氛之中，如同“死气沉

---

① 译文参考[美]阿尔伯特·克雷格：《哈佛日本文明简史》，李虎、林娟译，世界图书出版公司2014年版，第122页。略有修改。

② 参见美国精神医学学会：《精神障碍诊断与统计手册》（第5版），[美]张道龙等译，北京大学出版社、北京大学医学出版社2015年版，第639～640页。

沉”的“阎罗殿”。[①]

“偏执者自我体验的核心是深深的孤独。”“他们需要与‘内心密友’之间‘彼此印证’”，后被称为“确认”。[②] 一郎借用尼采的语句慨叹：“孤独哟，你就是我的家！”在旅行途中，他问过朋友H：“你的心和我的心究竟相通到哪里？从哪里分开的？”[③]他渴望人与人之间“心灵深处真挚的连带感”[④]，在婚姻里，他一直渴望抓住妻子的灵魂，表达了现代人内心深处的无力感和孤独感。

偏执者的内心深处是恐惧和无助。面对近代化的狂飙突进，一郎将恐惧感和无助感深藏于内心，久而久之，积淀成一种病态心理。他对科学的发展深感不安。“人类的不安来自科学的发展。前进而不知停顿的科学，不曾允许我们裹足不前。从徒步到人力车，从人力车到马车，从马车到火车，从火车到汽车，后来是飞艇，再后来是飞机，到什么地方也不停顿，还不知要带我们到哪里去，实在可怕！”[⑤]一方面，一郎觉得自己卑微而渺小，孤独而不安。另一方面，一郎表现出偏执者特有的狂妄自大。他说：“我把整个人类的不安都集中于我一个人身上；而且，在一分一秒的短暂时间里，我都在不安和恐惧中煎熬。”[⑥]在一郎身上，体现出偏执型自体的两个极端自体表征。“无能、羞辱、卑微”，或者“全能、执拗、自得”，“两极之间的矛盾张力浸润了他们全部的内心世界”[⑦]。一郎的这种偏执性格，深深植根于快速近代化的明治日本这一时代背景，是一种时代病，而非孤立的个案。

---

① 参见[日]夏目漱石：《行人》，张正立译，上海译文出版社2017年版，第303～313页。

② [美]南希·麦克威廉斯：《精神分析诊断：理解人格结构》，鲁小华、郑成等译，中国轻工业出版社2015年版，第233页。

③ [日]夏目漱石：《行人》，张正立译，上海译文出版社2017年版，第357～358页。

④ [日]土居健郎：《日本人的心理结构》，阎小妹译，商务印书馆2006年版，第88页。

⑤ [日]夏目漱石：《行人》，张正立译，上海译文出版社2017年版，第349页。

⑥ [日]夏目漱石：《行人》，张正立译，上海译文出版社2017年版，第350页。

⑦ [美]南希·麦克威廉斯：《精神分析诊断：理解人格结构》，鲁小华、郑成等译，中国轻工业出版社2015年版，第232页。

三、自我本位者的孤独

虽然对于浮躁的社会、肤浅的国民性不满，但是一郎并没有积极地参与社会改造，他依靠着个人主义生存。“个人主义内在具有这样的倾向：它以自我为中心，使我们的生活既平庸又狭隘，使我们的生活更缺乏意义、更缺少对社会和他人的关心，最终流于一种病态的自我关注而缺乏整体性视域来观照自身生活世界。”[①]对于一郎来说，个人主义过多地表现为一种病态的自我关注，其副作用非常明显。它加重了一郎的偏执，使他深陷于“我执”的泥淖之中无法自拔。

在夏目漱石的语境中，个人主义的起点是“自我本位”。“自我本位”是夏目漱石在英国留学期间(1900 年 5 月至 1902 年 12 月)树立起来的一种思想。以“我”为主，以“他”为宾，使漱石树立了自信，甚至产生了藐视英国人的气概。“自我本位”的思想隐含着以自我为中心的倾向，它的产生有其特定的时代背景。学者杨宁一认为，明治时期日本人的自我认识大体经历了三个阶段：第一阶段是从明治初年到 1887 年，日本为了民族独立，以西方为榜样，努力追求现代化。这一时期，日本人的自我认识侧重于自我批判，以福泽谕吉为代表的启蒙思想家们对日本人的弱点进行了深刻反省。在席卷日本的文明开化潮流中，也出现了盲目崇拜欧美、完全自我否定的民族虚无主义以及全盘欧化主义。第二阶段从 1888 年到 19 世纪 90 年代前期，是国粹主义的自我认识阶段。在现代化道路上，欧化主义使日本人迷失了自我，引起人们的强烈反感。志贺重昂、三宅雪岭等人主张国粹主义，力图在推进现代化的同时保持日本的民族性。第三阶段从甲午中日战争前后到明治末期，是日本人优秀论和国民性反省论尖锐对立的阶段。[②]

夏目漱石留学英国期间，是经过 34 年的文明开化，日本现代化已经有了相当发展之时。与之相应，国粹主义也充分发展，为“日本人优秀论”

---

① 成守勇：《个人主义价值内蕴省思》，载《求索》2014 年第 12 期。

② 参见杨宁一：《明治时期日本人的自我认识》，载《历史研究》2000 年第 3 期。

的登场做好铺垫。在“国运”上升的背景之下，夏目漱石提出了“自我本位”，以扫除民族自卑感。然而这种主张具有很大的局限性：首先，这种僵化的自我认识失去了一种广义的对主客体关系的把握，看不到事实上任何人、事、物都是互为主客体；其次，这种狭隘的关系定位将自己视为主体，将他人对象化，为个人主义走向利己主义埋下了伏笔。

在《尘劳》中，与哥哥一起旅行的H先生给哥哥讲了一个关于穆罕默德的传说。“据说穆罕默德要把对面的一座大山叫到自己的脚边给人看，想看的人可在某月某日到某地集合。”到了约定的日期，面对着许多围观的群众，穆罕默德向大山大声呼喊，命令大山走到自己这边来，可是大山一动不动。两次、三次，大山依旧岿然不动。于是穆罕默德便对群众说：“我已按约定呼唤那座山了，可山似乎不想来。既然不来，我只得自己去了。”说完，便径直向大山走去。H先生欲以此故事启发一郎放弃自我本位，主动亲近他人。他问：“你就是呼唤山的人，呼唤不来就发脾气。你是个悔恨得直跺脚的人，而且，只想狠狠批评那座山。你为什么不朝山的方向走？”①一郎的回答是，对方有义务往这边来，自己觉得没有义务走向对方就没有必要那样做。在这里，一郎以自我为中心的思想显露无遗。这种“自我本位”和一郎的家长地位结合起来，更加深了其以自我为中心的程度，表现在夫妻关系上尤其如此。从主体性的视角来看，一郎与妻子阿直的关系，是一种纯粹的“主体—客体”关系。一郎并没有将妻子视为一个和自己一样的“主体”，而是将妻子视为一个完全的客体。他认为妻子有义务主动亲近自己，而自己却没有主动亲近妻子的义务。他尽情地行使着家长的权威，对妻子冷若冰霜，却要求妻子在生活中尽心尽力地服侍他，还要在精神层面上体恤理解他。这表明他对待妻子使用的是父权家长思维，缺乏尊重和平等的意识。这与《道草》中健三认为妻子是从属于丈夫、为丈夫而存在的观点一样，否认了女性的独立主体人格。这表明在明治时代的男性世界里，女性依然处于被客体化的边缘地位，她们被剥夺了话语权，被迫沉默忍耐。然而，像一郎这样，在人际关系中将“他人”等

① [日]夏目漱石：《行人》，张正立译，上海译文出版社2017年版，第364～365页。

同于“客体”来对待，迟早会遭遇困境。其原因在于，“每个人在从自我出发思考和行动时，必定是以自身为主体的，因而其思考和行动的对象，无论是他人或他物，就都成了客体。但他人同样可以是从自我出发思考和行动的主体，并不仅仅是作为思考和行动的对象的客体。如果我们仅仅把别人当做客体，就会受到对方的抵制或反抗，使自己陷入尴尬乃至困难的处境。这是任何一个以自我为主体的人随时都会遇到的问题”①。凡事从“自我”出发思考和行动的一郎否定了他人的主体性，但是被否定不意味着主体性就不存在，在妻子那里，他也成为一个彻头彻尾的客体。只是一郎并没有认识到这一点，他苦于“抓不住妻子的灵魂”，深陷嫉妒妄想的迷城之中，度日如年。一郎的这种以自己为主体、以他人为客体的“自我本位”的处世原则给他带来了深刻的孤独。个人主义和自我本位并没有将一郎拯救出苦海，反而将他进一步推向痛苦的深渊。

四、开悟解脱的困难

在思想受容方面，一郎表现出一种没有统摄能力的无条件接受。在对待西方思想的态度上，他与追名逐利的世人一样表现出一种贪心和不成熟：未加思考辨别而全盘吸收，生吞活剥，致使自己的大脑中“形成一种无时间顺序的并存现象，一种失去历史结构的新旧文化相混杂的状态”②，即丸山真男所揭示的那种缺乏一个核心性“坐标轴”的“杂然同居”的混乱状态。在日本“历史上留下其脚印的所有思想的片断”“都处于杂然同居状态，一向不清楚它们相互之间的逻辑关系和应占有的位置”③。一郎的思想状况即是如此，他的头脑中充满了各种思想的片断，却缺乏一种整合的能力。他羡慕女仆阿贞“生来就幸福”，因为她“是个欲望最少的

---

① 郭湛：《主体性哲学——人的存在及其意义》，中国人民大学出版社2011年版，第185页。

② 曹瑞涛、朱晓江等：《主题研讨：近代东方文化转型与知识分子的心灵震荡》，http://xb.hznu.edu.cn/hsdxb/docs/xwdt/details.aspx? documentid=28&Nid=C9D3BCE8-8EC4-40D5-ADF1-24242066157C，2011-11-7。

③ ［日］丸山真男：《日本的思想》，宋益民、吴晓林译，吉林人民出版社1991年版，第6页。

善良人"[①]。与之相反，一郎对于思想的贪欲过强，这促使他贪婪地吸收了繁多的思想，尤其是西方思想，却无法将这些思想充分地消化吸收、整理归纳到自己原有的思想体系当中，从而使自己的精神濒于崩溃。

一郎的精神危机集中体现在最后的《尘劳》一章中。他的宗教信仰混合了无神论、泛神论、自然崇拜、禅宗的自力开悟、尼采的超人思想等，它们杂乱无章地堆积在一起，互相冲突，分不出主次。他说："车夫也罢，临时工也罢，小偷也罢，让我觉得高雅的刹那间的面孔就是神；山也好，河也好，海也好，让我感到崇高的瞬息间的大自然也就是神。此外，还有什么神？"[②]这反映出日本人朴素的自然崇拜和泛神论观念：草木国土，悉皆成佛。然而，他又说"神就是自己"，这也许与他受到尼采的影响有关。"除自己以外，讨厌树立权威的东西。"[③]这同宣告"上帝死了"的尼采有相似之处。作品中引用尼采的地方有四处，如他口中突然迸出的德语"Einsamkeit，du weine Heimat Einsamkeit！"（孤独哟，你就是我的家！）[④]，就引自尼采的《查拉图斯特拉如是说》第三部《归乡》。藤井淑祯在《行人》"注释"中指出："一郎的形象造型有尼采或者查拉图斯特拉形象的投影"——"作为激进的个人主义者，在始终坚持主张自我权威方面，作为近代个人主义者中首屈一指的近代精神的中坚力量……他（尼采）达到了近代个人主义的最高峰"[⑤]。在将自己树立为自己的绝对权威这一点上，一郎和尼采极其相似。但在自我救赎的途径上，一郎似乎没有从尼采那里找到出路，他回归了东方，希望通过禅宗的开悟得到解脱——"我要设法成为香严"[⑥]。他主张"我是绝对的"[⑦]，他想要超越生死。学者王成认为这同"天上天下唯我独尊"的禅宗境界非常接近。"天上天下"，指宇宙；"我"，是不拘泥于小我的自由自在的大我，是一切众生；"独尊"，不是妄自

① [日]夏目漱石：《行人》，张正立译，上海译文出版社2017年版，第383页。

② [日]夏目漱石：《行人》，张正立译，上海译文出版社2017年版，第354页。

③ [日]夏目漱石：《行人》，张正立译，上海译文出版社2017年版，第373页。

④ [日]夏目漱石：《行人》，张正立译，上海译文出版社2017年版，第358页。

⑤ 转引自王成：《"修养时代"的文学阅读》，北京大学出版社2013年版，第25页。

⑥ [日]夏目漱石：《行人》，张正立译，上海译文出版社2017年版，第386页。

⑦ [日]夏目漱石：《行人》，张正立译，上海译文出版社2017年版，第374页。

尊大，也不是尼采式的“超人”，而是禅宗倡导的感悟到宇宙间一切事物平等无差别，从而消融了自我与外界之间的矛盾冲突，达到了圆融无碍、大彻大悟的大自在境界的自我，即获得大解脱的真人。① 这种自我的追求指向无我。然而，一郎的理性使他终究无法忘掉“自我”，终究他的“绝对的自我”更像尼采式的自我。他举了中国唐代禅僧香严和尚的例子：起初，聪明伶俐的香严禅师因拘泥于书本而始终未能悟道，他遂将所有书籍付之一炬，抛弃了诸如“禅”“善”“恶”等一切理念归隐乡间之后，反而在一个偶然的机缘之下，听到石子碰到竹子发出的脆响而恍然大悟。一郎对此羡慕不已，他也渴望像香严禅师一样开悟。但是，深受西方影响的“语言逻辑思维模式”却限制了他的悟性思维。学者王树人对西方侧重的“语言逻辑思维模式”及其局限性进行了分析：“把主体与客体分别开来，继而建立起对象化的语言逻辑思维模式，这是人类思维方式一次巨大的飞跃。我们所说的理性、科学思维理性、工具理性，都是这种语言逻辑思维模式的展现。这种思维方式的重要性和对人类各方面发展的重要意义，自不必说。但是，这种思维方式绝对不是万能的。我们看到，这种由主体所创造出来的思维方式，却不适合于回过头来把握主体自身，从而显示出它的局限性。由此可见，主体自身的把握，还需要另外一种思维方式。笛卡尔的‘我思故我在’之‘我思’本身，还需要超越语言逻辑思维方式的另一种思维方式来把握。”②然而，早已深陷语言逻辑思维方式之中的一郎恐怕很难像香严禅师一样“一击亡所知”。

五、结语

日本急功近利的近代化取得了举世瞩目的成果，但也伴随着许多社会问题。世俗的国民性营造了浮躁的社会风气，作为一名正直、严肃的学者，一郎对此深感不满，然而他微弱的声音被湮没在一片浮华喧嚣之中，他也被自己的思考逼到了精神的边缘。作为加速近代化的后遗症，日本

① 参见王成：《“修养时代”的文学阅读》，北京大学出版社 2013 年版，第 28～29 页。

② 王树人：《关于主体、主体性与主体间性的思考》，载《江苏行政学院学报》2002 年第 2 期。

人的心灵留下了阴影。一郎的偏执症就是这种时代病的表现之一，他的内心世界充满了怀疑和孤独。奉行个人主义、固守“自我本位”的一郎坚持狭隘僵化的“主体—客体”观念，以我为主、以他为宾，而他也被彻底地客体化，失去了他渴望的与人心灵深处的真挚连带感。一郎的头脑当中各种思想杂然同居，缺乏一个统一的“坐标轴”。他坚持主客体二元对立的语言逻辑思维模式，却渴望以悟性思维获得开悟解脱，思维方式的根本矛盾决定了他的目标难以实现。“一郎”是日本近代知识分子的代表，也是近代日本人精神分裂状态的象征。他的问题是近代日本知识分子的共同问题，他的痛苦暗示着日本近代化隐没在光明表象背后的阴影。

第五节 《心》中 K 的主体性反思

夏目漱石在近代日本传统与现代、日本与西方二元并存的历史背景之下，探讨了近代日本人确立主体性、进行自我身份认同时产生的诸多问题。夏目漱石整合了东西方的文化资源，提出“道义上的个人主义”的主张，试图为近代日本人的主体性的确立指明方向。在关于夏目漱石个人主义以及《心》中 K 的研究中，邓传俊将鲁迅和夏目漱石的个人主义作了比较研究，认为两者都提倡个人主义，但各有侧重，“鲁迅的个人主义强调个体的精神自由，漱石的个人主义则强调要受责任、义务和人格的约束”[①]。林啸轩、牟玉新结合夏目漱石“道义上的个人主义”以“先生”为线索人物对《心》进行分析，关注夏目漱石的启蒙意图，同时也提示：“揭示 K 自杀之谜，应以身份问题与精神问题为突破口。”[②]李素关注 K 思想的矛盾性，认为《心》中的 K 是“一个生活在传统与现代中的知识分子，是集东西方文化素养于一身的‘海陆两栖动物’，但由于过于执着于自我的实现而陷入神经衰弱，精神世界中呈现出极为矛盾的状态”[③]。本节试结合明

---

① 邓传俊：《鲁迅和漱石的个人主义》，载《山东社会科学》2007 年第 8 期。

② 林啸轩、牟玉新：《夏目漱石“道义上的个人主义”与其〈心〉》，载《山东外语教学》2013 年第 2 期。

③ 李素：《浅析夏目漱石〈心〉中 K 的形象》，载《东岳论丛》2010 年第 10 期。

治日本的特殊时代背景，援引个体心理学、精神分析等相关理论，探讨夏目漱石代表作品《心》中的一位重要人物 K 的主体性问题，揭示他为确立主体性而经历的“叛逆—理想化—毁灭”的过程，彰显夏目漱石个人主义的主旨内涵以及他对 K 所代表的一类人对个人主义盲目仿效的批判。

一、K 的主体性危机

人在家庭中的早年经验与人格形成有着紧密的联系。“家庭，是人出生后最初遇到的社会关系，是人第一个所属的群体”，“人的各种需要首先是在家庭中得到满足的，家庭是个人习得价值观的初级学校，是人格的养育所”。[①] K 自幼在原生家庭中没有得到父母之爱的温暖，并因身为次子而被送人做养子，这些经历不仅在他的内心深处沉淀了很深的自卑感，影响了他健康人格的形成，而且给他造成了一个长久的疑问，那就是“我是谁？”。为了找寻存在的意义，K 进行了曲折而又艰难的探索和尝试。

（一）K 儿童期自我形象“他者”的失落：母爱的缺失

根据拉康的镜子阶段理论，婴儿自我意识的建立有赖于一个“他者”的参照，这个他者就是镜子中婴儿的影像，即镜子给婴儿的反馈。婴儿照镜子的情景有一种隐喻意义，即：“一方（婴儿）在另一方（形象）中发现了自我的同一体。”[②]人在看自己的时候也是以他者的眼睛来看自己。如果没有作为他者的形象，他不能看到自己。母亲的眼睛中映照出来的婴儿形象，就被婴儿认同为自我的形象。K 自幼没有母亲，这使 K 缺少一个形成自我的至关重要的他者——母亲的眼睛，因此他的自我形象无从建立。

弗洛姆认为：母爱的本质是无条件的，“无条件的母爱不仅是孩子，也是我们每个人最深的渴求”[③]。阿德勒也肯定了母爱在孩子生命的最初阶段的至关重要作用：“母亲的第一要务就是给予孩子值得别人信任的经

---

① 尚会鹏：《心理文化学要义——大规模文明社会比较研究的理论与方法》，北京大学出版社 2013 年版，第 87 页。

② 朱立元主编：《当代西方文艺理论》，华东师范大学出版社 2005 年版，第 73 页。

③ [美]艾里希·弗洛姆：《爱的艺术》，李健鸣译，上海译文出版社 2011 年版，第 52 页。

验:之后她必须扩大并提高这种信任感,直到它包含了孩子环境中的其余成分。"[①]如果母亲没有尽到这种义务,孩子就很难爱他人并对同伴产生同仁般的感觉,无视合作,无法与人交流,缺乏社会兴趣,完全漠视有益于他与人们共同生活的一切事情。从K的性格来看,幼时的他被忽视了,养母没有替代母亲尽到培养孩子信任感的责任。这种被忽视儿童没有从家中学会爱与合作的意义,并认为社会总是冷酷的。他怀疑自己,也无法相信别人。所以,K一直是孤独的,他的生活单一化,和其他人几乎没有任何交集。

婴儿用啼哭"召唤母亲无条件的在场和无偿的给予"[②],表达的不仅是生理的需要,更是精神上对爱的需求。"先生"将K孤僻沉默的性格归因于被养母带大的结果。K也认为自己一个朋友都没有,与"先生"的交往,也以学识为基调,缺少情感交流。因为K欠缺了至为关键的早期情感因素,尤其是无私的母爱的滋养,他的心底潜藏着基本需要没有得到满足而形成的"基本焦虑"。他无法确认自己的存在,也无法对身边的人产生信任,他被孤立起来,无法与人正常地交流。

(二)K成长期自我构建的制约:父权家长制的打压

在日本,自平安时代后期,父权制开始取代母权制。随着"家制度"的确立,在家中逐渐形成父权家长制。根据尚会鹏的研究,"日本家庭成员之间存在着明显的等级制度,而这一等级制度拉大了家庭中男性成员的距离"[③]。家长拥有绝对的专制权力,他可以决定儿女的婚姻,卖儿鬻女,拥有财产处分权、教令权与惩戒权,决定子女的居住地。[④] 家长体衰或年老之后要隐居,将家长权让渡给长子。因此,在日本家庭中,家长和长子占有绝对优越的地位,"子承父业"的思想根深蒂固,而这里的"子"指的是

---

① [奥]阿尔弗雷德·阿德勒:《自卑与超越》,吴杰、郭本禹译,中国人民大学出版社2013年版,第10~11页。

② 吴琼:《雅克·拉康:阅读你的症状》(下),中国人民大学出版社2011年版,第518页。

③ 尚会鹏:《心理文化学要义——大规模文明社会比较研究的理论与方法》,北京大学出版社2013年版,第114页。

④ 参见李卓:《家的父权家长制——论日本父权家长制的特征》,载《日本研究论集》2006年刊。

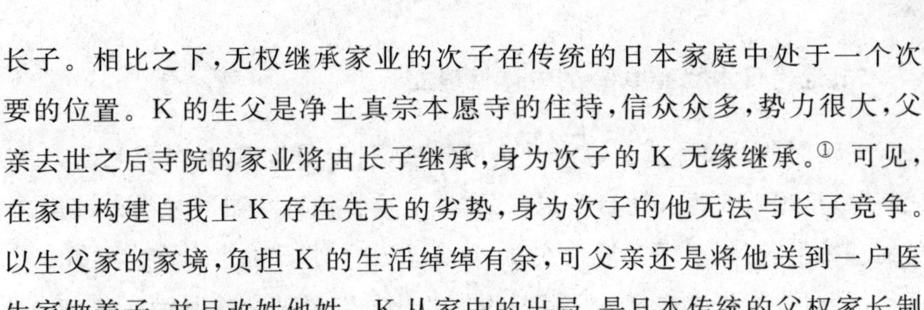

长子。相比之下，无权继承家业的次子在传统的日本家庭中处于一个次要的位置。K的生父是净土真宗本愿寺的住持，信众众多，势力很大，父亲去世之后寺院的家业将由长子继承，身为次子的K无缘继承。[①] 可见，在家中构建自我上K存在先天的劣势，身为次子的他无法与长子竞争。以生父家的家境，负担K的生活绰绰有余，可父亲还是将他送到一户医生家做养子，并且改姓他姓。K从家中的出局，是日本传统的父权家长制价值观导致的结果，也是他身为次子的宿命。

按照阿德勒的出生次序理论，"次子从出生开始，他就与另一个孩子分享关注"，"在整个童年时期，他都有个领跑者。总有个在年龄和成长方面都领先他的孩子。于是他受到激励施展浑身解数，迎头赶上"。[②] 潜意识中，K一直在与哥哥竞争。他不敢懈怠，全力追赶，以争取超过并征服哥哥。可是，这种竞争从一出生就被注定了结局。哥哥将来要接替父亲成为寺院住持，而他未成年即被送作养子，这意味着他在家中与哥哥竞争失败而出局。作为弃儿的K的心中充满屈辱与不甘，这在他年幼的心中埋下了仇恨与报复的种子，导致他后来毫不顾忌地欺骗养父母，将养父母供其学医的学费投入到自己感兴趣的专业。当真相大白，养父母与之决裂后，讲究义理、近乎武士的生父也与他断绝了关系。这一状况印证了弗洛姆关于"有条件的父爱"的理论："顺从是最大的道德，不顺从是最大的罪孽，不顺从者将会受到失去父爱的惩罚。"[③]

可见，在童年期和成长期，K都没有得到一个建构自我的适宜的环境，而近代社会又要求个人的自我意识觉醒，所以K只能在家外寻找自我，这促使他走上一条极端个人主义的道路。

---

① 在日本，和尚可以婚配，寺院由世袭传承。

② [奥]阿尔弗雷德·阿德勒：《自卑与超越》，吴杰、郭本禹译，中国人民大学出版社2013年版，第96页。

③ 尚会鹏：《心理文化学要义——大规模文明社会比较研究的理论与方法》，北京大学出版社2013年版，第53页。

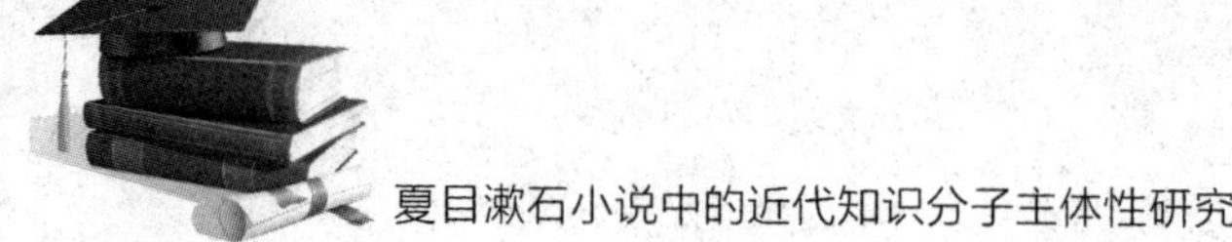

二、近代日本社会中 K 的主体性确立

明治时代的日本人生存于社会的转型期，传统与现代、东方和西方二元并存，呈现着日本文化自古以来的“混血型特征”。“明治时代在封建文化的基础上，引入了西洋近代文化，从而形成了半日本半西洋、半传统半近代、半封建半资本主义的明治文化。”“表面华丽时髦的明治文化，在深层却进行着激烈的文化碰撞，这种碰撞既促生了一些文化领域的更新换代，也造成了日本文化整体的失衡、迷离，以至于畸形。”[①]“矛盾对立随处可见，思想领域的论证激烈，焦点问题是以日本传统文化与欧美文明的优劣与取舍。”[②]在此社会背景之下，在家中找不到位置、对养父家又无法认同的 K 毅然选择了走一条极端个人主义的道路，而非夏目漱石提倡的“道义上的个人主义”之路。

(一)“破”：K 对于日本社会传统的反叛

日本社会基本的人际状态是“缘人”[③]。“缘人的自我认知是通过个我与群我融合的方式达到均衡的，不过，‘个我’与‘群我’并非处于等量平衡状态，它更强调后者，即强调个我依存、融合于群我（如社会、家族、企业、利益共同体等），因而没有一个作为中心的明显的‘自己’存在。”[④]这种自我是一种“自—他协调型自我”，而非西方个人主义意义上的自我。西方人的自我是极致个人的独立型自我。“这里的‘独立型自我’是指自主动机、自主抉择、自力更生、个体有决定自己生活和前途的权利，因而这种状态下的个体生活具有较强的自我中心倾向。”“‘极致个人’的自我认知趋向于认为世界上一切事物中只有独立的个人才是唯一真实和真正有价值的存在，对‘人’的界定几乎与作为有机体基础的个体完全重合。”以

---

① 赵德宇：《日本近现代文化史》，世界知识出版社 2010 年版，第 192、194 页。

② 宋成有：《新编日本近代史》，北京大学出版社 2006 年版，第 125 页。

③ 尚会鹏在批判分析滨口惠俊的“间人”概念基础之上，从研究“人的系统”的角度，提出用“缘人”概念描述日本人的基本人际状态，认为“缘人”概念更能表述日本人际关系的神髓，更具日本本土文化特色，与现有理论有更好的兼容性。

④ 尚会鹏：《心理文化学要义——大规模文明社会比较研究的理论与方法》，北京大学出版社 2013 年版，第 263 页。

美国为例，“在美国人的 PSH（心理社会均衡）图式中，亲密的社会关系与文化层（第 3 层）中没有恒久的人际联系，与人亲密的联系成为一种不确定的、短暂的和难以到手的东西。‘个人’很早就强调独立于父母，与双亲、兄弟相处时间短暂，父母、兄妹等亲属成员只是第 3 层中暂时的居民，个人与他们的关系也较淡薄”[①]。K 的原生家庭的基本设定与上述情况十分接近，而他的名字用英文字母 K 来代替，也暗示着他不是一个典型的传统日本人，而是有着近似于西方人的特质。

K 的自我构建是在叛逆传统的过程中实现的。他不再认同日本社会传统的“依赖”的价值，藐视封建家父长制度。K 用行动反抗了父亲安排的命运，粉碎了养父母供其学医、继承家业的初衷。他欺瞒养父母，擅自将学费用作学习自己喜欢的专业。这表明，K 的自我意识已经脱离了传统日本社会中的“缘人”观念的束缚，他不再依赖“家”这个共同体，而是以“个人”为单位寻求自己的存在感，行为上体现出鲜明的自我中心倾向。他所追求的独立自我显然更接近西方的个人主义自我，而非日本的“自—他协调型自我”。K 的行动很好地诠释了西方个人主义自我与东方伦理下的自我的差异：“个体不是根据自己在亲属体系中的位置去观察世界，而是从个人出发考虑问题，行为出发点是‘我’这个第一人称单数。”[②]

由此，K 经历了众叛亲离的苦果，却因特立独行而成为“先生”的偶像。“先生”多次强调：K 富有主见，独立意识极强，并且“刚毅脱俗”，“有男子汉气质”[③]。“先生”甚至怀着敬畏之心用“伟大”来形容他的这位同窗。

（二）“立”：K 对于理想自我的建构

霍妮精神分析理论中的“整体人格观”把自我的概念分为三种：实际我、真正我和理想我。其中，真正我是人类主要的内在力量，是人类成长

---

① 尚会鹏：《心理文化学要义——大规模文明社会比较研究的理论与方法》，北京大学出版社 2013 年版，第 252～255 页。

② 尚会鹏：《心理文化学要义——大规模文明社会比较研究的理论与方法》，北京大学出版社 2013 年版，第 254～255 页。

③ ［日］夏目漱石：《心》，林少华译，中国宇航出版社 2013 年版，第 507 页。

的根源，而真正我的成长需要一个适当的环境。在儿童期，不利于成长的因素会使儿童无法按照个人需要来发展，导致他们缺乏归依感和集体主义精神，还会让他们产生莫名的恐惧和得不到安全保障的心理反应，这被霍妮称为“基本焦虑”。自幼形成的基本焦虑使K认为身处敌对的环境之中，强迫他去寻求对付假想敌的方法，安全感成为第一需要，内心的情感与思想丧失了重要性。K的内在力大部分被耗费在谨慎戒备上面，人格涣散，为此他需要一种较为稳固并且十分精确的“人格统合”。[①] 于是，他逐步采用自我理想化的方式来解决基本冲突，试图构建一个完美的理想自我。而这种理想自我是一种病态主体，它体现了以自我为中心的占有性个人主义和不包含交互主体性的单独主体性。追求这种理想自我的K罹患了神经衰弱等神经症。

来自神经症视角的解读，也许会加深理解K的人格以及他所选择的个人主义的病态性。追求实现“自我理想”的驱动力主要有三种元素：追求完美的需求、神经症患者的雄心壮志以及报复胜利的需求。其一，追求完美是最根本的，其目的在于将整个人格塑造成理想的自我，力图将自己改造成圣人。其二，“神经病患者的雄心壮志”是一种探求外在成就的驱动力，是最外显的组成元素。其三，为得到“报复的胜利”而产生的驱动力，远比其他元素更为隐秘且更具破坏性，它是人们为了洗雪孩提时期的耻辱所采取的报复的冲动。[②] 这三种驱动力在K的身上均有体现。首先，K追求完美，他追求一种绝对的神圣。“生于寺院的他经常使用‘精进’一词。”而“精进”一词对于K的含义，比禁欲还严厉，“他的第一信条是应该为道而牺牲一切。节欲、禁欲自不消说，即使离开欲的爱本身也是道之障碍”[③]。K的脑中装有很多伟大的形象，他们都是“为了灵魂而虐

① 参见[美]卡伦·霍妮：《自我的挣扎：神经官能症与人性的发展》，邱宏译，万卷出版公司2011年版，第1～3页。

② 参见[美]卡伦·霍妮：《自我的挣扎：神经官能症与人性的发展》，邱宏译，万卷出版公司2011年版，第5～7页。

③ ［日］夏目漱石：《心》，林少华译，中国宇航出版社2013年版，第526页。

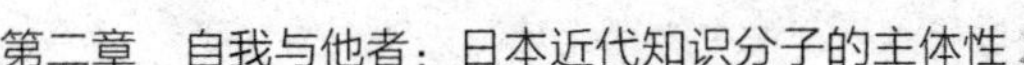
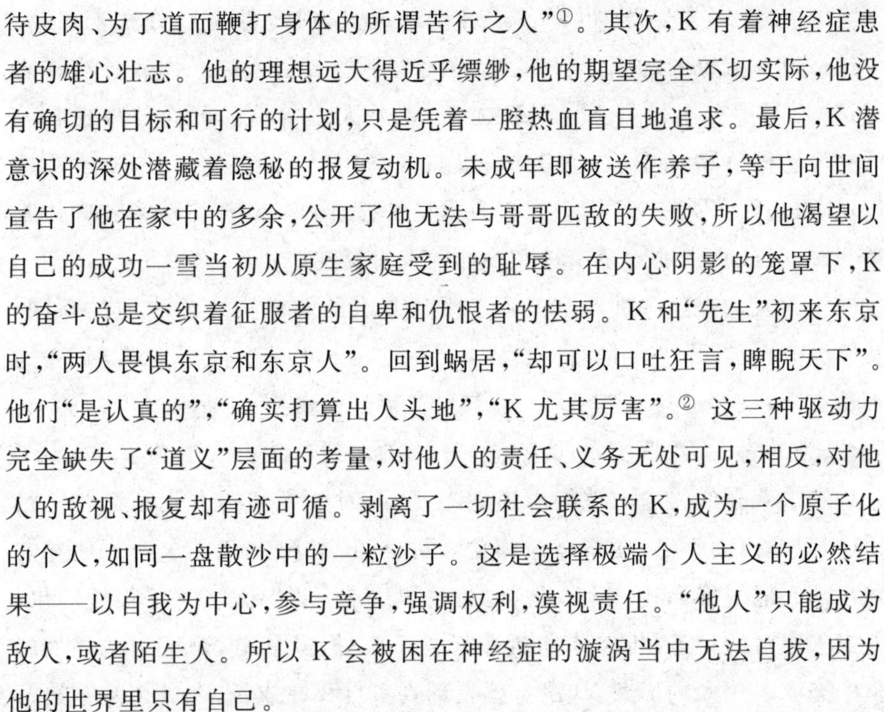

待皮肉、为了道而鞭打身体的所谓苦行之人”[①]。其次，K 有着神经症患者的雄心壮志。他的理想远大得近乎缥缈，他的期望完全不切实际，他没有确切的目标和可行的计划，只是凭着一腔热血盲目地追求。最后，K 潜意识的深处潜藏着隐秘的报复动机。未成年即被送作养子，等于向世间宣告了他在家中的多余，公开了他无法与哥哥匹敌的失败，所以他渴望以自己的成功一雪当初从原生家庭受到的耻辱。在内心阴影的笼罩下，K 的奋斗总是交织着征服者的自卑和仇恨者的怯弱。K 和“先生”初来东京时，“两人畏惧东京和东京人”。回到蜗居，“却可以口吐狂言，睥睨天下”。他们“是认真的”，“确实打算出人头地”，“K 尤其厉害”。[②] 这三种驱动力完全缺失了“道义”层面的考量，对他人的责任、义务无处可见，相反，对他人的敌视、报复却有迹可循。剥离了一切社会联系的 K，成为一个原子化的个人，如同一盘散沙中的一粒沙子。这是选择极端个人主义的必然结果——以自我为中心，参与竞争，强调权利，漠视责任。“他人”只能成为敌人，或者陌生人。所以 K 会被困在神经症的漩涡当中无法自拔，因为他的世界里只有自己。

孤独的理想自我如同暴君虐待奴隶一般，驱使着 K 在现实生活中拼命挣扎。探求荣誉的驱动力具有强迫性、幻想性和贪欲性的特点，它们“探求外在的高于人类天生所具有的知识、智慧、美德或权势，它们的目标在于‘绝对’‘无限’和‘无穷’”[③]。探求荣誉的三个特点在 K 的身上往往互相交织体现。第一，K 割裂了物质与精神的关系，认为精神力量可以战胜一切物质困难。K 寄人篱下，勤工俭学，靠人接济，朝不保夕。肉体难保，何以求道？自尊心受着现实残酷凌迟的他一直以自欺掩盖现实与理想的巨大裂缝。当得知“先生”抢先向夫人提亲，K 说“很想送点贺礼，可我没钱送不成”[④]时，这种自欺已无藏身之地。第二，K 的理想自我否认

① ［日］夏目漱石：《心》，林少华译，中国宇航出版社 2013 年版，第 510 页。

② ［日］夏目漱石：《心》，林少华译，中国宇航出版社 2013 年版，第 490 页。

③ ［美］卡伦·霍妮：《自我的挣扎：神经官能症与人性的发展》，邱宏译，万卷出版公司 2011 年版，第 11 页。

④ ［日］夏目漱石：《心》，林少华译，中国宇航出版社 2013 年版，第 536 页。

真实的人性。“先生”告诉 K：“你像个普通人，或者像得过分亦未可知。可是你口头上说的却不像普通人，做的也不像普通人——你故意这样表现。”①K 对房东小姐产生了爱慕之情，这是人之常情。可他的理想自我不允许这种感情的发生，它压抑、扭曲着真实自我的感受，使 K 矫揉造作，往来彷徨。第三，K 的理想自我重精神、轻肉体，动辄将精神和肉体割裂开来，否认真实的人是精神和身体的双重存在。

正常人的奋斗和神经官能症患者所具有的驱动力有着本质的不同。其差异分别在于：一个是“自发性”，一个是“强迫性”；一为承认有限，一为否认有限；一为进化的感觉，一为专注于荣誉的最终结果的幻想；一为实质，一为外表；一为真实，一为幻想。② K 的求道行为并非自发，而是出于一种渴求荣誉的强迫。他的求道缺乏真诚，对他崇拜的古代高僧和圣德传记，只是囫囵吞枣，便要机械模仿。可见，K 并没有潜心求道。他并非发自内心地敬仰那些伟大人物，他关注的只是变得“伟大”这一最终结果。他追求绝对的神圣，将肉体和精神割裂开来，提倡禁欲，否认情感。他的脑中充满了伟大的形象，却没有感受到真实自我在成长、在进化的感觉。

三、不成熟主体的毁灭结局

与家庭决裂之后，在文化激烈碰撞的近代社会中踽踽独行的 K 愈发焦躁。他采取了自我理想化的方式构建自我，确立主体性，却引发了更为严重的问题——自我憎恨的恶果，最终导致自我毁灭。

在自我理想化的神经官能症患者那里，荣誉化或理想化的自我既是被追求的幻象，也可作为标尺，用以衡量自己的真实情况。一旦理想自我成为衡量真实自我的标尺，自恨就会产生。因为若从神圣完美的观点来审视，真实情况将会令人相当困窘，会引来人们的轻视。“更为重要的是，人类实际存在的状况却继续在干扰他奔向荣誉，因此他必定会憎恨真实，

---

① ［日］夏目漱石：《心》，林少华译，中国宇航出版社 2013 年版，第 510 页。

② 参见［美］卡伦·霍妮：《自我的挣扎：神经官能症与人性的发展》，邱宏译，万卷出版公司 2011 年版，第 13 页。

同时也在憎恨他自己。”[①]理想自我与真实自我在进行着激烈的斗争，当理想自我被提到至高无上的地位时，真实自我就被压抑而蛰伏在暗处。一旦环境适宜，它就会发挥潜力，破土而出。爱情的萌芽就是真我突破理想自我压抑的外在表现。K 心中自然萌发的对小姐的爱，干扰着他奔向荣誉，这超出他的预期，意味着他理想自我对真实自我控制的失败。所以，他在潜意识中憎恨这种真实的状况，也憎恨对此无能为力的自己。

自恨有六种表现形式——对自我冷酷的需求、残酷的自责、自卑、自摧、自我折磨与自毁[②]，它们在 K 的身上都或隐或显地存在着。

其一，对自我冷酷的需求是神经官能症患者为修正自己，使自己变为理想自我的手段。“有时，一切自恨的表现就是代表对于无法完成‘应该’的一种惩罚——换种方式说，如果他真能变为超人，那么他一定不会感到自恨。”[③]渴望超越平凡的自我却又无法超越的 K 强烈地仇恨这样的自己，希望通过“鞭笞肉体”来惩罚自己。

其二，残酷的自责。如果一个人没有达到无所畏惧、意志坚强、沉着镇定等绝对性，那么，他的自负就会判决他“有罪”。所以，关键时刻“精神上没有上进心的人是渣滓”[④]这一句话给了 K 致命一击。精神上的上进心是 K 唯一的绝对性的追求，而丧失了精神上的上进心，对 K 来说不仅意味着有罪，还意味着他失去了生存的意义。

其三，自卑。即缺乏自信，它包含了自贬、自疑、自辱、自嘲等。自卑的人有一种“易受攻击性”，倾向于认为别人轻视他。[⑤] 当“先生”提出要 K 搬去同住，K 当即表示拒绝，在“先生”跪求之下才勉强同意。K 的这种

---

① ［美］卡伦·霍妮：《自我的挣扎：神经官能症与人性的发展》，邱宏译，万卷出版公司 2011 年版，第 55 页。

② 参见［美］卡伦·霍妮：《自我的挣扎：神经官能症与人性的发展》，邱宏译，万卷出版公司 2011 年版，第 59 页。

③ ［美］卡伦·霍妮：《自我的挣扎：神经官能症与人性的发展》，邱宏译，万卷出版公司 2011 年版，第 62 页。

④ ［日］夏目漱石：《心》，林少华译，中国宇航出版社 2013 年版，第 525 页。

⑤ 参见［美］卡伦·霍妮：《自我的挣扎：神经官能症与人性的发展》，邱宏译，万卷出版公司 2011 年版，第 67～68 页。

孤傲,与其说是在追求积极的独立性,莫若说是一种源于自卑的被动的自我孤立。

其四,自摧。自摧明显表现在享乐方面的禁忌与希望、渴望的压制上。“享乐方面的禁忌,破坏我们渴求兴趣或做符合我们真正兴趣的事以求充实我们生活的这种率直性。”K在禁欲与苦行中没有发现真正的乐趣以及生活的充实,他只是“将力量过度耗费在那些能增加他威望的事情上”。[①] 不知不觉间,K已深刻地确立了自我落败的潜意识。他“觉得自己前途上的光明似乎正一点点从视野中遁去”[②]。虽然他在奋斗,但是心里有个声音在告诉他:“你一无所用,也绝无法达到任何目的。”[③]

其五,自我折磨是自恨的必然产物,其中包含了使自己受苦的意向。当“自我折磨”驱动力发生外移时,人就会有一种虐待、折磨别人的冲动。K的行为中隐藏着隐秘的折磨别人的潜意识动机。他在“先生”租住的夫人和小姐家中半夜割断颈动脉、血溅房间,给他们造成极大的心理冲击,留下心理阴影,使其无法继续居住。阿德勒说,一切自杀都是一种责怪。K的自杀,是对于造成他恋爱失败的三人的责怪、对遗弃他的家人的责怪、对不公平命运的责怪、对时代和社会的责怪以及对自己意志薄弱的责怪。他的自杀长久地折磨着“先生”的良心,终于以“先生”也自杀而告终。

其六,自毁。自恨最后必会导致“自毁冲动或行为”,自杀是自毁的最极端、最终极的表现。[④] 最终,K以自杀这一极端形式实现了自毁。遗书中以余墨补写的那句“本该早日死,为何活至今”[⑤],表现了K对自己存在本身的根源性的否定。K的终极奋斗目标是确立从家中失落的主体身份,以此向曾经让他蒙受耻辱的人证明自己。而他的失败,意味着他确立身份

---

① [美]卡伦·霍妮:《自我的挣扎:神经官能症与人性的发展》,邱宏译,万卷出版公司2011年版,第72页。

② [日]夏目漱石:《心》,林少华译,中国宇航出版社2013年版,第495～496页。

③ [美]卡伦·霍妮:《自我的挣扎:神经官能症与人性的发展》,邱宏译,万卷出版公司2011年版,第73页。

④ 参见[美]卡伦·霍妮:《自我的挣扎:神经官能症与人性的发展》,邱宏译,万卷出版公司2011年版,第75页。

⑤ [日]夏目漱石:《心》,林少华译,中国宇航出版社2013年版,第537页。

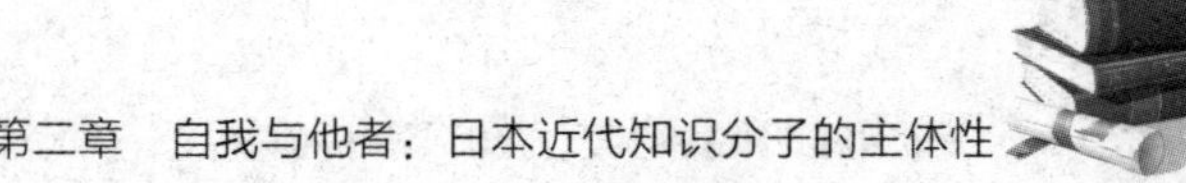

尝试的失败，无法向他人证明自己，他也就失去了生存的根基和意义。

以上六种自恨的表现，全部是封闭于K自我内部的心理剧，完全欠缺与他者对话的维度。K的灵魂在焦灼地自言自语，这种焦灼惨烈到将他毁灭的程度，却完全不被人所知。这岂不走向极端的主体性的一大悲剧？

可见，自我理想化并没有使K的内心获得平静，反而使他更加憎恨自己。自我理想化使K的人格发生了异化，他比社会上一般人更加焦躁。他的焦躁体现在数念珠的动作中："他手腕挂一串念珠。我问何用，他用拇指数了一两个给我看。大概他便是这样一天数好几遍。只是我不解其意何在。穿成一串的东西一颗颗数下去，任凭数到哪里都数不完。"①有学者指出："此处的念珠既是'K'怀着精进之心虔诚悟道的象征，又暗示着'K'数来数去难以悟道、得道的焦虑，更含蓄地揭示了'K'的宿命——永远走不出的偏执性格和难以获得超脱得以安宁的灵魂。"②

由上可见，K的理想化个人主义自我主要体现出以下几个特点：(1)以自我为中心；(2)欠缺社会性、孤立的；(3)幻想性的、封闭于自己精神领域之内；(4)病态理想化。将K的个人主义自我与夏目漱石提出的"道义上的个人主义"自我加以对照，将会彰显出其片面性、不成熟性以及"道义上的个人主义"的主旨内涵。"道义上的个人主义"，是夏目漱石在日本近代化的历史背景下，整合了东西方的文化资源而提出的。1914年11月25日，夏目漱石在学习院作了《我的个人主义》的演讲，回顾了自己过往的人生之路，结合自身对人生价值和文学意义的探索过程，阐述了"道义上的个人主义"这一思想。在留学英国期间，一直苦于文学究竟为何物的夏目漱石领悟到，唯有依靠自力才能明确文学的概念，拯救自己脱离烦闷苦恼。自己为主、他人为宾的"自我本位"的观点为漱石驱走了不安，树立了自信，成为漱石新的出发点，并为他指明了前进的方向。在认识论层面，"自我本位"意味着尊重作为一个独立的日本人的主体性，而非

---

① ［日］夏目漱石：《心》，林少华译，中国宇航出版社2013年版，第492页。

② 李素：《浅析夏目漱石〈心〉中K的形象》，载《东岳论丛》2010年第10期。

人云亦云的西方人的奴隶。可见,“自我本位”对于夏目漱石来说有着特殊的重要地位。接着,夏目漱石引出“个人主义”的观点,即不受强权压迫、不受金钱诱惑,以公平、正义的目光,如同尊重自己的个性一样尊重他人的个性。其内容主要包括三个方面:一是欲使自己的个性得到发展,就必须同时尊重他人的个性;二是欲行使自己所拥有的权力,就必须充分意识到随之而来的义务;三是欲显示自己的财力,就必须尊重与之相伴的责任。个性、权力、金钱这三者背后,必须要有积累了一定程度伦理道德修养的人格作为支撑;否则,就没有发挥个性、行使权力和财力的价值。没有人格的人发挥个性,就会妨害他人的个性;行使权力,就会变成权力的滥用;使用金钱,就会招致社会的腐败。夏目漱石强调伴随着义务的权利,认为没有义务心的自由不是真正的自由,那种任性的自由在社会上决不可能存在,假使存在,也必会立刻被他人排斥踏碎。所以在夏目漱石道义上的个人主义看来,自由和义务是并重的,两者如影随形,不可割裂。并且,道义上的个人主义的秉持者不结党营私、党同伐异,体现了“和而不同”的君子之风,因此会时常品尝到孤独的滋味。另外,个人主义是国家主义,也是世界主义。一旦国家有事,决不会坐视不管,但平时不会将“国家”渗透到日常生活。

因此,夏目漱石提出的“道义上的个人主义”,不是对个人自由、权利的单方面强调,也提醒对他人的义务和责任的重要性。以“道义上的个人主义”来参照,K 的个人主义显然是一种不完整的、有缺陷的个人主义。他的个人主义是完全以自我为中心的,从根本上欠缺了他人这一维度,所以也就谈不上互相尊重人格平等、在社会角色中与他人互动、担当责任和义务等等。孤立于社会的 K 只能逃遁到自己个人的精神世界中,将自己封闭起来,靠着幻想构建自己虚幻的“伟大”形象,逐渐陷入一种神经症中无法自拔,思维越来越狭隘,最终无路可走只能自决。这表达了夏目漱石对近代日本社会的部分人对外来思想文化生吞活剥与盲目仿效的批判。夏目漱石提倡的“道义上的个人主义”,不是没有义务心的任性自由,随心所欲,为所欲为。K 的例子很好地说明了这种自由在社会上无法存在。

四、结语

从人类社会历史方面来看，K 的毁灭性的结局暴露了西方个人主义的弊端——囿于自我的个人变得孤立而无力。曾经“日本人一直崇尚依赖心理，他们认为相互依靠是人类理想的桃源世界”[①]。而现在的日本人“已经沦为西方文化的奴隶”[②]。近现代，个人主义的价值观不断蔓延和深入到日本的社会肌体中，人与人之间越来越隔绝，社会越来越向“无缘社会”发展。河合隼雄指出：“自立，恰恰是靠依赖的支撑才能产生的”，“自立，不是排斥依赖，而是接受必要的依赖，并且能够自觉到自己在多大程度上依赖着，为此而心存感激。排斥依赖，急着要自立的人，他们并不是自立，而是变得孤立”。[③] K 并没有真正独立，只不过是将自己孤立起来而已。在现代工业化的社会中，人的疏离感、孤立感使人们在潜意识中渴望互相交流、联结。在此心理背景之下，区别“独立”与“孤立”，反思“独立”与“依赖”，重构人与人之间的联系纽带，是有意义的。来自古老东方国家印度的诗人泰戈尔告诉我们：“舍弃个人本位的自我并与其他合一，才是我们最高的喜乐。”[④]

从个人思想来看，K 的悲剧在于他的“不平凡”：“从结果看，他的伟大不过表现在亲手毁掉自己的成功这一意义上而已。然而这绝非平凡之举。”[⑤]《中庸》第十三章中有言：“道不远人；人之为道而远人，不可以为道。”意即：“中庸之道并不远离于人；假若有人修道而故弄玄虚、故作高深，以致道远离了人，那就不可以称为修中庸之道了。”[⑥]为了构建在家中无法构建起来的自我，K 脱离家庭，孤立奋斗，将自我理想化，追求个人的

---

① ［日］土居健郎：《日本人的心理结构》，阎小妹译，商务印书馆 2006 年版，第 39 页。

② ［日］黑川雅之：《日本的八个审美意识》，王超鹰、张迎星译，河北美术出版社 2014 年版，第 7 页。

③ ［日］河合隼雄：『こころの処方箋』，新潮社 1998 年版，第 95～96 頁。

④ ［印］拉宾德拉纳特·泰戈尔：《生之实现》，王瑜译，安徽人民出版社 2013 年版，第 19 页。

⑤ ［美］卡伦·霍妮：《自我的挣扎：神经官能症与人性的发展》，邱宏译，万卷出版公司 2011 年版，第 499 页。

⑥ 陈晓芬、徐儒宗译注：《论语　大学　中庸》，中华书局 2011 年版，第 307～308 页。

绝对神圣与胜利，结果越来越背离真实的自我，变成自己的陌生人。理想自我与真实自我的矛盾、现实生活与伟大理想的差距，使K脆弱不堪的自我雪上加霜，朋友的背叛、恋爱的失败成为压倒他的最后一根稻草，终于酿成K自杀的悲剧。这正应了霍妮的评语："人类追求无限与绝对，但也同时在毁灭自己。在他与答应给他荣誉的魔鬼达成协定时，他就已注定要堕入自己内心的牢狱中。"[①]

在西方个人主义思想影响下，K的"真实自我"成为献给"理想自我"的祭品，标志着K以极端个人主义的方式构建理想化自我、确立主体性的实践归于失败。夏目漱石提倡充满浓厚伦理色彩的"道义上的个人主义"主体，而K的主体性是以自我为中心的、不包含交互主体性的单独主体性。[②] 这种"片面的、狭隘的、走极端的、不成熟的主体性"在实践中必然遭到失败。在传统与现代、日本与西方二元并存的历史背景之下，夏目漱石通过《心》探讨了近代日本人脱离伦理道德、家庭观念的束缚，追求自我价值实现时产生的诸多问题，表达了他对近代日本人轻率接受西方思想之现象的否定，以及对K那种毁灭性的主体构建的反思，批判了近代日本社会对西方个人主义的囫囵吞枣、盲目仿效，这对今天的中国社会也具有借鉴意义。

马克思在《关于费尔巴哈的提纲》中指出："人的本质不是单个人所固有的抽象物，在其现实性上，它是一切社会关系的总和。"个人总是社会关系中的个人，"以一定的方式进行生产活动的一定的个人，发生一定的社会关系和政治关系"。[③] "个人不是他们自己或别人想象中的那种个人，而是现实中的个人，也就是说个人总是活动的，进行物质生产的，因而是在一定的物质的、不受他们任意支配的界限、前提和条件下活动着的。"[④]

---

① [美]卡伦·霍妮：《自我的挣扎：神经官能症与人性的发展》，邱宏译，万卷出版公司2011年版，第78页。

② 参见郭湛：《主体性哲学——人的存在及其意义》，中国人民大学出版社2011年版，第239页。

③ 《马克思恩格斯选集》第1卷，人民出版社1995年版，第69～71页。

④ 《马克思恩格斯选集》第1卷，人民出版社1995年版，第78页。

每个人的生存、生活与其他人都有着千丝万缕的联系，能够感受并回报这种联系，自己的生命才不孤独，才有意义。如果将自己与他人割裂开来，个人的生命也就失去意义了。

第六节　《道草》中的独白与对话

夏目漱石的自传体小说《道草》带有多声的特点，以独白叙述为中介，独白与多声并存，形成一种杂糅风格。以他人介入的方式去冲击"我"的唯我世界，是《道草》的书写策略。"他者"的存在获得合法性，标志着夏目漱石的创作重心从自我向他者转移。

一、引言

《道草》是日本近代文豪夏目漱石唯一的一部具有自传色彩的小说，大正四年(1915 年)6 月 3 日至 9 月 14 日连载于东京和大阪的《朝日新闻》。小说回顾了 10 年以前夏目漱石自英国留学归来之后那段时期的往事。日语中有"道草を食う"的惯用句，有"马吃路边草而迟迟不肯前行"之意，引申指去目的地的途中耽搁，偏离轨道走弯路。在距离《道草》最近的前两部作品《行人》和《心》中，主人公一郎和 K 孤独地探索人所应行走的正确道路，在《道草》中，"他者"的介入，扩大了求道主体的视野和格局，同时也伴随着诸多疑问需要解决：他者是谁？与他者共在，能否拯救主体脱离孤独？如何与他者共在？健三本是一心求道，完全无视路边草的人。可是，来自现实的琐屑纠缠使他不得不拿出时间和精力去应付。"草"，是岛田等平凡他者琐事的隐喻，在与他们打交道的过程中，健三有了新的感悟。也由此引出了若干问题：自诩为文化精英的知识分子应当如何对待平凡百姓？通过他者来认识自我是否可能？

日本著名夏目漱石研究专家佐藤泰正教授曾指出，《道草》之前的作品，如《过了春分》《行人》《心》的主人公都是自闭型的。[①] 自闭型的主人

① 参见[日]佐藤泰正、佐古純一郎：『漱石、芥川、太宰』，朝文社 2009 年版，第 130 页。

公欠缺一种现实性，幻想“自我”能够不受约束地超越一切。因为主人公在现实的社会关系中无法确立这种“超越性的自我”，假如有地方能够实现这样的梦想，那只能是只身独处的地方。“只身独处”的愿望只是没有“他者”存在的场所而已。[①] 逃避他者的愿望在漱石早期作品《草枕》中即有明确表达，因为“人世难居”，所以他虚构了一个“非人情”的桃源乡——那古井。《三四郎》中的广田先生、《从此以后》中的代助，他们的批判意识都带有空中楼阁性，而这种与现实缺乏接触点的人工意识将面临被倾覆的危机。奥野健男评价“夏目漱石在前近代的日本社会中，不辞孤立，试图‘纯粹培养’式地确立近代自我。他抛弃了通俗性，将探究超越自私的道德作为终生题目，然而随着题目深刻性的增强，必然游离于日本的现实以及日本人的生活意识之外”[②]。在《道草》中，夏目漱石试图回归人的社会现实，以人是“关系性的存在”的视角去书写。这种“关系”强调“对话”。与一郎、“先生”等人不同的是，健三再也无法封闭自我、独善其身了，他被掷于一群“他者”之中，接受他们关于其独善性、自私任性的彻底反问。

一言以蔽之，夏目漱石曾塑造了众多自闭于想象界中编织幻想的社会绝缘者。他们虽然生活在明治社会背景之下，但是真实的社会距离他们的实际生活很远，他们的世界狭小到容不下“他者”。在《道草》中，曾经的社会绝缘者试着找回与社会、他人的“缘”，“他者”的存在被看见，“他者”的声音被发出。他者以行动、语言不断表达自我意志，在他者的反问之下，主人公自身受到质疑，从而开始全面地认识自我。在这部作品中，“他者”第一次被意识到是与“自我”存在于同一平面的人。“和主人公健三一样，阿住、岛田等等人物通篇都在主张自我的存在。”[③]“他者”同时起到一个促使主体反思自我的“镜子”作用，健三“通过以他人，特别是一直轻蔑的他人为镜，从而发现自己真实的姿态”[④]。他者迫使自我接受他者

① 参见王志松：《“无性格论”与写实策略——论夏目漱石的〈矿工〉》，载《日语教育与日本学研究论丛》2002 年第 10 期。

② ［日］奥野健男：『日本文学史——近代から現代へ』，中央公論社 1990 年版，第 61 頁。

③ ［日］江藤淳：『夏目漱石』，新潮社 2006 年版，第 167 頁。

④ ［日］駒尺喜美：『漱石という人』，思想の科学社 1987 年版，第 194 頁。

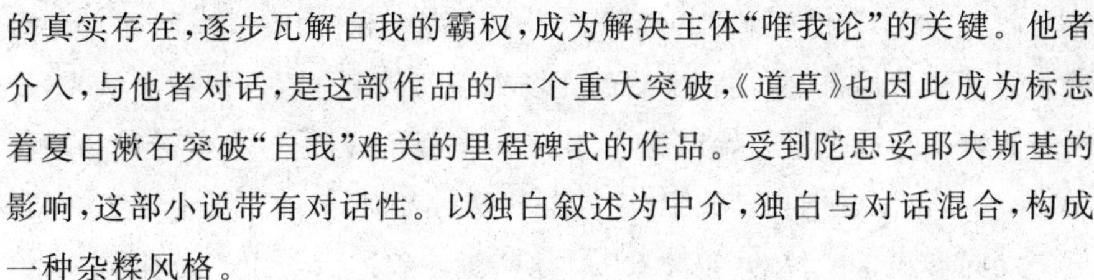

的真实存在，逐步瓦解自我的霸权，成为解决主体"唯我论"的关键。他者介入，与他者对话，是这部作品的一个重大突破，《道草》也因此成为标志着夏目漱石突破"自我"难关的里程碑式的作品。受到陀思妥耶夫斯基的影响，这部小说带有对话性。以独白叙述为中介，独白与对话混合，构成一种杂糅风格。

讲故事(story-telling)是一种独白式的叙事，而作为自传体小说，其独白性更加鲜明。巴赫金曾论及托尔斯泰的艺术表现，称其描写了"独白型世界"，托尔斯泰独白式的直率议论到处渗透，深入到世界和心灵的各个角落，将一切都统辖于他自己的统一体之中。在整体的叙述层面，夏目漱石与托尔斯泰有相似之处，都是以一种独白性的思维统辖整个文本世界，"不出现第二个同等重要的声音；因此也就没有多声部组合的问题，没有用特殊方法处理作者观点的问题"[①]。但是，在总体的讲述(telling)之外，局部也使用了展示(showing)。因此，《道草》的文本是独白和对话的综合，整个文本虽属于叙述者"我自贯通"的独白型的文本世界，但也包含着他人意识、他人声音、他人话语以及他我互动。

二、独白话语：不受控制的他者

巴赫金的对话理论认为，独白是与对话相对照的思维方式。独白思维主要体现在人物与作者的关系不平等、人物之间关系不平等、读者与作者的关系不平等。独白小说的艺术思维模式是"作者把主人公完成论定，作出终极判断；主人公再没有发展与变化，一切尽在作者的掌握之中。所以，作者控制主人公，给以最终的完成和论定，可说是审美观照的通则"[②]。

小说的故事是以第三人称叙述的。夏目漱石前期第三人称叙述者的一个特点是主观性的叙事干预较多。他们往往喜欢发表议论，不仅讲述故事，而且陈述思想，阐释伦理。夏目漱石花费了相当长的时间，才到达第三人称客观描写的境地。在最后的两部作品《道草》和《明暗》中终于获

① 王志耕：《托尔斯泰历史小说的独白叙事》，载《湖南社会科学》2011年第1期。

② 白春仁：《巴赫金——求索对话思维》，载《文学评论》1998年第5期。

得了较为“透明”和“平稳”的叙述者。在《道草》和《明暗》中，叙述者变得谨慎自制了。但是，叙述者所站的立场未必就公正客观。田中实认为，虽然叙述者从超故事层开始讲述，采用了全知视角，但他对故事的立场绝不是中立的，也没有把自己放到与“神”或“绝对者”相似的立场上，叙述者与健三之间形成了一种“共犯关系”[①]，他甚至将叙述者与主人公相提并论，认为这个文本源自健三的书写行为。叙述者并不是独立于作者意志的思想式人物，叙述者与作者和主人公的立场过于一致，以至于让人分不清楚他们的区别。

按照普洛普的功能理论，《道草》故事始于匮乏。36 岁的知识分子健三有着自我实现的强烈欲望，“他认为在有生之年，应该要完成一些大事，而且必须要完成”[②]。他的“大事”，指小说创作等文学活动，属于“立言”的性质。从事文学是健三的理想，文学中寄托着他的精神。为此，健三时刻被一种匮乏感和时间上的紧迫感所包围。他一头扎进学术的海洋，与其他人渐行渐远。内心深处的“一团异样的火焰”[③]是他唯一的支撑。健三是近代日本社会中第一批为数不多的英国文学学者，有留学西方的经历，同时深谙汉文学知识，担任日本最高学府的大学教师，这一身份使他带有“主智主义”的思维基础。“所谓主智主义是指以知识作为存在的尺度并以知识的获得作为存在之目的的哲学思想。”[④]巴赫金说：“整个现代哲学都脱胎于理性主义，彻底浸透着理性主义的成见，即使在有意摆脱这种成见的地方情况也是如此。这成见就是：只有合逻辑的东西才是明晰和合理的。”[⑤]上述偏差和弊端可概括为“独白”两个字。独白植根于主智主义，主智主义的独白思维基础是二元对立的。健三以一种“教育者”的

---

① [日]田中実:『健三の書く行為——「道草」の〈語り〉覚え書き』，载『国文学　解釈と鑑賞』2005 年第 6 期。

② [日]夏目漱石:《道草》，李庆保译，时代文艺出版社 2016 年版，第 42 页。

③ [日]夏目漱石:《道草》，李庆保译，时代文艺出版社 2016 年版，第 5 页。

④ 李燕:《超越主智主义:从独白到对话》，载《山东师范大学学报(人文社会科学版)》2005 年第 4 期。

⑤ [俄]巴赫金:《论行为哲学》，载《巴赫金全集》(一)，晓河、贾泽林、张杰、樊锦鑫等译，河北教育出版社 1998 年版，第 31 页。

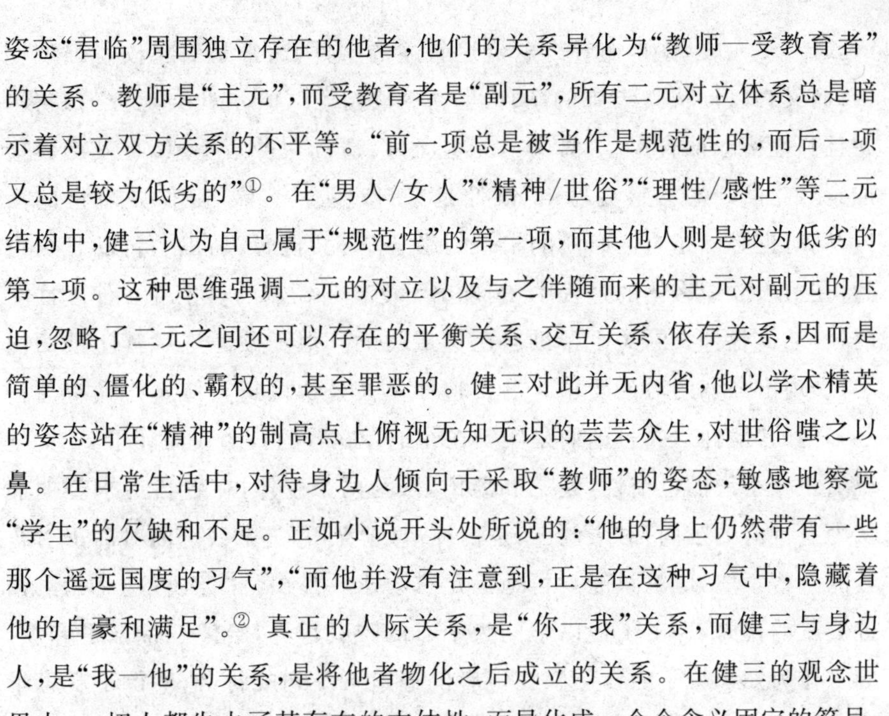

姿态“君临”周围独立存在的他者，他们的关系异化为“教师—受教育者”的关系。教师是“主元”，而受教育者是“副元”，所有二元对立体系总是暗示着对立双方关系的不平等。“前一项总是被当作是规范性的，而后一项又总是较为低劣的”①。在“男人/女人”“精神/世俗”“理性/感性”等二元结构中，健三认为自己属于“规范性”的第一项，而其他人则是较为低劣的第二项。这种思维强调二元的对立以及与之伴随而来的主元对副元的压迫，忽略了二元之间还可以存在的平衡关系、交互关系、依存关系，因而是简单的、僵化的、霸权的，甚至罪恶的。健三对此并无内省，他以学术精英的姿态站在“精神”的制高点上俯视无知无识的芸芸众生，对世俗嗤之以鼻。在日常生活中，对待身边人倾向于采取“教师”的姿态，敏感地察觉“学生”的欠缺和不足。正如小说开头处所说的：“他的身上仍然带有一些那个遥远国度的习气”，“而他并没有注意到，正是在这种习气中，隐藏着他的自豪和满足”。② 真正的人际关系，是“你—我”关系，而健三与身边人，是“我—他”的关系，是将他者物化之后成立的关系。在健三的观念世界中，一切人都失去了其存在的本体性，而异化成一个个含义固定的符号。养父岛田是代表“贪欲”“无耻”等性格的反面符号，是世俗欲望与恶德的象征，被置于代表学问和美德的健三的对立面。在夫妻关系中，他认为自己的男性、理智因素于优于妻子的女性、直觉因素，对妻子持一种蔑视态度。

前文提到，田中实认为叙述者与健三之间是一种“共犯关系”。“共犯”一词的使用，表明他认为叙述者和主人公健三在共同犯罪，尤其是在对“岛田”的叙述上。叙述者与人物的“共犯关系”突出表现在：叙述者与健三同样对岛田怀有深刻的敌意，他们合力将岛田塑造成一个彻头彻尾的俗物。叙述者在“岛田”这个人物出场时使用了延宕的策略。小说一开头，叙述者就告诉我们，健三在路上遇到了“一位意想不到的人”，他以“不戴帽子的男人”作为其指称，直到第七章，才透露出其名字为“岛田”。一个信息在应当透露的地方没有透露，故意留到后面才说出来，这就构成

① ［美］乔纳森·卡勒：《当今的文学理论》，生安锋译，载《外国文学评论》2012 年第 4 期。

② ［日］夏目漱石：《道草》，李庆保译，时代文艺出版社 2016 年版，第 1 页。

"延宕"。"在故事中,作者有意延迟叙述的事件,通常是引起读者强烈期待,而又难以预料其结果的事件。"[①]"不戴帽子",暗示社会地位的缺失,并且其性格赤裸直露。"男人",无名无姓,造成一种陌生感,将其冷漠地推到对立面。健三感觉岛田"既像是来自过去的幽灵,又像是现世的活人,同时也必然是自己暗淡的未来的影子"[②]。"他者"岛田的行动是自由的,在追求欲望客体的过程中,表现出不受作者钳制的自主性。他屡次上门,且动员各种人际关系帮助自己达成目的。他不顾健三对其闭锁的内心,表现出强烈的对话要求。岛田迫使主人公认识到其他人物具有与自己不同的"他性",并且他们是实实在在地存在着的。金钱保证了 19 世纪现实主义小说的世俗性,健三和岛田,作为两个主体,在各自追求着他们认为有价值的东西:对于健三,是精神;对于岛田,是金钱。面对岛田对金钱的一再索取,健三只能一再地满足其要求。岛田将"金钱"这一元素带进健三的视野,冲击了他以学问为中心的唯我世界,给健三带来了麻烦。健三作为知识分子的自尊感在他者的逼迫下受到威胁,他不得不反思学问与金钱的关系,甚至对自己产生了怀疑。

岛田与健三有着解不开的宿缘,而健三并不情愿接受。叙述者自始至终在给岛田"定罪",叙述者对岛田有着太多的"背后议论",他不仅直接批判岛田,如"天生的伦理上和金钱上的不洁净"[③],"他脸皮很厚,头脑却不聪明"[④],还让作品中的其他人物批评岛田。例如,让健三的姐姐说出:"他那种又顽固又贪婪的人,什么事做不出来?"[⑤]陀思妥耶夫斯基认为,"任何一个人是复杂的,像海一样深沉",在人身上本原地存在着善与恶,在文明社会里,人身上的个人主义是很难去掉的。在陀斯妥耶夫斯基看来,人具有过渡性的特征,"人只是发展着的人,因此,他不是完成了的人,而是过渡性的人"。"人是不断变化发展的,也是不易捉摸的,在他的变化

① 罗钢:《叙事学导论》,云南人民出版社 1994 年版,第 256 页。
② [日]夏目漱石:《道草》,李庆保译,时代文艺出版社 2016 年版,第 93 页。
③ [日]夏目漱石:《道草》,李庆保译,时代文艺出版社 2016 年版,第 97 页。
④ [日]夏目漱石:《道草》,李庆保译,时代文艺出版社 2016 年版,第 186 页。
⑤ [日]夏目漱石:《道草》,李庆保译,时代文艺出版社 2016 年版,第 14 页。

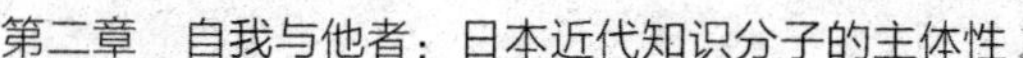

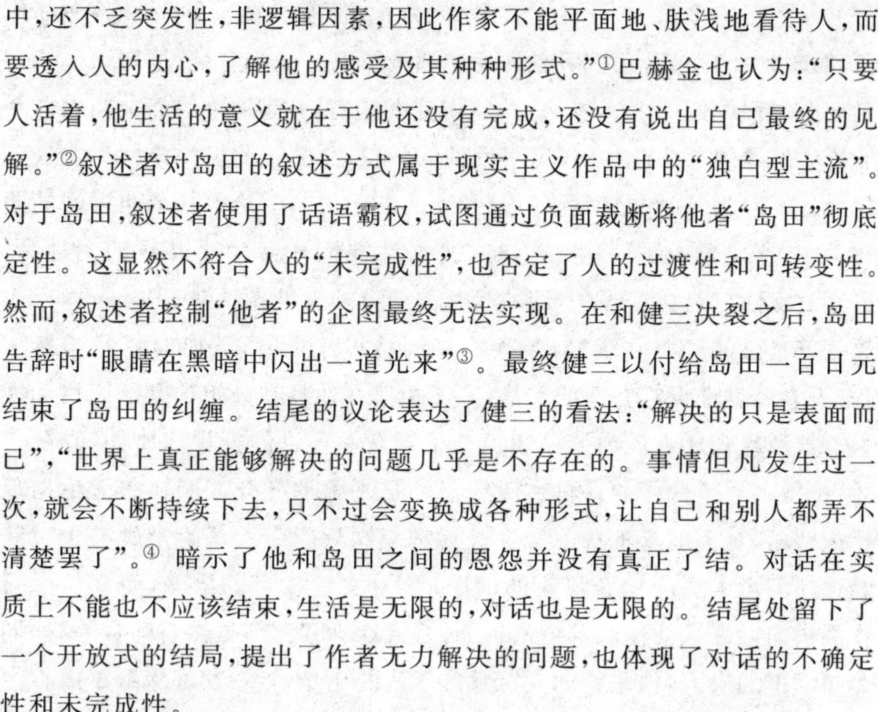

中，还不乏突发性，非逻辑因素，因此作家不能平面地、肤浅地看待人，而要透入人的内心，了解他的感受及其种种形式。”[①]巴赫金也认为：“只要人活着，他生活的意义就在于他还没有完成，还没有说出自己最终的见解。”[②]叙述者对岛田的叙述方式属于现实主义作品中的“独白型主流”。对于岛田，叙述者使用了话语霸权，试图通过负面裁断将他者“岛田”彻底定性。这显然不符合人的“未完成性”，也否定了人的过渡性和可转变性。然而，叙述者控制“他者”的企图最终无法实现。在和健三决裂之后，岛田告辞时“眼睛在黑暗中闪出一道光来”[③]。最终健三以付给岛田一百日元结束了岛田的纠缠。结尾的议论表达了健三的看法：“解决的只是表面而已”，“世界上真正能够解决的问题几乎是不存在的。事情但凡发生过一次，就会不断持续下去，只不过会变换成各种形式，让自己和别人都弄不清楚罢了”。[④] 暗示了他和岛田之间的恩怨并没有真正了结。对话在实质上不能也不应该结束，生活是无限的，对话也是无限的。结尾处留下了一个开放式的结局，提出了作者无力解决的问题，也体现了对话的不确定性和未完成性。

三、对话思维：让他者说话

健三的独白原则在现实的生活中无法通行，围绕着“唯我论”产生的一系列人际问题，使健三不得不反躬自省。根据巴赫金的对话理论，对话是人的存在特性，人与人之间的对话关系体现着人的社会存在。独白话语体系的二元对立思维强调自我与他者的不同，强调自我对于他者的优越性，故坚决与他者划清界限，在固守自我优势地位的前提下，对他者进行统治和规训。

① 钱中文：《“复调小说”及其理论问题——巴赫金的叙述理论之一》，载《文艺理论研究》1983 年第 8 期。

② [俄]巴赫金：《诗学与访谈》，载《巴赫金全集》(五)，白春仁、顾亚铃等译，河北教育出版社 1998 年版，第 77 页。

③ [日]夏目漱石：《道草》，李庆保译，时代文艺出版社 2016 年版，第 186 页。

④ [日]夏目漱石：《道草》，李庆保译，时代文艺出版社 2016 年版，第 216～217 页。

在漱石的作品中，女性大多是作为“他者”存在的。除了最后一部作品《明暗》中的阿延，几乎所有的女性都是知识分子的陪衬，是知识分子自我觉醒过程中的一个客体，是其追求完美道德过程中的一个参照物。女性价值的稀缺，其背后是作家对女性的歧视。在《从此以后》中，男主人公代助曾经因为一时的义气将自己的恋人三千代“让”给了一个叫平冈的朋友。女人，如同一件私有财产，成为“男性同性社会性欲望”[①]的牺牲品。男性对女性总是心存隔阂，即使是相爱结合的夫妻，男性知识分子内心都深藏着自己的秘密和烦恼，当他们遭遇精神危机时，不愿向妻子坦然相告，更多地表现出对女性的不信任，不相信女性具有分担难题的资格和能力。这种歧视还表现为男性知识分子对女性言论的轻视。比如《春分之后》中须永对千代子的评价：“千代子还是平素那样开朗爽快。无论出现什么话题，她都能毫不费力地发表见解。这只能令人认为是她心中没有经过任何思考就乱发表议论的证明。”[②]对女性发言的厌恶，使夏目漱石作品中的大多数女性寡言少语。如《行人》中的阿直，虽然与阿住一样，同为婚姻中的女人，但是她如同沉默的忍耐的化身，将一切都深藏于内心。

在《道草》中，主人公对女性的歧视成为被批判的对象。女性不再仅仅是映射主体的“镜子”他者，她们作为真实的存在，获得了与主体对等的话语权。叙述者不仅让她们说话，而且让她们与主体不断对话甚至争论。这种破天荒的重大转变的背后，有着俄国作家陀思妥耶夫斯基的影响。夏目漱石在大正五年(1916年)4月的《日记与断片》中，记录了自己喜爱阅读俄国小说，借用了《白痴》中主人公梅诗金公爵的表达。《明暗》中的“小林”这一人物也被认为与《罪与罚》中的马尔美拉陀夫很相似。因此认为《道草》的这种创作手法的新的探索受到陀思妥耶夫斯基的影响并非牵强附会。巴赫金以“复调”“对话”“未完成性”等理论揭示了陀思妥耶夫斯基小说艺术的重要特征，其中，“对话”思想是核心。诚如巴赫金所言：“他

① “男性同性社会性欲望”，上野千鹤子在《厌女》一书中引用塞吉维克的说法，英文为“male homosocial desire”，意为“不带性爱关系的男人之间的纽带”。

② [日]夏目漱石：《春分之后》，载《夏目漱石小说选》(下)，赵德远、张正立、董学昌译，湖南人民出版社1985年版，第235页。

人的思想世界，如果不让它自己说话，如果不展示它自己的语言，是无法如实表现出来的。"[①]叙述者通过大量使用直接引语，让他者说话的叙述手段提升来表现真实的他者。"在传统小说中，直接引语是最常用的一种形式。它的直接性与生动性，对通过人物的特定话语塑造人物性格起很重要的作用。"[②]直接引语的使用突出了音响效果，使人物话语情景有声有色、声情并茂，如实地呈现了人物的原貌，加强了人物的性格特征。妻子和姐姐这两位女性的话语得到最多的展示，她们的语言各具特色，反映出各自的性格特征。比如，姐姐的语言琐碎、唠叨，情感却十分丰富，依赖性很强。妻子的父亲曾是政府高官，她成长在自由的家庭氛围中，具备新女性的自我独立性。她的学历不高，却具备女性特有的敏锐直觉。健三原本总有一种褫夺他人主体性的冲动，试图在家中建立并维持一种独白话语体系。妻子对此给予了坚决的拒绝，她是一个对话主义者。妻子以"对话"瓦解了健三的"独白"。健三与妻子的对话，是感性与理性的交锋、女性对男权主义的对抗。每当健三有一个偏见，妻子必定会有不同的看法与之针锋相对，体现了巴赫金的"外位性"和"超视"的观点。妻子位于健三的意识之外，能够看到健三看不到的自身的缺点和不足。

在来自妻子的"外位"视点的观照下，健三人格的不完整性被突显出来。感性与理性的割裂使健三的内心世界中并存着对立的两个极端：一端是他的绝对理性思维，另一端是他渴望爱与同情的干涸心灵。偏执理性一端的健三失去了和谐的自我。"如果一个人丧失了和谐的自我，那么在他的人生旅途中，就无法驾驭心灵的方向盘，最后导致他在追求人生目标的道路上屡屡受挫。"[③]无法理解母爱的健三将母子关系理解为支付和报酬的关系，以等价交换的理论加以理解。"作为回报，独占孩子"[④]的说法，暴露了健三对母爱的缺乏理解。自幼缺乏母亲无条件积极关注的健

① [俄]巴赫金：《长篇小说话语》，《巴赫金全集》(三)，白春仁、晓河译，河北教育出版社1998年版，第122页。

② 申丹、王丽亚：《西方叙事学：经典与后经典》，北京大学出版社2010年版，第157页。

③ 申富英：《伍尔夫生态思想研究》，山东大学出版社2011年版，第111页。

④ [日]夏目漱石：《道草》，李庆保译，时代文艺出版社2016年版，第193页。

三无法知道什么是“爱”，这是健三的致命缺陷。关于自己不幸的童年，健三回忆了养父母、生父，却没有想起母亲，他将“母亲”的记忆压抑于意识的深处。对于健三的“母亲的丧失”现象，作为健三“同犯”的叙述者并没有发表任何意见。田中实认为这是一种叙事策略，是使用“空白”这一形式进行讲述，突出健三对于“母爱”的希求。“母亲”这一符号的缺失，在文本中形成巨大的阐释空缺，造成一种不可避免的缺憾感，增加了文本的深邃度。健三的性格上的缺陷，以及由性格缺陷带来的种种苦难也就有了答案。曾被养父母、生父作为“物品”的健三追求的是无偿的爱。先天的缺失，使得他无意识地向妻子寻求这种无偿的爱。

四、走进世俗，走向他者

“他者的绝对性源于他者对于自我意义的规定性上。自我无法依靠自身来完成意义的指涉，只有借助他者这一镜像才被型塑了意义的轮廓。”[①]蔑视他者，使健三亲尝苦果：纠结的人际关系，造成健三自我意识的挫败感；独白性思维，使健三失去了多数的支持，受困于人生的陷阱。爱人与被爱是人的本能，缺乏爱支撑的求道行为是难以长久持续下去的。在人生的关键节点上，健三在潜意识当中寻求着他人的爱与支持。他成为“痛切地感到爱的绝对必要性的”[②]不幸男人。驹尺喜美认为，这本书是漱石的伦理实践书，是向他人“求爱”的书，也是“爱他”的书。[③] 主体在求“道”的过程中发现了“爱”的必要性，这延续并丰富了《心》中的求道主题：健全的人格与和谐的自我是追求目标和理想的必要条件。对爱的需要转化为健三的又一个欲望，推动健三向他者靠近。感情，是伦理行为的原动力。“理智无力，欲无眼”[④]，比起理智，支配人行动的更多的是强烈的情感力量和盲目的本能冲动。健三有着强烈的自我实现的欲望，也有

① 郭勇：《他者的表象》，上海交通大学出版社 2009 年版，第 3 页。

② ［日］江藤淳：『夏目漱石』，新潮社 2006 年版，第 161 頁。

③ 参见［日］駒尺喜美：『漱石　その自己本位と連帯と』，八木書店 1970 年版，第 207～214 頁。

④ 王海明：《伦理学原理》，北京大学出版社 2003 年版，第 147 页。

追求爱的感情冲动。为了得到他者的爱，他作了自我批判，清理自我的独白性。下面试运用格雷马斯的语义方阵来解读健三走向他者的精神奋斗历程。“语义方阵”，或称“符号学矩阵”，是法国学者格雷马斯为表达最基本的表义结构而设计的。最基本的语义方阵形式如图 2-1 所示。

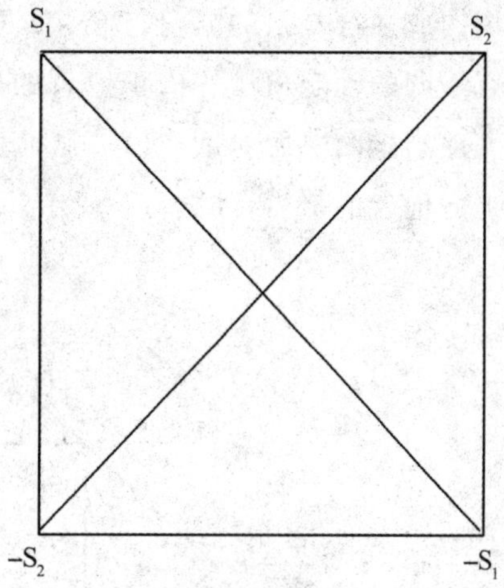

图 2-1 符号学矩阵

它有四元，六个关系，构成一个完整的语义场。符号学矩阵含有三类关系：横线表示对立关系，竖线表示蕴涵关系，斜线表示矛盾关系。矩阵上边的横线（S_1S_2）被格雷马斯称为“对立关系”，下边的横线（非 S_2 非 S_1）被称为“次对立关系”。①

格雷马斯认为符号矩阵是一切意义的基本细胞。这些象征性符号整体上建构了文本的符号矩阵模式，它是一个内在的机制，位于深层意指结构，是一切意义的载体，与特定的文化或意识形态内涵相联系。格雷马斯在克莱因群的基础上进一步发展了语义方阵，如图 2-2 所示。

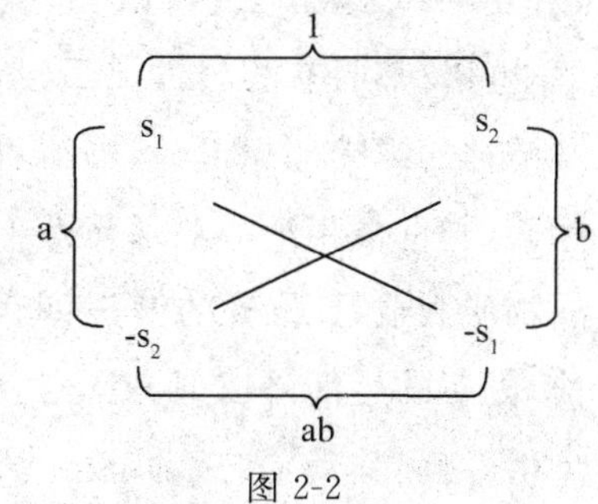

图 2-2

我国学者黄卫星将第一种类型的语义方阵称为“X 型语义方阵”，第二种类型的语义方阵称为“O 型语义方阵”。“X 型语义方阵”强调语义之间的对立，“O 型语义方阵”强调语义之间的综合②，人物是两

---

① 参见吴泓缈：《符号学矩阵理据考》，载周发祥等主编《理解与阐释》，百花文艺出版社 2005 年版，第 290～291 页。

② 参见黄卫星：《叙事理论中的“语义方阵”新探——兼论学术界对“语义方阵”的误用》，载《江西社会科学》2008 年第 11 期。

个构成性符号素的复合与交叉。O 型语义方阵不是一个静止的模型，它有不同的动态模型。由于他者的逆袭和自身的非自足性，健三由二元对立逐渐走向二元对话。以下试通过格雷马斯的O 型语义方阵来透视主体走向他者的努力，如图 2-3 所示。

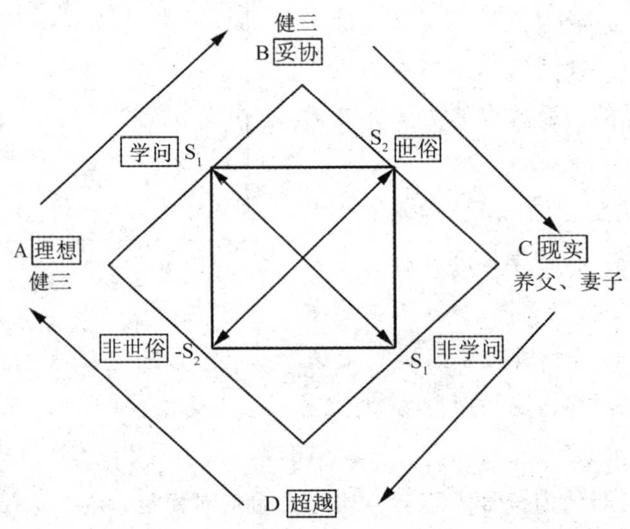

图 2-3 《道草》O 型语义方阵动态模型

按照 O 型语义方阵的理论，S_1（学问）与其相邻的 S_2（世俗）和 $-S_2$（非世俗）都具有相容性。S_1（学问）与 $-S_2$（非世俗）的结合 A 点，是学术与精神的纯粹理想世界，书斋里的健三大部分时间都徜徉在这个世界中。然而，与世俗生活的对话将 S_1（学问）与 S_2（世俗）结合起来，将知识转化成物质利益，B 位置的健三即代表向世俗生活妥协的健三。岛田出现之前，健三的生活是以 S_1（学问）为中心，在 A（学问—非世俗）和 B（学问—世俗）之间移动，其活动范围局限在由 A—S_1—B 构成的一线。在世俗与非世俗的对立之间，健三分成两个分身：A 是理想的健三，B 是妥协的健三。

在健三眼中，养父岛田是个无可救药的俗物。他基本立足于 S_2（世俗），又具有 $-S_1$（非学问）的特性，其活动范围限于 S_2 $-S_1$ 这一轴线右方的区域。这一区域代表现实的日常生活世界，C 点为其代表位置。健三

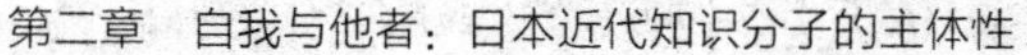

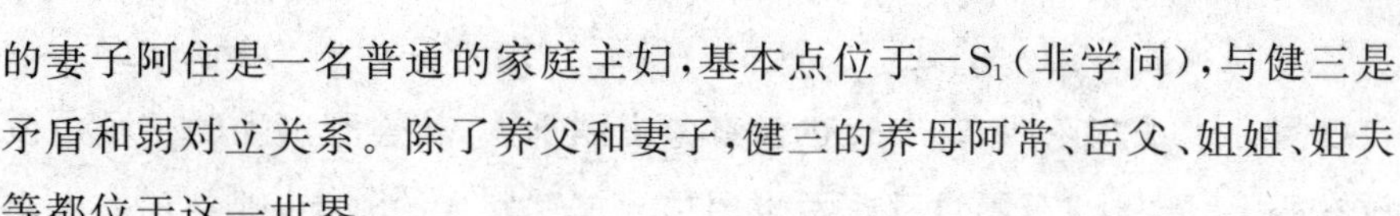

的妻子阿住是一名普通的家庭主妇，基本点位于$-S_1$（非学问），与健三是矛盾和弱对立关系。除了养父和妻子，健三的养母阿常、岳父、姐姐、姐夫等都位于这一世界。

图 2-3 的语义方阵直观地显示了健三的孤独。健三独自一人生活在与其他人不同的世界里，构成“一对多”的不均衡人数比例，无论是健三 A 还是健三 B，都在S_2-S_2这条连线左上方，与 C（现实）隔着遥远的距离。S_2（世俗）是健三跨入 C（现实）的临界点。进入 C（现实），意味着对于S_1（学问）的抛弃和否定。解决好学问与世俗关系的认知，是健三解决自我与他者关系问题的关键。

如图 2-3 中箭头所示，健三努力的第一步就是从 A（理想）走向 B（妥协），为了补贴家用而卖书鬻文。虽不情愿，但在责任感的驱使之下勉强为之。从 B 走向 C 则更加困难，需要跨越抗拒“世俗”的心理障碍，并从S_1（学问）走向$-S_1$（非学问）。

健三接受“世俗”、扬弃“学问”的过程，是在某种超越性存在的帮助下，通过发现自身的世俗性和野性实现的。“天”或者“神”，它们作为第三项，出现在二元对立的符号方阵中，给这个封闭的方阵带来了转机。“人的生命是一个上升过程，这个过程需要一个从世俗性到超验性的蜕变；因为现世中的人被世俗事务所牵累，无法从逻辑上发展到精神的高级阶段，因而必须经历一种升华性巨变，在灵魂中获得对上帝的完整体认，是为启示。也就是说，对生命高级形式的认识不是理智思辨的结果，而是灵魂醒悟的结果。”①冥冥之中，健三听到了心里的声音：“你是为了什么而来的?”“你知道自己要做什么，可是卡在途中了。”健三的独白里面含有双声。这个声音是健三内部的声音，也是“天”的声音。“天”或“神”，在健三是意味着同一层次的超越者，是“道”的发送者。来自“天”的启示，给健三带来了“平等”的视角与包容的心态。在“天”的眼中，学问与世俗的对立不复存在，只有“善”与“恶”的标准存在。而在善恶标尺的衡量之下，健三和他者第一次平等地接受评判。

① 王志耕：《托尔斯泰历史小说的独白叙事》，载《湖南社会科学》2011 年第 1 期。

全知叙述者揭开了健三的欲望。健三在意外获得一份稿酬之后，给自己置办了很多东西，却一点也没有考虑到别人，就连刚出生的孩子也没放在心上。对比“宁愿自己吃亏也要尽人情”“别人给她十，她会还人家十五”[①]的姐姐的热情友善，健三显得不近人情，叙述者用“欲望无止境”来形容他。叙述者用间接引语阐述道：“他强烈地感觉到，也许从神的眼中来看，自己的一生和这位贪得无厌的老人的一生并没有什么区别。”[②]健三曾经自诩清高，是因为没有发现自己的世俗物质欲望，因而他站在道德的制高点上猛烈抨击岛田的世俗物欲。伴随着对自身世俗欲望的发现，自我与他者在道德上的差距没有本质上的区别，健三失去了抨击别人的道德优越。

健三还找到了自己与平凡的姐姐的相似之处。叙述者用直接引语道出了健三的想法：“姐姐不过是很直率罢了。如果剥去教育这层外衣，我和她也没什么区别。”全知叙述者评论道：“健三一直过分相信教育的力量了。而现在他已经明确认识到，自己也有凭教育的力量无法改变的野性的一面。由于这样的事实，他突然开始平等地看待所有人。”[③]在这里，对于健三而言有着重要意义的“教育”第一次被喻指“皮”。皮相表面的东西，并不能代表实质。健三脱下了“教育”“学问”的外衣，认识到自己只不过是一个活生生的具有“野性”的人。“学问”“教育”是皮，就意味着健三否定了原来对“学问”的认识，过渡到了“非学问”，否定了符号矩阵中关键的代表学问、教育的主项 S_1，也就否定了符号矩阵存在的必要性，推动了二元对立的瓦解。

就这样，在第三项“神”的眼光的注视之下，健三发现了自己的渺小与世俗，超越了“学问”与“世俗”的二元对立，走进 C 点所在的寻常百姓的日常生活。在这里，他与养父母、姐姐、姐夫、岳父、妻子等人相遇。驹尺喜美认为，叙述者的真正目的是通过批判健三，将健三降到与他人同等的地

---

① ［日］夏目漱石：《道草》，李庆保译，时代文艺出版社 2016 年版，第 177～178 页。

② ［日］夏目漱石：《道草》，李庆保译，时代文艺出版社 2016 年版，第 98 页。

③ ［日］夏目漱石：《道草》，李庆保译，时代文艺出版社 2016 年版，第 137 页。

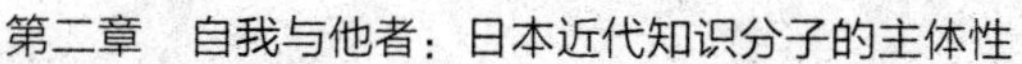

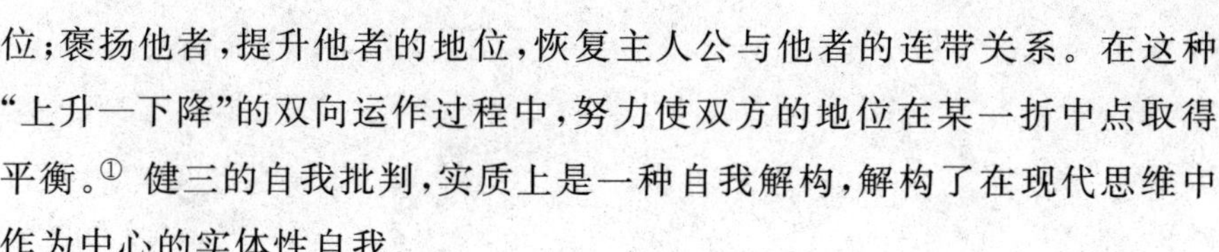

位;褒扬他者,提升他者的地位,恢复主人公与他者的连带关系。在这种“上升—下降”的双向运作过程中,努力使双方的地位在某一折中点取得平衡。[①] 健三的自我批判,实质上是一种自我解构,解构了在现代思维中作为中心的实体性自我。

五、结语

从对话的角度看,《道草》这部作品是具有对话性的独白叙事。独白与对话相结合,叙述者既给人物自我表达的空间,又有给人物定性的企图。叙述者的主观裁断,体现了一种深刻的偏颇性;主人公对他者的歉疚,又转化为一种对话性反思。创作思路上的新尝试,反映出作者试图走出独白思维的他者伦理转向,但又难以完全摆脱独白思维的控制,因而带有近代文学特有的一种过渡性和矛盾性。

---

① 参见[日]駒尺喜美:『漱石　その自己本位と連帯と』,八木書店 1970 年版,第 214～215 頁。

第三章　男性与女性:近代知识分子的爱情观

夏目漱石小说中的近代男性知识分子有着较深的"女性蔑视"思想,其爱情观带有浓厚的封建专制色彩,然而随着近代平等观念的渗透,他们的两性平等意识逐渐觉醒。女性原本处于被压制下的恒久忍耐状态,随着时代的发展,女性的自我意识、婚姻自主意识逐渐觉醒,获得了话语权。然而,在一个表面"君主立宪"、内里推行"教育敕语"的矛盾国土上,有知识的新女性一直被男性社会故意"误读"。女性即使拥有知识和美貌也不一定能获得幸福,她们心中隐藏着不为人知的孤独。漱石的笔下也诞生了诸多新女性,《虞美人草》的藤尾便是作者在倡导"善"的理想之下诞生的第一位被西方化了的女性,最终她死于社会舆论。《三四郎》的美弥子貌美多才却没有社会地位,解除不了"何处是归宿"的尴尬,只能将希望寄托于婚姻。从中可知近代日本女性解放之路任重而道远。

第一节　无辜的假想敌,唐突的逝亡

——《虞美人草》中的藤尾

一、漱石的理想

《虞美人草》于明治四十年(1907 年)6 月 23 日至 10 月 29 日,分 127

回连载于东京和大阪的《朝日新闻》(其中大阪《朝日新闻》连载至 10 月 28 日)，是夏目漱石进入朝日新闻社之后发表的第一部长篇小说。进入朝日新闻社之后，4 月，夏目漱石起草了入社辞，刊登于 5 月 3 日的报纸上。同年4 月，夏目漱石在东京美术学校作了一场题为《文艺的哲学基础》的演讲，阐述了自己的信条和抱负。他说："从此作为朝日新闻社的社员执笔为文的我，在入社辞之后，陈述我关于文艺的信条之大要，公开我的立脚点和抱负，是作为社员的自己对天下公众的义务。"[①]具体的步骤是，漱石自 5 月 4 日起至 6 月 4 日止，分 27 回在《朝日新闻》上连载了《文艺的哲学基础》这一论文。论文中，他将文艺家的理想分为真、善、美、庄严四大类别。"概而言之，一是感觉物本身所对应的情绪(其代表是美的理想)。……二是通过感觉物，知、情、意三种作用活动的场合，将其分为：(1)'知'起作用的场合(代表为对于'真'的理想)；(2)'情'起作用的场合(代表为对'爱'以及'道义'的理想)；(3)'意志'起作用的场合(代表为对'庄严'的理想)。"[②]

美是对感觉对象本身产生的情绪性的感性认识，是认识的初级阶段。以感觉对象为媒介，通过知、情、意的理性作用，各自产生了"真""善""庄严"的理想，认识从美感这一感性认识升华到理性认识。夏目漱石认为，这四种理想"拥有彼此平等的权利，是互不相抵触的标准"，时代和个人对其势力的消长迁移产生影响。然而，现代文艺，尤其是深受自然主义文学影响的日本文坛，"理想既不是美，也不是善，又不是庄严"，"唯有'真'一个字成为现代文艺特别是文学的理想"。唯独重视"真"，"发挥'真'的结果，不顾美、善、庄严倒也罢了，甚至有进一步伤害美、损坏善、践踏庄严"之虞，漱石将这种现象视为现代日本文学的"病态现象"。夏目漱石以莫泊桑的《项链》为例，陈述了其对真和善的看法。"一边描写应予以同情的善行，一边禁止表达同情。无论如何洞穿真相，这样伤害善的理想，我是

① [日]夏目漱石:『漱石全集』第二十巻「評論」，岩波書店 1957 年版，第 24 頁。

② [日]夏目漱石:『漱石全集』第二十巻「評論」，岩波書店 1957 年版，第 52 頁。

不赞成的。"[①]当时的日本文坛上，自然主义文学风靡一时。明治三十九年(1906年)发表的岛崎藤村的《破戒》、明治四十年(1907年)发表的田山花袋的《棉被》等，出现了很多只重视"真"，甚至赤裸裸地暴露人物内心丑恶的作品。正是因为意识到自然主义作品的偏差，漱石力挽狂澜，大力呼吁提升"美""善""庄严"的价值，尤其是希望在个性(真)乱舞的世间恢复秩序(善)。入社后的第一部作品《虞美人草》即是从这个落脚点出发的作品。因此，《虞美人草》这部小说的骨架，是道义之士制裁打倒自私自利之徒，是一部在文明开化的日本社会中"劝善惩恶"的小说。作为"劝善惩恶"色彩鲜明的小说，自然人物造型的形式化难以避免。"好人"和"恶徒"黑白分明、截然对立，而女主人公藤尾不幸被处理成一个彻头彻尾的"恶徒"。明治四十年(1907年)7月16日，在执笔《虞美人草》期间，夏目漱石在给高浜虚子的信中这样写道："我厌烦了《虞美人草》。希望早点杀死女人。"[②]这里的"女人"，指的就是主人公藤尾。这里透露出作者早已给藤尾设定了死亡的结局。对于藤尾这个人物，作者漱石的敌意是毫不掩饰的。在三天后，7月19日给小宫丰隆的信中，漱石更这样说："无须同情藤尾。此女子有诗意却不朴实，缺乏德义心。全篇的主旨是最后杀死那个家伙。如果进行得不顺利，那就留她一命。然而即使活下来这种人终究一无是处。最后我加上哲学，即一个理论。我通篇是为了说明这一理论而写的。因此决不可欣赏藤尾那个女人。小野子这个女子不知要可爱多少倍。"[③]

其中出现的"理论"是指作品中出现在甲野日记中的悲剧喜剧论：

> 悲剧终于来临。我早就料知悲剧必会来临。……悲剧比喜剧更伟大。有人以死亡能终结万难来说明悲剧之伟大。……命运能够在一瞬间将生变为死，所以伟大；命运能够在人毫无防备时天惊石破般直陈被遗忘的死亡，所以伟大；命运能够令容止伧俗之人顷刻变得肃

① [日]夏目漱石:『漱石全集』第二十卷「評論」，岩波書店1957年版，第53～63頁。

② [日]夏目漱石:『漱石全集』第二十八卷「書簡集(二)」，岩波書店1957年版，第208頁。

③ [日]夏目漱石:『漱石全集』第二十八卷「書簡集(二)」，岩波書店1957年版，第209頁。

肃穆穆，所以伟大；命运能够让人变得勤勉庄敬并痛悔道义废弛，所以伟大；命运能够让人在头脑中确立道义乃人生第一义的信念，所以伟大；命运能够让人在践行道义时先经历悲剧的洗礼然后畅行无阻，所以伟大。……悲剧能敦促每个个体都自觉地践行道义，所以悲剧才伟大。……悲剧能敦促人人致力于道义的践行，从而创造出普遍幸福，引导社会走向真正的文明，所以悲剧才伟大。

人生面临诸多问题。吃大米或小米，这是喜剧；务工或从商，也是喜剧；选择这个女人或那个女人，亦是喜剧；织锦或素花缎，是喜剧，英语或德语，也是喜剧……所有的都是喜剧。唯最后一个问题——生或死？这是悲剧。

……

不再将道义视为人生要义的万众，不惜牺牲道义而得意扬扬地演绎着各种喜剧。他们因此而嬉戏，喧闹，欺骗，嘲弄，侮慢，践踏，倾轧——凡此种种都是万众从喜剧中享受到的快乐。由于万众向着生迈进时这种快乐会分化发展，还因为只有牺牲道义人们才能享受这种快乐，所以喜剧的演进永无止境，而道义观念则一天天地颓堕。

当道义观念颓堕至极点，难以充分维系求生之欲强烈的万众社会时，悲剧就会突如其来。及到此时，所有人的眼睛才会重新投向各自的出发点，才会明白死与生原来比邻而栖；才会明白当人随心所欲疯狂蹈跃时，也会失足踏出生之境而掉入死之域；才会明白同为自他最避忌的死，竟是始终不应忘却的永劫陷阱；才会明白人不能随意闯过围在陷阱四周业已朽腐的道义绳索；才会明白必须重新张设起道义的绳索；才会明白第二义以下的活动全无意义；于是，所有人这才彻悟悲剧的伟大……①

漱石的苦心，在于挽救世道人心。自幼熏习儒家经典而受到的影响，使漱石自觉地为自己树立起一个士大夫的人格。儒家的“修齐治平”，心

① ［日］夏目漱石：《虞美人草》，陆求实译，陕西师范大学出版总社 2014 年版，第 302～305 页。

怀天下、忧国忧民的思想深深地渗透到他的骨子里。对于明治日本，乃至人类未来，他始终怀有深刻的忧患意识。他希望通过针砭时弊，激浊扬清，挽狂澜于既倒，扶大厦之将倾。《虞美人草》这一篇，就是着眼于道义观念的颓堕，而要给世人敲响警钟。在同年的日记中也有与他的悲剧喜剧哲学相关的记述："有人说伟大的文学是悲剧的。有人解其意说因为是最终(final)的，或许是永恒(eternal)的安定之意。……我认为悲剧会使人变得认真。……只有变得认真之时人类的道德存在(moral being)才开始活动。愚弄人、欺侮人，做着伤天害理之事而恬不知耻的动物也会在其人遭遇惨死之时开始感到胆战心惊，回归本来的自我。"[①]换言之，人类若不面对"生还是死"这一悲剧，"不遭遇死亡，人怎么也改不掉心浮气躁的毛病"[②]。漱石认为，伟大的文学是悲剧性的。死亡是决定性的，是永远的尘埃落定。悲剧使人变得认真，认真之后道德感才能发挥作用。因此，漱石以"突然发生的悲剧"——死亡，给喜剧流行的浮世来一记当头棒喝。以上可见，漱石最为畏惧的是道义的堕落，因此再三强调人的认真，强烈的道义感和社会使命感是促使漱石创作这部作品的原动力。因此，漱石树立了一个假想敌——藤尾母女，作为"道义"派的反面，将其彻底打倒，来突显道义理想。因此，藤尾这一主人公形象比较单薄，性格僵化，且内心世界体现不足。另外，漱石虽然公然宣称为道义而让藤尾死亡，是否还有其他原因引向藤尾的暴亡？作者自身的心态与藤尾的死亡是否有关？作为一位明治时代的男性知识分子，作者对新女性的态度，也未见得有多么开明。本节希望摘下夏目漱石的有色眼镜，去还原一个真实的藤尾。

二、藤尾的罪

关于《虞美人草》的命名，夏目漱石在报纸上的预告中这样写道："昨晚与丰隆子在森川町散步，买了两盆花草。询问店主此花何名，答曰虞美人草。适逢苦于小说无题目，错过预告期又于心不忍，遂拜借此花名冠于

---

① [日]夏目漱石：『漱石全集』第二十五卷「日記及断片」，岩波書店1957年版，第9～10頁。

② [日]夏目漱石：《虞美人草》，陆求实译，陕西师范大学出版总社2014年版，第14页。

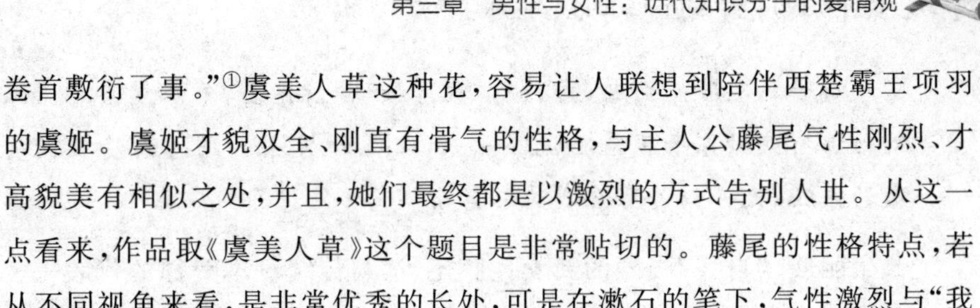

卷首敷衍了事。"[①]虞美人草这种花，容易让人联想到陪伴西楚霸王项羽的虞姬。虞姬才貌双全、刚直有骨气的性格，与主人公藤尾气性刚烈、才高貌美有相似之处，并且，她们最终都是以激烈的方式告别人世。从这一点看来，作品取《虞美人草》这个题目是非常贴切的。藤尾的性格特点，若从不同视角来看，是非常优秀的长处，可是在漱石的笔下，气性激烈与"我执"强烈联系在一起，美貌带有妖艳的意味。藤尾的满身光彩，被负面的画笔涂抹得一无是处。在这种"偏见"背后，可以想象表与里的两个原因。

表面原因是，为了高扬道义，漱石让藤尾死去；内里的原因则是作者女性观的问题。这里面隐藏着作者难以言说的秘密和微妙的心理。为何漱石对藤尾的杀意如此强烈呢？藤尾身上令漱石恐惧的东西到底是什么呢？

首先，从藤尾这个女性自身内部来考虑。关于藤尾的美貌，作者如此极尽华丽铺陈之能事：

> 阳春三月，怀拥着红香在慵懒白昼酣寝，女子宛似从盈盈春色提炼出的一滴深紫，鲜鲜滴落沉睡的大地。女子一头艳艳乌发，令这刻梦幻般时光显得比梦幻世界更艳媚动人，散开的乌发整齐梳拢于两鬓，鬓上压着一根细长的金簪，簪头是一朵贝壳镂成的冰澈的紫花。静谧的白昼令人心荡神摇，迷离恍惚，不过只要女子黑眸稍一转盼，便令观者立刻回过神来。深紫只洇开半滴，即在短短一瞬间扬起疾风般威势，全凭了一双藏于春色却能支配春色的深幽黑眸。假如有人胆敢回溯她的秋波游遨其间，意欲穷尽魔境，将恐化为白骨于桃源，此生不得重返尘寰。这可不是寻常的梦。迷离惝恍的梦的寥廓世界中，那紫色仿佛一颗粲然妖星迫近眉睫，低声唤道：到死为止，你都必须唯我是瞻。
>
> 女子身穿紫色和服。
>
> ……

---

① ［日］夏目漱石：『漱石全集』第二十一卷「評論　雑編」，岩波書店 1957 年版，第 184 頁。

女子抬起脸。白皙的双颊略施薄妆，神情持重，单眼皮下眸子深处仿佛有某种东西眼看将流溢出来，心焦的男人如果想看清里面隐藏的东西，无一例外皆会成为其俘虏。①

天生丽质、“自我”强烈的新女性藤尾，被与传统日本美德的代表——丝子和小夜子作对比。藤尾的美，不似小夜子那般，是楚楚可怜、谦逊低调、安静内敛的美，而是深不可测、神秘魅惑的，给予人以压迫感的美。这种压迫令作者感到不快，而作者对小夜子的同情和偏袒也是非常明显的。

藤尾不仅天赋美貌，其才智也出类拔萃，拥有出众的学识和审美趣味。“女子在静谧的白昼中轻轻抽出书签，将烫金厚书置于膝头，入神地读起来。”②藤尾读的是生活在古罗马的希腊作家普鲁塔克所著的《希腊罗马名人传》中与克利奥帕特拉相关的一段，并且她对克利奥帕特拉其人颇感兴趣。能够阅读西欧经典作品而进行品评的女性在当时并不多见。这种优越的思考能力和学识水平，使当时漱石的弟子们也引起红颜知己之感。对于这样的女性，漱石的态度是矛盾的。虽然从道德上他将其作为“恶女”坚决地否定，然而对她的优点却是难以抗拒。

藤尾是好胜心强的女性，作者形容她“从无败绩”③。“从无败绩”的藤尾，某种意义上具有竞争的时代精神。漱石从藤尾的性格中嗅到“现代”的气息。前文提到，漱石评论藤尾“有诗意却不朴实，缺乏德义心”④。此处的“朴实”是何意呢？考虑到漱石对“小伎俩”的深恶痛绝，漱石对藤尾的态度是对那些要弄小花招而无视道德大义的人的态度。《虞美人草》中，那个耍弄小伎俩的人不是藤尾，而是藤尾的母亲。漱石用“谜一样的女人”来形容藤尾的母亲：

谜女所在之处，江海会变成山丘，炭球亦会像水晶般发光。禅家道柳绿花红，世人则说麻雀唧喳、乌鸦呱呱。谜女似乎不像麻雀唧喳

---

① [日]夏目漱石:《虞美人草》,陆求实译,陕西师范大学出版总社 2014 年版,第 14～15 页。
② [日]夏目漱石:《虞美人草》,陆求实译,陕西师范大学出版总社 2014 年版,第 14～15 页。
③ [日]夏目漱石:《虞美人草》,陆求实译,陕西师范大学出版总社 2014 年版,第 70 页。
④ [日]夏目漱石:『漱石全集』第二十八卷「書簡集(二)」,岩波書店 1957 年版,第 209 頁。

乌鸦呱呱那样便浑身不自在，自从谜女降世，世界突然变得纷嚣乖乱。谜女会将挨近她的人扔进锅内，用意念的杉箸不停地搅攘。如果自认高雅之士，又不甘愿诚拜下风者，切不可接近谜女。谜女犹如钻石，能发出特别耀眼的光，但无人知道这光源自何处，从左看时右侧发光，从右看则左侧发亮，从诸多切面反射出繁多的光亮是谜女最擅长的本领。能乐面具多达二十种，发明能乐面具的便是谜女。[①]

作者对另一个反面典型——藤尾的母亲自然极端厌恶，并且将藤尾母女视为一丘之貉。“母女组”的类型在后来的《心》中也出现了，但“先生”不论如何怀疑其母的用心，对其女儿还有一点信任。而《虞美人草》中的母女俩，简直成了承担一切女性弱点的化身。若将这个“不老实温顺”的评语结合近代日本男性对女性的要求，比如《道草》中的健三对阿住的要求来考虑，可以看出作者男尊女卑思想的流露。母亲也许“老谋深算”，希望继子甲野钦吾走出家门、另立门户，但藤尾并没有如此心机。比如她与母亲的对话中，藤尾的几句问话：“他就那么讨厌继承家业？”“一点都不像男子汉的做派。快点把糸子小姐娶进来不是挺好嘛。”[②]可见，藤尾并没有想排除哥哥、独占家产。她并没有太多的计谋和心机，只是一个热衷于自我欣赏的、恋爱中的“小女人”。作者也评价她具有一般女性的通病：

女人的二十四岁相当于男人的三十岁。她们不懂得是也不懂得非，当然也不懂得这世道是如何演进又如何停滞的，更不懂得在这个偌大舞台的无止境向前发展进程中，自己到底居于何种地位又饰演何种角色。她们只是伶牙俐齿，能言善辩，却既不擅平天下，也不擅治国，面对众楚群咻时更只会手足无措。但女人于一对一的斗智却极有心得，倘使两人对阵单打独斗，得胜的必定是女人，男人绝对是其手下败将。被饲养在现实生活的笼内，只要能无忧无虑啄食谷粒，就会开心得鼓翅扇翼——这便是女人。在笼中小天地与女人争竞啁

① ［日］夏目漱石：《虞美人草》，陆求实译，陕西师范大学出版总社 2014 年版，第 113～114 页。

② ［日］夏目漱石：《虞美人草》，陆求实译，陕西师范大学出版总社 2014 年版，第 91 页。

> 啾的人必定会偾仆而毙。小野是诗人，正因为是诗人，他才会将半个头伸进笼中，而这却使得他彻底无法尽情地显扬己长。①

这段评论，或许是基于漱石的女性观察，但若对女性一以概之下此评论未免过于武断。只从“女人”这一性别，而不是因为人格、才能等因素来评判，可见漱石有着根本的女性蔑视思想。表达类似思想的还有小品文《文鸟》。他将过去相识的美丽女性形象和笼中的一只小鸟重叠回忆，将女性只作为可爱的玩物来接受。漱石的这种女性蔑视、女性嫌恶思想，与藤尾的死也有很深的关系。

藤尾道义心的缺失，在作品中并没有具体体现。如果说对婚姻有着明确的自主意识，明确说出自己不想嫁给谁也是一种罪过的话，那么藤尾在那些男人眼中罪不可赦。拥有“自我意志”本身是缺失“道义心”的标志吗？“自我”等于“罪”，这是漱石作品中贯彻的态度。自我与罪的问题，是漱石试图用一生去解开的大问题。而在这部早期作品中，漱石直接将其简单地画了等号。藤尾的罪过，在于她有明确的自我意识和主张，在于她的骄傲自负，在于她对小野清三的爱违背了众人的期待。这样的女性对男性尊严带来挑战。作者称呼恋爱中的藤尾是“爱情的女王”：

> 藤尾只知道为了自己而爱，压根就没想过世上还存在为了他人的爱。藤尾懂诗趣，却少道义。爱情的对象不过是玩具而已，当然是一件神圣的玩具。普通玩具的效用仅仅是被人赏玩，爱情玩具则是以互相赏玩为原则的；但藤赏玩男人却丝毫不容被男人赏玩。藤尾是爱情的女王，因而她所成就的爱情必定是逸脱于一般原则的爱情，唯有以被爱为己任的男人和一意追求爱情的女子，在春风劲吹和内心恋潮涨落的双重作用下，恰巧邂逅于天地之间的时候，这种异常的爱情方能得以成就。②

藤尾被塑造成一个跋扈的女王，只爱自己，爱人只是她的猎物。但仔

① [日]夏目漱石：《虞美人草》，陆求实译，陕西师范大学出版总社2014年版，第21页。

② [日]夏目漱石：《虞美人草》，陆求实译，陕西师范大学出版总社2014年版，第151～152页。

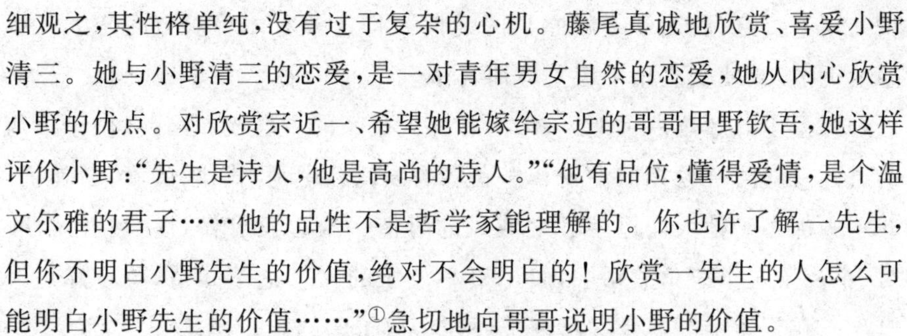

细观之，其性格单纯，没有过于复杂的心机。藤尾真诚地欣赏、喜爱小野清三。她与小野清三的恋爱，是一对青年男女自然的恋爱，她从内心欣赏小野的优点。对欣赏宗近一、希望她能嫁给宗近的哥哥甲野钦吾，她这样评价小野："先生是诗人，他是高尚的诗人。""他有品位，懂得爱情，是个温文尔雅的君子……他的品性不是哲学家能理解的。你也许了解一先生，但你不明白小野先生的价值，绝对不会明白的！欣赏一先生的人怎么可能明白小野先生的价值……"[①]急切地向哥哥说明小野的价值。

为了进一步将藤尾妖魔化，作者将藤尾设定为丙午年出生。日本民间认为丙午年火性重，因此产生了丙午年多火灾等灾害的迷信，逐渐地，转化为迷信丙午年出生的人性格激烈凶暴。《虞美人草》写于 1907 年，距离最近的丙午年是 1906 年和 1846 年，显然，这两年出生的人的年龄都与作品中藤尾"二十四岁"的年龄不符。尽管如此，作者还是故意设定其为丙午年出生，目的就是为藤尾的"恶女"造型服务，强化和加深她迷惑男性、性情暴烈的印象。

问题在于，藤尾作为"爱情的女王"，真的有问题吗？是否天下的女人都应当是千人一面，都是小夜子那样的面容和性情呢？无论藤尾如何逞威风，小野都愿意与之共舞。这是恋人之间在"恋爱"这一特定的舞台上上演的戏剧。女性在恋爱中的表现未必就会搬到其他场合。脱逸于一般原则的爱情并非无法成立，只要互相认可接受彼此的恋爱态度即可。藤尾个性强烈，而小野的性格"过于柔和"，两人的性格刚好在互补中取得平衡。"藤尾的对象非小野不可。"[②]诚哉斯言，然而这个难得的、唯一的恋人却被剥夺，这真实反映了当时社会中藤尾这样的新女性想要获得自己的爱情与婚姻有多么困难。单纯地讲，藤尾与小野无论性格还是学识都很般配，只要小野没有意见就可以。问题在于，小野有"恩"未报，小野要以娶恩师之女为妻作为对老师教养之恩的回报。小野对藤尾的爱，妨碍了小野的报恩。因此，以"道义"为名的一些自高自大的人开始各怀心事，

① ［日］夏目漱石：《虞美人草》，陆求实译，陕西师范大学出版总社 2014 年版，第 229～230 页。

② ［日］夏目漱石：《虞美人草》，陆求实译，陕西师范大学出版总社 2014 年版，第 152 页。

来共同谴责这“脱逸于一般原则的爱情”，将这一对才貌双全的恋人硬生生地拆散，致使女主角不堪羞辱而自杀。

恋爱中的藤尾占了上风，掌握着两人关系的主导权。因此，位于下风的男性有随时被抛弃的不安。作者多次强调藤尾是“我执”的女人，然而，藤尾为加害于他人而逞“我”之威风的事情一次也没有做过。在藤尾、小野、小夜子这个三角关系中，藤尾对小夜子的存在毫不知情，更不知道小野清三在五年前和孤堂父女许下迎娶小夜子的约定。她从一开始就是一个不知情的、单纯地爱着小野清三的人。如果她为了夺取恋人而不惜牺牲小夜子，那么说她欠缺道义心还情有可原，可是她并没有不择手段地争取爱情，藤尾对小野的感情并不违背道义。应当受到谴责的，是隐瞒事实真相的小野清三，而不是无辜的藤尾。在这里，作者隐秘的男性至上的动机再次暴露，小野清三被袒护了，藤尾反倒成了不义之人。

文中没有藤尾欠缺道义心的可靠根据。或许，作者因为藤尾的思考方式、生活方式与西方人比较接近，没有特别地表现出东方人所重视的“道义心”吧。夏目漱石将藤尾作为假想敌的时候，在她身上重合了漱石印象中“傲慢”的西方女性的身影。藤尾被迫接受了“明治日本的西式女性”从英国“迁居”到日本时漱石对于西方女性的爱憎。曾经，藤尾的父亲在众人面前宣告要将与藤尾缘分很深的金表送给宗近，表示要将藤尾托付给宗近。且看藤尾母女的一段对话：

“你父亲在大庭广众面前半开玩笑地对一先生说过‘这只怀表和藤尾缘分不一般，不过我还是想送给你，但不是现在，而是等你毕业以后再给你，可藤尾可能会离不开这只怀表，一起跟过去，你看怎么样？’……”“你到现在还把这句话当成是定亲的暗示？”“照宗近父亲的说法，好像是这个意思。”“荒唐！”藤尾朝长火盆一角掷出尖锐的一句，回音立刻响起。“确实荒唐。”“那只金表归我了！”“还在你房间里么？”“收藏在我的文卷匣里呢。”“哦，你真那么想要？你又不能挂那

个表。""不用说了，反正我要定了！"[①]

父亲并不明白女儿的心意：藤尾对宗近心存蔑视。她认为宗近"既没学问又没本事，却满口都是大话……居然还以为自己很了不起"，"外交官没考上，却一点都不觉得害臊"。当被母亲问到是否愿意嫁到宗近家，她更是直截了当地回绝："谁会愿意啊……嫁给那种没品位的人。"[②]从这回答中，可以窥见藤尾的恋爱观。她是懂得诗的女子，因此重视对方的内涵，希望找到与自己的性格、趣味投合，有前途的恋人。她并不中意父亲为其选择的结婚对象，完全不把他放在眼里，这是一种对父权的潜在对抗。"那只怀表我可以送给小野先生吧。"[③]直率、单纯的藤尾对母亲明确地表明了自己的意思。言行大胆的藤尾，与以往靠媒妁之言、父母之命决定婚姻的女性有着天壤之别。自由恋爱的观念，在明治四十年代的日本社会尚未扎根，婚姻必须遵循父母之命的观念仍是主流。在这样的社会当中，藤尾这种追求自主婚恋的女性的存在，是对传统的一大挑战。漱石认为这是不老实温顺的表现，将其作为"我执"来批判。其原因何在呢？借用小森阳一的话来说，会"使'男人'与'男人'的关系、男人之间形成的稳定的社会价值体系产生龟裂，使之解体"[④]。一言以蔽之，藤尾作为一名女性，以女性为基准去选择丈夫，是无视和动摇父权社会秩序的存在。

恐怕，"希望女性温顺老实"这一漱石对女性的潜在要求也在起作用。这容易让人联想到漱石的夫妻关系。漱石与镜子夫人的夫妻关系决谈不上和风细雨，总是暗流涌动，充满猜疑和苦闷。在漱石眼中，个性鲜明又有些任性的妻子是不够老实温顺而令人头疼的；对于不时发作歇斯底里症的妻子，漱石虽然深感同情，却也无能为力。这种希望女性老实温顺的愿望，是男尊女卑思想的曲折变形，是保守父权意志的体现。根据漱石的外孙女松冈阳子的记述，夏目漱石在女儿们能读书的年龄，也不让女儿们

---

① ［日］夏目漱石：《虞美人草》，陆求实译，陕西师范大学出版总社2014年版，第94页。

② ［日］夏目漱石：《虞美人草》，陆求实译，陕西师范大学出版总社2014年版，第92～93页。

③ ［日］夏目漱石：《虞美人草》，陆求实译，陕西师范大学出版总社2014年版，第95页。

④ ［日］小森陽一：『漱石を読みなおす』，ちくま新書1995年版，第179頁。

读文学书和翻译作品，其理由是“非常讨厌女孩子半通不通地学文学、扮学者”[①]，对女儿采取“放任主义”。与此相反，漱石对儿子们的教育非常热心。将长子纯一和次子伸六一起送到晓星附属小学就读，小学时用功学习法语，中学时又加上了英语。镜子夫人的《漱石的回忆》中记载，每当儿子们从学校回到家，漱石就会将他们喊进自己的书房亲自教他们法语，然而儿子们总令他大失所望，总是被训斥而哭着走出书房。[②] 漱石对儿子和女儿教育方针和重视程度的不同是他男女不平等思想的具体体现。

而对于藐视父权制度秩序、深不可测的女性，漱石称其为“谜女”，对其惊恐万状。无视男性同士共同的价值基准，以挑战者和反抗者的姿态出现的藤尾母女自然会成为漱石嫌恶的对象。她们是要颠覆漱石生存的根本的魔物。从反面来说，这说明了“谜女”有改变世界的力量。藤尾的反抗与挑战，不仅是对包办婚姻的反抗，也是对日本传统家庭秩序的颠覆。藤尾的父亲在英国担任外交官期间突然患病客死他乡，长子甲野钦吾是藤尾同父异母的兄长。根据明治民法，父亲去世或者隐居，应由长子继承家业。然而，甲野感到继母对家业虎视眈眈的野心，一直悠悠荡荡，逃避现实。藤尾母亲的如意算盘是，若将甲野排挤出去，再招来入赘女婿，即可独占家产。然而，女性持有家长权这是漱石所不允许的。漱石引出女性与权力结合的极致——“女王”，将埃及艳后与藤尾的形象重叠在一起。漱石将有权力欲的女性视为谜女，对其惊恐至极，也反映了男性的不自信和自我的虚弱。在对女性与权力的结合感到不快的背后，是作家思想深层的女性憎恶、男尊女卑思想。一个有着开化思想的知识分子尚且如此，可见，日本女性要想真正得到解放，获得男性的尊重、理解与支持，两性之间真正实现和谐共存还要走一段漫长曲折之路。藤尾死后，作者这样评价她：“一切都很美。横卧在美丽仪饰中的人的脸庞也很美，骄矜的眼睛永远阖上了。阖上骄矜双眼长眠的藤尾，蛾眉，素额，黑发，宛似

---

① ［日］松岡陽子マックレイン：『漱石夫妻　愛のかたち』，朝日新聞社 2007 年版，第 37 頁。

② 参见［日］夏目鏡子述、松岡譲筆録：『漱石の思ひ出』，岩波書店 1982 年版，第 322～323 頁。

天仙般妙曼。"[①]死亡带走了藤尾，也带走了她的高傲和"我执"。只有这时，作者才能对藤尾发出美的赞叹。

三、为"道义"而战的男性

如果将藤尾看作"我执"之女的话，那么"古昔之人"[②]孤堂先生可称得上"我执"之男。他虽已知如今的小野已无意于自己的女儿小夜子，却以昔日自己养育小野的恩情为功劳，胁迫小野就范。人的利己打算若打着"道义"的大旗，那么任谁都很难抗衡。过于强调道德，就成了一种虚伪。孤堂先生的行为有几分是为道义，又有几分是为自利呢？或许揭开道义的面具，孤堂先生与《道草》中的岛田老人也并无二致，是追讨人情债的执拗人物。当然，小野与其说是不通人情的愚痴之辈，不如说他是个被人情所左右的人。他通过浅井传话给孤堂先生，可以为先生提供经济援助。然而，先生勃然大怒，斥责小野清三为不仁不义之人。孤堂先生想向小野清三要的是独生女儿小夜子的归宿，最终携女上京，逼小野就范。姑且不论小野清三感情变化的是非对错，像孤堂先生这样，为了自己的独生女，不顾他人意志，强行推行自己的意志，是否就是很正确呢？他的"道义"背后，是强烈的"我执"在推动，而"我执"在本质上是一种自私。

那么，男主人公小野清三是什么样的性格呢？

> 甲野的日记中有这样一句话：
>
> "观色者不观形，观形者不观质。"
>
> 小野是个观色以度日的人。
>
> 甲野的日记中还有这样一句：
>
> "生死因缘无了期，色相世界现狂痴。"
>
> 小野是生活在色相世界中的人。[③]

"生死因缘""色相世界"等，体现了佛教的超越的价值观。将小野性

---

① ［日］夏目漱石：《虞美人草》，陆求实译，陕西师范大学出版总社 2014 年版，第 300 页。

② ［日］夏目漱石：《虞美人草》，陆求实译，陕西师范大学出版总社 2014 年版，第 109 页。

③ ［日］夏目漱石：《虞美人草》，陆求实译，陕西师范大学出版总社 2014 年版，第 45 页。

格定义为“在色相世界中观色度日的人”，认为他没有智慧，只能看到事物肤浅的表面，甚至不能透过色相观察到事物的形状，更谈不上拥有洞悉事物本质的悟性，因此，他是一个目迷五色、随波逐流的人。小野清三的身世十分悲惨，所幸后来被孤堂先生收养，才得以崭露头角。

> 小野出生在幽暗的监房，甚至有人说他是私生子。他穿着窄袖和服上学时就时常被同学欺负，走到哪里都遭狗吠。后来父亲死了，小野在外饱尝艰辛，无家可归，不得不投靠他人，受人资助。水底藻草在黑暗中漂荡，并不知白帆竞渡的岸边阳光灿烂。虽然被波浪欺凌得摇左漂右，但只要随波逐流便可安泰无事，习惯了也就不会在乎波浪的存在了，也无暇探究波浪究竟是何物，至于为何波浪总要残酷地击打自己，则更不会去冥思苦索了。即便思索，也无由改善处境。既然命运令其在黑暗中生长，藻草便在黑暗中生长，命运令其朝夕摆动，藻草便朝夕摆动。——小野正是水底的藻草。他在京都投靠于孤堂先生家中。先生为他置备飞白花纹的和服，每年替他缴二十圆的学费，有时还亲自教他念书。小野学会了在祇园的樱树下匝绕徘徊；仰望知恩院御赐匾额，令他感悟了什么叫高高在上；他开始拥有了一个成年男人的饭量。水底的藻草终于离开淤泥浮出水面。①

小野自幼缺失双亲庇护，不幸的身世使小野希望得到强有力的保护，逆境使得他充满强烈的上进心。因为不得不看人脸色，仰人鼻息，他形成了一套隐忍的处世术。他懂得低头，知道不能反抗强者。这样的小野，自然有着敏感地把握周围力量关系的能力。他并不主张自我、积极谋求贯彻自我意志，而是像水底的水藻一样顺从，随着水流的力量东摇西荡。这种软弱无主见的性格，难怪在宗近一番激烈的言辞之后被说服。

从身世上看，小野清三与漱石十分相似，都是处于“逆境”之中。在幽暗的水底摇摇荡荡，终于靠自己的努力和才华浮出水面。漱石在寄宿时代，据说曾与大塚楠绪子之间有过一段入赘到大塚家做女婿的缘谈。对

---

① ［日］夏目漱石：《虞美人草》，陆求实译，陕西师范大学出版总社2014年版，第45～46页。

于自幼生活不安定的漱石来说，若能如愿，则可安心做学问，过着幸福的生活。虽然二人情投意合，然而据说楠绪子的母亲更为欣赏漱石的朋友小宫保治。小野与藤尾的故事，寄托了漱石未能如愿的梦。小野“有生以来从未做过失礼之事，今后也不想做。为了不对不起别人，也为了对得起自己，小野权且躲入了未来之袖中。紫色的气味很浓烈，就在小野刚壮了壮胆，以为它可以斥退过去的幽灵时，小夜子抵达了新桥。小野的世界也出现了一条缝”[①]。小野是一个不愿意亏欠于人的心地善良的人。加之他是一个没有根的人，因此他没有坚定的立场，容易动摇。现世主义者小野清三向着崭新的未来一路奔去，却被孤堂老师教育的力量、养育之恩的力量支配。他“拖带着两个落后于时代的旧人”[②]，背负着自己的宿命。在周围的破坏阻挠之下，小野的梦想破灭了。牺牲者不仅是藤尾，小野的爱与梦也一同被牺牲了。小野在宗近前来说教时，毫无还口之力，任宗近滔滔不绝，一次也没有为藤尾辩解，并很快就将藤尾出卖，告诉了宗近二人当天的打算。他在“道义”之人面前马上折腰。按照宗近的理论，是否遵守约定是判断“道义心”的标准。宗近以藤尾破坏了与自己默认的婚约为由，大肆攻击藤尾。然而，他却怂恿鼓动小野撕毁与藤尾的约定。他的这种矛盾如何理解？从中可以觉察“感到厌烦”的作者“希望早点杀死女人”的焦躁，作者似乎失去了从容。宗近在最后一章里左突右奔，上蹿下跳，打着“道义”的大旗，破坏了小野与藤尾的约定。然而，他真的就是一个那么醉心于传统道义的高尚人物吗？他对小野苦口婆心的说教，因为脱不开自己的干系，所以让人很容易联想到《心》中“先生”对 K 关于“上进心”的说教，是打着大义标语满足自己的私心。不过，《心》中的“先生”是为了成就自己的婚姻而打击情敌，而《虞美人草》中的宗近是明知藤尾对自己无意、结婚无望的情况下，破坏藤尾与小野的婚姻幸福，是嫉妒与复仇之念在驱使他跳梁，“道义”之类的豪言壮语显得苍白无力。他将自己的卑劣用“道义”这一光鲜的外衣包装起来，其卑劣更深一层。甲野，甚

---

① ［日］夏目漱石：《虞美人草》，陆求实译，陕西师范大学出版总社 2014 年版，第 102 页。

② ［日］夏目漱石：《虞美人草》，陆求实译，陕西师范大学出版总社 2014 年版，第 137 页。

至小野，也都在作者的牵引之下中了宗近的奸计，一齐抛弃了藤尾。藤尾的幸福被完全破坏，在众人面前受辱，气急而亡。

藤尾是作者在倡导“善”的理想的创作时期出现的第一位牺牲者。藤尾的死，是对她不接受与宗近婚姻的惩罚。先是隐瞒真相、后又抛弃她的小野，却得到作者的同情，安然无恙。藤尾在作者的安排下，被孤堂先生、宗近、甲野等人合力绞杀。“善人组”获胜了，然而他们在“道义”上真的完美无瑕、问心无愧吗？孤堂先生也好，宗近也好，其行为的出发点和归结点是否能完全在“道义”一点上重合呢？小野的爱，又是什么呢？藤尾的悲剧，是注定的结局。藤尾的死，是“道义”对“现代”的复仇，是“过去”对“未来”的诅咒的结果。加之漱石的女性蔑视、男尊女卑思想，让“谜女”藤尾彻底消失。然而，谜女虽然消失，谜却留了下来。

漱石在明治三十四年(1901 年)曾写下这样的话：“道德是习惯。对强者有利之处呈现为道德的形式。孝表明父母权力强大，忠彰显君主权力，贞宣扬男子的权力。”①漱石认为，道德也体现一种“力”的逻辑。按照这种逻辑，那么可以说，《虞美人草》中的藤尾之死，是包含作者在内的、作为社会强者的男性权力挥舞之下的必然结果。日本女性的真正解放，任重而道远。

第二节　何处是归宿：《三四郎》中的美弥子

夏目漱石的长篇小说《三四郎》明治四十一年(1908 年)9 月 1 日至 12 月 29 日连载于《朝日新闻》，翌年 5 月由春阳堂出版发行，是前期爱情三部曲《三四郎》《从此以后》《门》中的第一部。夏目漱石在《三四郎》的预告中这样写道：“毕业于乡村高中，来东京上大学的三四郎接触到新鲜的空气。并在与同辈、前辈、年轻女性等的接触中随性而动。笔者所做的工作是将这类人置于这种空气中，至于其后则全凭人物自在游动，自生波

① [日]夏目漱石:『漱石全集』第二十四卷「日記及断片(上)」，岩波書店 1957 年版，第 71 頁。

澜。……不过是些寻常事情，没有神乎其神的事件。”①

这部小说表面上的主人公是小川三四郎，然而真正的主人公却是里见美弥子。当小说的舞台向三四郎所谓的“第三世界”移动时，作者关注的重心也明显转移到作为第三世界的女王——里见美弥子这一女性形象上。在第三世界中，无论是情节，还是编织情节的人物比重，三四郎都只是美弥子的从者，从结构上来看，只起到一面镜子的作用。三四郎自始至终没有任何积极的行动，只是反映他面前的三个世界。三个世界中最吸引他的是以女性为中心的第三世界，其中头戴宝冠的女性是美弥子。在“三四郎”这一单纯的镜子中清晰地映出倩影的美弥子才是真正的主人公。美弥子这个人物形象是神秘的，而她也因其神秘而饱受诟病，如“露恶家”“无意识的伪善者”等。本书认为作者对美弥子这个人物代表的明治时代女性的命运是同情的，因此试以美弥子为中心人物，接近其真实的内心世界，考察她周围的男性他者及她与这些他者的关系，试图揭开这个人物神秘面纱背后不为人知的孤独。

一、矛盾女性美弥子

三四郎初见美弥子是在东京大学育德园的心字池畔。

> 三四郎蓦地抬头一看，左面的小丘上站着两个女子。女子下临水池，池子对面的高崖上是一片树林，树林后面是一座漂亮的红砖砌成的哥特式建筑。……女子面向夕阳站立。从三四郎蹲着的低低的树荫处仰望，小丘上一片明亮。其中一个女子看来有些目眩，用团扇遮挡着前额，面孔看不清楚，衣服和腰带的颜色却十分耀眼。白色的布袜也看得清清楚楚。从鞋带的颜色来看，她穿的是草鞋。另一个女子一身洁白，她没有拿团扇什么的，只是微微皱着额头，朝对岸一棵古树的深处凝望。这古树浓密如盖，高高的枝条伸展到水面上来。……女子不把团扇遮在脸上了。她手中拈着一朵白花，一边嗅着一

① ［日］夏目漱石：『漱石全集』第二十一卷「評論　雜編」，岩波書店1957年版，第185頁。

边走过来。她把花放在鼻尖上，走路时眼睛往下看。当她来到三四郎前面五六尺远的地方时，顿时站住了。“这是什么树？”……“唔，这树不结果吗？”说罢，她把仰着的脸庞转回来，趁势瞥了三四郎一眼。顷刻之间，三四郎确实意识到那女子乌黑的眼珠倏忽一闪。……透过绚丽的色彩，他看到那女子束着一条染有白色芒草花纹的腰带，头上簪着一朵雪白的蔷薇花。这朵蔷薇花在椎树荫下，衬着乌黑的头发，格外光艳夺目。三四郎有些茫然，片刻，他小声嘀咕了一句“真矛盾”。是大学的空气和那个女子有矛盾呢，还是那色彩和眼神有矛盾呢？是看到那女子联想起火车上的女人从而产生了矛盾，还是自己未来的方针中包含着自相矛盾的内容呢？或者是一方面兴高采烈，一方面又惶恐不安，这两种心情之间产生了矛盾呢？——这个乡下青年对这些一概不懂，他只是感到有矛盾存在。[①]

初次登场时美弥子用团扇遮着脸庞，身着日本传统的民族服装——和服。然而，她的言行举止中，混杂着传统女性和非传统女性的因素。例如，在给广田先生帮忙搬家时，不忘带来好吃的食物，给人以贤妻良母的印象。不过，篮子中的三明治并非她亲手制作，而是从商店购买的，又给人以不彻底的贤妻良母的感觉。单纯如一张白纸的三四郎在美弥子身上感到“矛盾”。如同童言经常揭示真相一样，越是纯粹的人越容易直觉到事物的本质。纯粹的三四郎这一“矛盾”的直觉，正反映了美弥子的本质。夏目漱石曾塑造了《草枕》中的那美、《虞美人草》中的藤尾这些个性鲜明、充满知性、自我强烈的“开化的杨柳观音”似的新女性，美弥子是否也可以加入这个谱系，位列“开化的杨柳观音”之中呢？《虞美人草》中，藤尾阅读英国文学书籍的场面给读者留下了深刻的印象。《三四郎》中虽未特别描写美弥子的学识，但是不经意间却可从中窥见美弥子的文化水平。例如，她能将英国剧作家的剧本用标准的英语朗读，丹青会上能够评鉴画作水平的高低，还加入基督教会，读诵《圣经》，这样的美弥子完全可称为才媛。

---

① ［日］夏目漱石：《三四郎》，载《夏目漱石小说选》，陈德文译，人民文学出版社2010年版，第21～22页。

美弥子和藤尾一样，都接触了东西方两种文化，受到文明开化的影响。然而，作者将美弥子的才华只作表面触及，并未强调。专注于从外部塑造在精神上彷徨于传统和西洋之间，又必须生活在现实中的“迷羊”的美弥子像。这种人物造型的表层性，与三四郎的文化边缘人视角有很大关系。陈雪认为，三四郎对美弥子的认知层面存在局限，使新女性的“神秘”气质更加凸显①，包括上文中提到的三四郎所感到的“矛盾”。

服装除了具有实用性，它还具有审美性和社会象征性。从社会生活角度对服装进行审美判断，它带有民族、阶级和时代特色。服饰的社会功能主要表现在：服饰是阶级的符号，展示经济地位，标识社会分工和宗教信仰，标识民族差异，标识社会对性别角色的认定。色彩感是服饰审美的灵魂，任何服饰都是通过色彩表现出主要特征。例如白色象征神圣、纯净的品性，紫色在古代贵族中象征着权势和地位。因此服装是最直观的身份证明，它向人传递着个人的阶级、经济、民族、职业、宗教、性别、品位等各方面的综合信息。在《虞美人草》中，漱石将藤尾形象设置为一个喜穿紫色和服的女子。他强调紫色这种色彩所具有的象征意义，用它来比喻女主人公藤尾的性格。“紫色招骄矜者蜂攒，黄色引深情者追求。”②《三四郎》中美弥子的服装色彩绚丽耀眼，并且她善于修饰自己，例如将雪白的蔷薇花插到自己的乌发上，传达了她的青春活力，以及对自己女性魅力的自信。美弥子的服饰，除了色彩亮丽外，其式样也颇为引人注目。明治时代以后，日本学习西方先进的科学技术，全面实现现代化。在和西方人接触交往的时候，政府官员都穿着西式服装，与西方人接触较多的华族人士之间，西式服装较早地成为固定样式。一般平民还保留着传统的审美意识，保持着江户时代以来的生活方式。作品中的广田老师区分穿着洋装与和服，可见当时社会国民的服装状况是洋装与和服混合存在的状态。美弥子是一位身着日式和服的女子。出场时如此，在画家原口的画中亦

① 参见陈雪：《文化“边缘人”视角与新女性的“神秘”气质——以夏目漱石小说〈三四郎〉为例》，载《世界文学评论》2013年第1期。

② ［日］夏目漱石：《虞美人草》，陆求实译，陕西师范大学出版总社2014年版，第83页。

是如此。和服反映了美弥子的价值取向，暗示了她的归宿终究是回归传统。将美弥子的服装明确地设定为日本传统的和服，这里面作者的意图不容忽略，服装是一种自我主张，美弥子选择用和服来为自己代言。

在与三四郎第三次相遇时，美弥子将一枚名片递给三四郎。名片上只写着名字“里见美弥子”和住址“本乡真砂町”，并没有职务。在现代社会，名片是人际交往的工具。名片是名片主人人格的组成部分，是个人身份的象征。在日本，名片是等级制度的缩影。地位高的一方掌握着名片交换的优先权，如果他不主动出示名片，地位低的一方一定要在取得对方许可之后才可呈上名片，否则就是失礼。①

首先，在明治时代使用名片，尚属新潮的举动。在男尊女卑思想依然存在的时代，美弥子身为女性，且没有职业，但她印了自己的名片，这反映出她有着强烈的社会交际意识，这是她新的一面。其次，如上所述，在日本，名片是等级制度的缩影，居上位的一方掌握着主动出示名片的优先权。美弥子主动递给三四郎自己的名片，而三四郎毫无疑问根本没有名片。这反映出美弥子在面对三四郎时将自己定位在比三四郎地位高的一方，虽不像藤尾那般明显，但她的骄矜也得到间接的体现。

没有职业的美弥子，积极进行社会交际活动的动机何在呢？在明治时代，职业女性尚属稀少。女性能被社会认可的价值只有在家庭方面。因此，“结婚”是美弥子唯一的生存之路。美弥子的一切经营打算，都围绕着“结婚”这个根本目标。与藤尾不同的是，美弥子有亲哥哥，哥哥是天然的财产继承人，并不存在争家产的问题。俗言道：“男大当婚，女大当嫁。”随着哥哥婚龄的临近，与兄嫂同住的尴尬也使得美弥子在自己归宿的问题上焦虑不已。因此，美弥子一直在物色挑选适合自己的结婚对象。她聪明地知道，比起新女性，传统的贤妻良母在婚姻市场上价值更高。因此，即使是妨碍身体的自由行动，美弥子也仍然身着传统和服。

然而，真实的美弥子的性格，与和服是否相应呢？在三四郎、美弥子和广田老师、野野宫等人结伴去观菊花人偶的时候，三四郎跟着美弥子离

① 参见李兆忠：《日本：纷纷扬扬的名片》，载《世界知识》2002年第21期。

开众人，跑到一个清静地。关于美弥子的步行姿态书中有这样的描写："这女子一个劲儿地朝前迈动步子，没有一般女人家那种忸忸怩怩的娇羞之态。"[①]从行动来看，美弥子性格中有着自由奔放、桀骜不驯的一面。她毫不顾忌自己一身漂亮的衣裳会被弄脏，而是直接坐在草地上。美弥子心灵的疲惫和痛苦无处宣泄，只好逃离众人。对她来说，有比漂亮的衣服更重要的，那就是她精神和心灵的需要。美弥子的性格与和服所标榜的传统日本女性娴雅、忍耐的性格不太相称。因此，美弥子身着和服是一种对男性社会的有意识的迎合。这种迎合压抑和束缚了美弥子的心灵，因此她更加渴望自由。在美弥子的交往圈子里头，最为德高望重的是广田老师，而他对于美弥子是持审视和批评态度的。他的态度传递到美弥子那里，是来自男性社会的敌意和否定。

> "那女子沉静而又粗暴。"广田说。与次郎也打帮腔："嗯，是粗暴，有易卜生笔下女性的特点。"广田："易卜生笔下的女性性格外露，而那女子是内心粗暴。不过，说她粗暴，这和一般的所谓粗暴意思不同。野野宫的妹妹，看起来粗暴，但她仍然是个女子。这真有点奇妙哩。"与次郎又问："里见小姐的粗暴是内向型的吗？"二人饶有趣味地对美弥子评头品足。[②]

三四郎对二人的评价不能信服，当他再次向与次郎求证时，与次郎说："现代的女性都是粗暴的，不光是她。""大凡接触过新鲜空气的男子，也都有类似易卜生人物的地方。只不过这些男的或女的都不能像易卜生的人物那样随意行动罢了。他们大都在内心里接受感化。"[③]野野宫的妹妹良子，是一个性格豁达开朗的传统日本女性。广田老师将二者作比较，认为美弥子看似沉静，实则内里粗暴；而良子外表粗暴，内心却安稳。并

---

① ［日］夏目漱石：《三四郎》，载《夏目漱石小说选》，陈德文译，人民文学出版社 2010 年版，第 91 页。

② ［日］夏目漱石：《三四郎》，载《夏目漱石小说选》，陈德文译，人民文学出版社 2010 年版，第 114 页。

③ ［日］夏目漱石：《三四郎》，载《夏目漱石小说选》，陈德文译，人民文学出版社 2010 年版，第 115 页。

且否定了美弥子的女性性，即在广田老师看来，只有传统女性才可称得上真正的女性。“内讧”型的性格，形容美弥子内心的矛盾冲突非常激烈，美弥子只是表面上看起来很传统，实际上内心非常不安。“要同周围保持协调一致，那就得沉静；又因为存在着不足之处，所以根性是粗暴的。”[①]然而，虽然内心是“粗暴的”，却无法通过行动将心灵的动荡表现出来，总是压抑在心底，美弥子内心的痛苦可想而知。所以实际上男性社会对这样的美弥子是排斥的，尽管她为了迎合已经作了很大的妥协，可是仍然不能改变现代男性挑剔的目光。这些男性自身带有现代的特点，却不允许女性受到一丝现代的影响，男性的自私心理表露无遗，这里也体现了漱石对他们的批判态度。

日本现代社会制度的缺陷之一就是性别歧视、男女不平等。不得不压抑想要反抗旧习的自我而与周围协调的美弥子，其内心世界绝不是光明的。在现实的压迫下，她的内心不得不产生矛盾。这种内与外的矛盾，使美弥子迷失了真实的自我。现实的处境使美弥子拥有“不向人求乞的乞丐”的自我意识。而这种自卑与她高高在上的自负形成了巨大反差。美弥子的这种分裂曲折的自我意识从何而来呢？在这里，日本婚姻制度里女性在家庭中的位置应该被反思。美弥子“无意识”地要弄技巧，是因为父权社会制度下总是将“女性”视为客体，将其置于被看一方的立场上。作为被看的一方，将看的一方——“男性”的视线内化了。因此，乍看自由的美弥子实质上是作为制度的“女人”，是婚姻制度中的“俘虏”。

在近代日本，以家父长为中心的家族制度作为天皇制国家意识形态的一环，对于女性施行“贤妻良母主义”教育。尤其是从明治三十年(1897年)左右开始，“贤妻良母论”在女子教育方面影响极大，家庭成为女性存在的一切理由。在文相井上毅的时代通行的两性观念是：作为人，男女存在生理上的差异，因而在政治上也不可能男女同权，男主外、女主内的近世儒教女性观成为主流价值观。在这种思考方式的指导下，女性的就业

---

① ［日］夏目漱石：《三四郎》，载《夏目漱石小说选》，陈德文译，人民文学出版社2010年版，第103～104页。

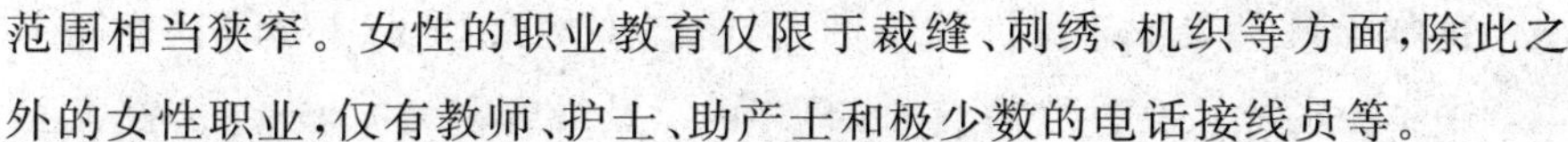

范围相当狭窄。女性的职业教育仅限于裁缝、刺绣、机织等方面，除此之外的女性职业，仅有教师、护士、助产士和极少数的电话接线员等。

美弥子即是处于这种社会现实当中的、只能以贤妻良母身份走入婚姻的女性之一。以她的才华和能力，本可以在社会上做出一番事业和贡献，而她本人也有积极参与社会的意愿，无奈社会制度对女性的束缚和规定使得她只能选择结婚自保。结婚不是自由恋爱的结果，而是为了衣食生计。没有职业的美弥子的一切“伪善”，无意识中都在向着“结婚”这个目标而努力。“不向人求乞”，是因为其自尊心，“乞丐”是现实当中美弥子本质上的立场。

在《三四郎》被写作的当时，在贤妻良母教育被一味强调的时代风气当中，独具一格的“新女性”的活动引起世人瞩目。毕业于日本女子大学的平冢明子(号“雷鸟”)得到父母的资助，召集日本女子大学及女子高等师范附属女学校的友人，出版了文艺杂志《青鞜》，编辑人员全部为女性。在明治四十四年(1911年)第一期的发刊词中这样写道：

> “女性，本是太阳，是真正的人。而今，女性成了月亮，成了面色苍白如同病人的月亮，依赖他人生存，借助他人的阳光闪耀。现在，《青鞜》问世了！第一次用现代日本女性的智慧和双手创办的《青鞜》问世了！”①

“女性，本是太阳”，指的是日本神话传说中的太阳女神天照大神。这段阐述虽然激进，但一定程度上反映了女性地位的式微。《青鞜》的出版，是一部分觉醒了的女性希望打破这种现状的动向促成的。

雷鸟执笔的文章因为反映了家父长制度下女性的隶从生活，反对贤妻良母主义，因而被禁止发行。而《青鞜》也被认为是不好的杂志，还出现过教师神近市子因为阅读《青鞜》而被解除教职的事件。美弥子没有像雷鸟那样明确地主张自我，对旧习俗进行公开反抗，而是选择了对现实的妥

---

① [日]平塚雷鸟：《女性本是太阳——写于〈青鞜〉发刊之际》，蒋娟娟译，载《日语学习与研究》1990年第5期。

协。美弥子自我主张与反抗的不彻底性，如实地反映了时代的特色。第三章中穿插的一位女性卧轨自杀的段落，以及野野宫的冷漠评价，都突显出明治时代男性对于女性的不公，女性所承受的委曲，也暗示了美弥子不可能从野野宫这样的男性那里得到幸福，如果两人勉强结合，美弥子的结局将令人担忧。

二、比较视野下的三四郎和美弥子：何处觅知音

（一）故乡

到了东京之后的三四郎为自己设想了三个世界：第一世界是母亲所在的故乡；第二世界是学问、知识的世界；第三世界是恋人所在的现实和将来的世界。其中，最令三四郎心驰神往的是第三个世界。三四郎如此想象："第三世界灿烂夺日，宛如春光荡漾。有电灯，有银匙，有欢声，有笑语，有发泡的香槟酒，有堪称万物之冠的美丽的女性。三四郎同其中的一个女子说过话，同另一个见过两次面。对于三四郎来说，这个世界是最深厚的世界。这个世界就在眼前，但很难接近。"对于这个可望而不可即的世界，三四郎同时怀有亲近感和生疏感，他只能怀着疑惑远远地眺望着这个世界。"四郎远远地遥望着这个世界，觉得不可思议。他觉得自己要是不进入这个世界，就会感到这世界某些地方有着缺陷，而自己仿佛有资格成为这个世界上某一处的主人。尽管如此，理应得到繁荣发达的这个世界，却束缚了自己的手脚，阻塞了自己自由出入的通道。三四郎对这些都感到不可理解。"①虽然他自认为自己有资格参与这个世界，然而这个世界却使他望而生畏，他找不到进入这个世界的切入点和途径。对于梦想的迷惘使得三四郎感到了一种孤独，而这种迷惘，自然与三四郎所处的现代空间——东京有关。

> 东京有许多叫三四郎吃惊的事。首先，是那电车"叮铃叮铃"的声音引起了他的兴趣。随着"叮铃叮铃"的响声，众多的人上上下下，

① ［日］夏目漱石：《三四郎》，载《夏目漱石小说选》，陈德文译，人民文学出版社 2010 年版，第 62 页。

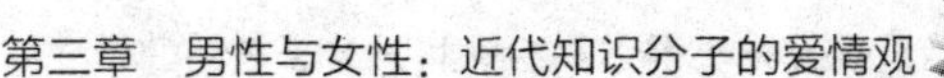

实在使人觉得新奇。其次是丸之内大街。然而更使他吃惊的是，不管走到哪里，全是一样的东京味儿，而且到处都堆放着木材、石头。新的房屋都远离马路一两丈远，古老的仓库只拆除了一半，前半部被精心地保护下来。看样子所有的东西都在继续遭到破坏；同时，所有的东西又都在建设之中。东京发生着巨大的变动。三四郎简直惊呆了，一个普通的乡下人头一次置身于闹市中心，那心情，那感受是多么不寻常啊！自己以往的知识再也无法迫使自己惊奇的心情冷静下来。三四郎的自信力随着这种激动消失了大半，他闷闷不乐。①

三四郎在千变万化的东京市中心闭门不出，独自郁闷时，他接到了故乡母亲的来信。这是他来到东京之后收到的第一封信。在东京受到挫折、失去自信之时，母亲的来信给了他很大的精神鼓励和心灵慰藉。"乡愁"是一缕抹不去的情愫，深藏在三四郎的内心深处。坐在东大育德园心字池畔，"三四郎凝神眺望着池面，几棵大树倒映在水里，池子底下衬着碧青的天空。三四郎此时的心绪离开了电车，离开了东京，离开了日本，变得遥远和飘忽不定了。然而过了一阵子，一种轻云般的寂寥感渐渐袭上心头"。如轻云般的寂寥感中，飘荡着一丝淡淡的乡愁。"在熊本上高中的时候，三四郎曾经登过清幽的龙田山，躺在长满忘忧草的运动场上睡觉。他曾几度将整个世界忘却。然而，这种孤独之感是今天才开始有的。"②感到寂寥的三四郎几乎是无意识地自然想起了故乡熊本。三四郎将故乡视为自己的第一世界，他是这样描述那个世界的：

三四郎眼前有三个世界。一个遥远，这个世界就像与次郎所说的具有明治十五年以前的风气，一切都平稳安宁，一切也都朦胧恍惚，想回去就能立即回去，当然回到那里是毫不费力的。然而，不到万不得已，三四郎是不愿回去的。也就是说，那地方是他后退的落脚

① [日]夏目漱石：《三四郎》，载《夏目漱石小说选》，陈德文译，人民文学出版社 2010 年版，第 16 页。

② [日]夏目漱石：《三四郎》，载《夏目漱石小说选》，陈德文译，人民文学出版社 2010 年版，第 21 页。

点。三四郎把已经摆脱了的“过去”，封存在这个落脚点里。一想到慈爱的母亲也葬身在这样的地方，立时觉得太可怜了。因此，当母亲来信的时候，他便暂时在这个世界上低徊，重温旧情。[①]

故乡是三四郎心中的原生风景，它给三四郎提供安慰，也成为他判断的基准。在给母亲的回信中，三四郎写道：“东京这地方没有意思。”这种“没有意思”，一定是和故乡熊本的有意思相比较而言的。找不到与东京的接触点的三四郎，成为一只“迷途的羔羊”，寻找不到自己的方向。东京这一“异乡”和熊本这一“故乡”之间的无法弥合的距离感，造成三四郎永远难以消失的乡愁。三四郎时常收到故乡母亲的来信，虽然有时信的内容让人哭笑不得，但三四郎从母亲的信中得到莫大的安慰。“母亲”与“故乡”这两个词是连接在一起的。母亲所在的故乡，永远是三四郎精神的根据地。他时常想起故乡的母亲，以此获得些许安慰。对于三四郎来说，故乡是默默地守候着自己的最后的避难所。作者用“后退的落脚点”（立退場）来形容。在明治四十年（1907 年）为高浜虚子著《鸡头》所作的序中，夏目漱石使用了这个词。“无论如何猛烈地愤怒、悲痛地哭泣，眼泪不是尽头。深处恰好有一个后退的落脚点。一旦有事，随时可以退回这个落脚点。而且这个落脚点不增不减。是无论天下大人有多大威力都对其束手无策的安全的落脚点。拥有这个落脚点的人与没有它的人，其喜怒哀乐看似一样，然而从喜怒哀乐的产生者和接受者而言，却有着莫大的不同。”[②]这个后退的落脚点“不增不减”，永远不变。“不变之中存在着永恒的慰藉。”[③]故乡是不变的，母爱是不变的。因此，母亲所在的故乡给三四郎带来永恒的慰藉。

三四郎的理想，是将“母亲从乡间接出来，娶个漂亮的妻子，一门心思

---

① ［日］夏目漱石：《三四郎》，载《夏目漱石小说选》，陈德文译，人民文学出版社 2010 年版，第 61～62 页。

② ［日］夏目漱石：『漱石全集』第二十一巻「評論　雑編」，岩波書店 1957 年版，第 227 頁。

③ ［日］夏目漱石：《三四郎》，载《夏目漱石小说选》，陈德文译，人民文学出版社 2010 年版，第 178 页。

搞学问”[①]。来自第一世界的三四郎，希望与第二、第三世界产生联系。三四郎本是第一世界的人，但他希望得到第三世界的人——美弥子，并活在第二世界——学问的世界当中。然而，无法实现而成为彷徨的“迷路的孩子”(stray sheep)。美弥子生活在第三世界中，却希望与第二世界中的人——野野宫结婚。然而，她也是无法实现愿望的一个“迷路的孩子”。

三四郎和美弥子都拥有着多维的世界。与三四郎不同，美弥子是身处第三世界，希望与第二世界建立联系。然而，她欠缺位于远方的第一世界。身在其中的东京，每日都在激烈的动荡中，无法成为安息之所，也不能给人提供安慰。父母很早就亡故，因此，与没有“后退的落脚点”的美弥子比较起来，三四郎显然是有更大的余裕和回旋的余地。三四郎至少有两个选项：在东京生活，或者回故乡。重要的是，他有来自母亲的关爱与支持。为了借给与次郎 30 元钱，三四郎给母亲写了一封信，母亲立刻邮寄过来。依赖着母亲的爱，三四郎的内心不会过于焦虑。因此，三四郎能以“徘徊家”的姿态、有余裕的立场眺望美弥子。虽然他被美弥子吸引，却从不积极行动。而美弥子总是试图掌握主动权，这是美弥子根源的不安的表现。

(二)父母

美弥子的父母很早就去世了，长兄也去世了，唯一的亲人就是次兄法学士恭介。在日本明治时代的“家制度”中，长子是家督，拥有户主权以及家庭的全部财产继承权。户主是一家的绝对权力者，美弥子失去“父亲”和“长兄”，暗示了她没有来自父兄权威的管束和保护；而她自幼没有母亲，更是造成她情感上的致命缺陷。儿童是在出生的社会环境中与同社会的其他成员的关系中共同行动的。这种意识对儿童而言包含了基本的价值意识、道德意识、角色意识等各个方面，父亲负责帮助孩子发展这些意识，为孩子提供规范。儿童将父亲代表的规范内在化。幼儿的心灵，是一个生动的舞台，活动的中心是永远与母亲接触的愿望和失去母亲的恐

---

① [日]夏目漱石：《三四郎》，载《夏目漱石小说选》，陈德文译，人民文学出版社 2010 年版，第 63 页。

惧。人类婴儿最显著的一个特点就是，几乎是完全的无援性和与之相同程度的依赖性。

“这女子定是娇生惯养长大的，而且在那样的家庭中享有一般女子所没有的自由，万事都可以为所欲为。从今天未经任何人许可就同自己一道出来逛马路这一点，三四郎就能明白。这女子失去了年长的父母，年轻的哥哥又采取放任的态度，所以才养成了这样的性格吧。”[①]对美弥子而言，向其示范价值意识、道德意识、角色意识规则的父亲是缺席的，即促进其社会化发展的角色欠缺。作为欠缺“社会性”的反面，“个性”的一面得到强化，呈现出自由奔放之相。这与《虞美人草》中藤尾父亲去世的设定有着异曲同工之妙。而且，可以想见，年幼失母的美弥子从儿童时期就怀有深深的不安，即使成年之后也有着无援性和相同程度的依赖性。美弥子总是主动与人交往，寻求着什么，她寻求的应当是从小就缺失的父母之爱。广田老师和与次郎所言她的“粗暴”，是她内心深处的缺陷所造成的对爱的渴求。美弥子的身世深深地影响着她的性格与处事方式。她虽然看起来非常自由任性，但是其自由任性的背后，却是得不到父母爱护娇宠的孤独。

（三）恋爱观

当美弥子遇到初来东京的三四郎，她从三四郎身上发现了与自己相类似的“迷路的孩子”因素，为了寻找知音，她积极地与三四郎接触。然而，三四郎和美弥子的世界并没有交集，美弥子不得不体味无处觅知音的孤独。三四郎完全不懂得如何与女孩做朋友，对于美丽女性所在的第三世界，三四郎原本就感到就在眼前却很难接近，亲近感与生疏感共存。三四郎对女性有着这样的想法：“然而这样一来，偌大的第三世界就被一个渺小的家眷所代替了。美丽的女性很多很多，要把美丽的女性翻译出来，也会各色各样。……为了扩大由翻译而产生的感化范围，完成自己的个性，就必须尽量接触众多美丽的女性。要是只满足于了解妻子一人，那就

---

① ［日］夏目漱石：《三四郎》，载《夏目漱石小说选》，陈德文译，人民文学出版社 2010 年版，第 142 页。

等于自动使自己的发展走向不完备的道路。”[①]三四郎希望通过认识尽可能多的美丽女性帮助完成自己的个性，可见，他的思想十分幼稚和肤浅，并且对女性有一种贪心。对他而言，美弥子并不是那个“万物之冠”的唯一，他“同其中的一个女子说过话，同另一个见过两次面”[②]，前者指的是良子，后者是美弥子。对他而言，她们都是第三世界中美丽女性的代表，没有分别，三四郎对美弥子其实并没有那么深厚的钟情。对他而言，美弥子固然有魅力，却并非宿命般的特殊存在，他只是将美弥子作为选择项之一，因此其实三四郎最爱的还是他自己。与其说他对美弥子一见钟情（一目惚れ），不如说他自始至终都活在自恋（己惚れ）里。这样的三四郎当然会让美弥子失望。他自己都十分明白，自己的人格并不健全，个性并不完整。三四郎是没有明确的自我、对任何事都坦率地表达“惊讶”的青年。他甚至无法用自己的语言去给这种“惊讶”赋予定义。处于类似于想象界的混沌状态中的三四郎当然无法给美弥子安慰。将其视为“迷路的同伴”的美弥子必然感到期待落空的孤独。嗫嚅着“我知我罪，我罪常在我前”的美弥子，内心怀有歉疚。她曾为催促野野宫求婚，而利用了三四郎的单纯。美弥子担心伤害了三四郎，总是怀有内疚之情，是因为她被作者塑造为深明礼仪的女性。如前文所述，没有父母的美弥子虽然在次兄的“放任主义”之下自由成长，但同时，她也是一位能入教堂忏悔的内省自律的人。拥有这种两面性的美弥子的性格充满魅力。与只拥有通俗的、功利的恋爱婚姻观的三四郎相比，拥有反省和忏悔意识的美弥子的人格更显高贵。美弥子并不仅仅是伪善家、露恶家、浅薄的女性。如果浅薄，美弥子当然不会有反省，更不会有忏悔。美弥子是一位有深度的女性，只是她的深度在社会上完全无法显露，而她也只能为了自己的生计和归宿去营谋，这是明治社会对女性才华的极大浪费，也是对女性价值的极大忽略。美弥子的真、善、美，被掩映在那物质的外表、虚荣背后，最后只能在一声叹息中

① ［日］夏目漱石：《三四郎》，载《夏目漱石小说选》，陈德文译，人民文学出版社2010年版，第63页。

② ［日］夏目漱石：《三四郎》，载《夏目漱石小说选》，陈德文译，人民文学出版社2010年版，第62页。

隐身幕后，回归家庭，给世间留下一个谜。

三、美弥子与野野宫：落花有情，流水无意

野野宫这个人物在作品中同样有些神秘。漱石在《虞美人草》中将甲野称为哈姆雷特。野野宫宗八与甲野钦吾共有了“野”字，野野宫这个姓氏本身含有“位于野外的宫殿”的意思，带有高贵的气息。虽是理学士，野野宫却爱好绘画与文学，与广田先生近乎精神上的父子，是以广田为中心的交际圈子的实际主宰者。野野宫的人物形象，大致是一个封闭于“第二世界”一心做研究，不考虑女性立场的学者型人物。而他也能做出给美弥子买发带这样的事情，说明他也并非完全对恋爱无动于衷。以下试分析一下野野宫，以求认识理解一个更加立体、饱满的野野宫形象。

（一）野野宫的恋爱观

被视为野野宫原型的是当时东京帝国大学理科大学的讲师、理学士寺田寅彦。在兼具科学与文学才能这一点上，确实野野宫与寺田寅彦有相通之处。而且，寺田寅彦还自认为是野野宫，将小宫丰隆作为三四郎，在寄给小宫的明信片上称呼对方为“三四郎”，加深了寺田即是野野宫的原型这一印象。明治四十二年（1909 年）元旦，寺田寅彦在给小宫丰隆的贺年卡中这样写道：“毅然决定使用时髦洋气的明信片。打算给美弥子小姐也发同样的明信片。三四郎先生”以“野野宫”自居，连明信片都以野野宫的身份邮寄，可见寺田寅彦对“野野宫”抱有的亲近感和认同感。虽然不能直接将寺田寅彦与野野宫宗八画等号，但可以从寺田寅彦身上得到一些线索。作为科学研究者的寺田寅彦追求“真实”、严肃认真。对于与寺田有着类缘性的野野宫来说，美弥子下述刻意的行为一定是充满虚伪，欠缺真实性：

> 美弥子经原口一声唤，她一眼就看见了站得更远的野野宫。她一看到他，就后退了两三步，回到三四郎身旁，不引人注意地将嘴巴凑到三四郎的耳畔，轻声嘀咕了几句。三四郎也没听见她究竟说了

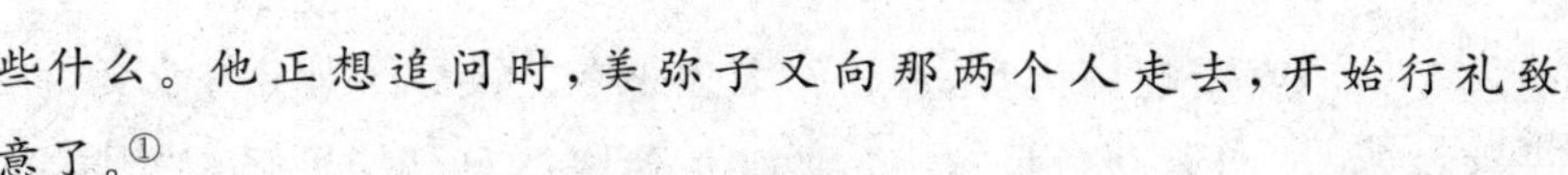

些什么。他正想追问时，美弥子又向那两个人走去，开始行礼致意了。①

美弥子故意对三四郎低声耳语，被普遍认为是一种企图诱发野野宫嫉妒心的小技巧。而这种行为，在野野宫看来是令人极其厌恶、避之唯恐不及的。美弥子希望借此举激发野野宫向自己求婚的决心，怎奈野野宫并不是那种被一时冲动驱使的性格之人。

虽然没有直接写到野野宫的恋爱观，但是从他和与次郎的对话中可以窥见一斑。

"所谓怜悯，也就是意味着爱情。"

"啊哈哈哈，那么原文是怎么说的呢？"

"Pity's akin love。"美弥子重复地说。她的发音清脆而动听。

野野宫君离开廊缘，向院子里走了两三步，不久又转过身，停在屋子的对面。

"不错，译得好！"三四郎不由得审视起野野宫君的态度和视线来。②

野野宫被这句翻译深深打动。"爱恋"与"哀怜"关系很深，有人说，怜悯之情离爱很近，怜悯是爱的近缘。野野宫对感到"怜悯"是"恋爱"的开端这一古老的恋爱观心醉不已。虽然他所做的学问是世界一流的，但是他却被古老的恋爱观牵引。怜悯是一种强者对弱小者的感情，像美弥子这样寻求与男性平等关系、处处希望掌握主动权的女性，难以使野野宫产生"可怜"的感情，因此也难以深深地打动他的内心。

(二)野野宫的责任感

广田、野野宫、美弥子、三四郎等人一同观赏菊花人偶时，美弥子和三四郎与众人走散，三四郎说："广田先生、野野宫君他们想必在寻找我们

---

① [日]夏目漱石：《三四郎》，载《夏目漱石小说选》，陈德文译，人民文学出版社 2010 年版，第 145 页。

② [日]夏目漱石：《三四郎》，载《夏目漱石小说选》，陈德文译，人民文学出版社 2010 年版，第 77 页。

吧?”“不,不要紧的,我们是迷路的大孩子啦。”美弥子显得十分冷静。“因为迷了路,他们才会找的呀。”三四郎依然坚持自己的见解。“因为都是想躲避责任的人,所以巴不得的呀。”美弥子的口气更加冷峻。“你是指谁?广田先生吗?”美弥子避而不答。“是野野宫君吗?”美弥子依旧不作回答。①

美弥子虽未回答,但对广田、野野宫都没有否定,可以推测出她认为这二人都是这种人,她对二人都抱有不满。“躲避责任”,始于观菊偶途中的两件事:一件是对乞丐置之不理,并大发议论;另一件是对一个迷路大哭的孩子,谁都不肯伸出援手,只等警察来处理。反映了现代人心的冷漠。而这种冷漠,也是野野宫所具有的一个典型特征。美弥子对自己关心的对象野野宫,不满尤其强烈。除了冷漠,野野宫不肯为美弥子负责的原因何在呢?“偶尔走进大学看了看,竟然有野野宫君这类人,半年多一直躲在地窖里进行光压实验。野野宫君衣着朴素,要是在校外相遇,会把他当成电灯公司的一名技工。然而他却欣然以地窖为根据地,孜孜不倦地埋头于研究工作,这实在是了不起的事。诚然,望远镜的数字不论如何流动,都是和现实世界无关的,野野宫君抑或终生都不打算接触现实世界。正因为呼吸着这种宁静的空气,也就自然形成了那样的心境吧。”②与寺田寅彦一样,野野宫也不是一个社会交往程度很高的人。在小说中,野野宫的朋友主要是以友情和兴趣为中心的交往,并不是社会功利性的人脉。正如他的名字“野野宫”所暗示的那样,毕竟,他只是“旷野”中的哈姆雷特,没有在现实社会中收获到世俗的成功。他在国外学术界的知名度很高,在日本却籍籍无名。与次郎将野野宫比喻为灯台:“野宫君在外国就发光,在日本就昏暗。——谁也不知道他,只好凭着相当微薄的工资闷在地窖里——实在是一桩不合算的买卖。每当看到野野宫君的面孔,

① [日]夏目漱石:《三四郎》,载《夏目漱石小说选》,陈德文译,人民文学出版社 2010 年版,第 93 页。

② [日]夏目漱石:《三四郎》,载《夏目漱石小说选》,陈德文译,人民文学出版社 2010 年版,第 20 页。

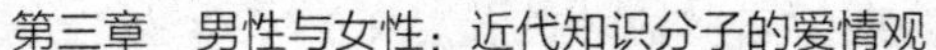

就让人产生无限怜惜之情。"[①]野野宫做出了世界性的研究成果，其真正价值在日本却没有得到认可，这种远明近暗（燈台下暮らし）的现象也反映了当时日本对知识的尊重程度远远不够。理科学者野野宫如此，文科学者如广田亦如是，他虽然有着独特而深刻的见识，却也只能是被几个弟子崇拜，得到诸如"伟大的黑暗"这一怪异尊称而已。

作为一名学者，较之物质性，野野宫的精神性更加重要。而美弥子追随他，也是被他的精神所吸引。例如美弥子曾这样称赞他："宗八先生那样的人，是我们难以想象的。他站得高，脑子里考虑的是大事情。""搞学问的人，躲开烦琐的俗事，隐忍地过着单调的生活，都是为了研究这一目的。所以是不得已的。像野野宫这种从事着连外国都为之关心的事业的人，过上同普通学生一般的寓居生活，这正是野野宫的伟大之处。寓所里越是污秽不堪，他就越会受到人们的尊敬。"[②]对于野野宫，美弥子毫不掩饰其崇拜赞赏之情。她的评价也反映了当时学者、知识分子待遇低下的问题。虽然美弥子憧憬精神的生活，但是只有精神的生活恐怕难以为继。将云朵比喻成昂贵的鸵鸟羽毛围脖的美弥子，终究离不开支撑自己这种感性的物质经济基础。日俄战争后日本社会普遍呈现"生活难"的经济状况，野野宫以每月55日元的经济能力去供养美弥子以及她的模仿者良子这两个消费者是不可能的事，而这一点野野宫应当也暗自作了估量。总是身着华衣美服亮相的美弥子，与野野宫是两个不同消费层次的人。而在衣着朴素、外表像个技工一样的野野宫眼里，美弥子有着虚荣的倾向。拥有物质"虚荣心"的美弥子不适合与清贫学者生活在一起。他若与美弥子结婚，必然没有能力维持美弥子迄今为止的富足生活。对工资微薄的野野宫来说，与美弥子的财力之差距是最大的问题，也是他难以言说的苦衷。美弥子拥有自己名义的银行账户，并且将相当于野野宫月工资一半以上的30日元大方地借给三四郎，并不关心他什么时候还。野野宫暗中

① ［日］夏目漱石：《三四郎》，载《夏目漱石小说选》，陈德文译，人民文学出版社2010年版，第55页。

② ［日］夏目漱石：《三四郎》，载《夏目漱石小说选》，陈德文译，人民文学出版社2010年版，第118～119页。

担心自己被美弥子轻视，一个甘于在“地窖”工作、租住学生公寓的狷介学者，如何安置这样一个美弥子呢？可以想象野野宫对于美弥子的自卑情结。

另外，美弥子活泼开朗，喜好交际。虽然有意于野野宫，但同时与三四郎也交往着。野野宫感觉到她的虚荣心，认为她不具备成为一个好妻子的资格。然而另一方面，他又被美弥子的美貌和才华吸引，承认她是一个有魅力的女性。野野宫一方面轻蔑美弥子，另一方面又被她吸引，在心中对美弥子嫌恶与喜爱共存。这种矛盾复杂的心理使野野宫无法下定决心。向美弥子求婚，这在美弥子看来是逃避责任的行为。从反面来看，野野宫正是考虑到两人结婚的现实性、可能性和未来性等问题，才不敢贸然向美弥子求婚。

（三）野野宫的性格缺陷

野野宫的性格中有着冷酷的、纯粹理性的一面。第三章中，他不在家时附近发生了女人卧轨自杀的事件，当他从三四郎口中听到这件事后他的反应是：“这事很少见，难得碰到一次，我要在家就好了。尸体已经入殓了吗？现在去也看不到了吧？”野野宫对自杀的陌生女性没有丝毫同情，他人的卧轨自杀对他的意义只在于没能看到热闹的遗憾。从这里可以看出理学者野野宫人性的匮乏和人格的缺陷。

> “已经不行了。”三四郎回答了一句，他对野野宫君的平静态度感到惊讶。三四郎断定，他的这种麻木的神经，完全是昼夜之差所造成的。三四郎根本没有意识到，测试光压的人的癖性，即使碰到这样的场合也是一如往常，决不动情的。[①]

而在妹妹良子看来，“凡是埋头钻研学问的人，总是用研究的目光对待万物，情爱也就自然看轻了”[②]。

---

① ［日］夏目漱石：《三四郎》，载《夏目漱石小说选》，陈德文译，人民文学出版社 2010 年版，第 43 页。

② ［日］夏目漱石：《三四郎》，载《夏目漱石小说选》，陈德文译，人民文学出版社 2010 年版，第 83 页。

作品的最后，野野宫从口袋里找铅笔，却摸出了美弥子的结婚请帖，这时他已经参加完美弥子的婚礼了。“野野宫君把请帖撕得粉碎扔在地上。不一会儿，他和先生一起品评起其他的画来。”[①]把请帖撕得粉碎扔到地上，这粗鲁的举动与他平时一贯的冷静、文雅态度大相径庭。参加婚礼，是他碍于面子不得不做的，但私底下撕碎请帖并扔到地上，是对当事人的极大侮蔑。可见，野野宫其人心胸气量不过如此，美弥子没有嫁给他是美弥子之幸。

广田老师、野野宫、三四郎、美弥子、良子五人一起去看菊花人偶的途中，美弥子曾和野野宫有过争论。两人激烈争论之后，野野宫偃旗息鼓，回顾广田老师，笑着说了一句：“女辈之中出诗人哩。”[②]对于理性的他而言，“诗人”绝不是一句赞美人的话。其中包含着对美弥子脱离现实的浪漫主义的轻蔑与嘲笑语气。每日进行科学实验的野野宫，沾染了西方的理性主义，失去了作为人的丰富感情，成为一个片面的“理性人”。而自幼缺少家庭温暖的美弥子是孤独的，她的心中充满了对爱的渴求。而野野宫却对她的情感需求他者化，将她戏称为“诗人”，对其毫无理解，又谈何关爱？

最终，美弥子嫁给了一位物质条件好，又对她关爱有加的绅士。从以下这段描述中即可了解：

> 对面跑过来一辆人力车，车上坐着头戴一顶黑帽、架着一副金丝眼镜的男子。远远望去，那人红光满面，气色很好。打从这辆人力车进入三四郎的视野之后，车子上的年轻绅士就一直盯着美弥子。车子走到他们前头五六米远，突然停下了。车上的人很麻利地撩开围裙，从脚踏上跳下来。这是一个脸孔白净的瘦高个子。他一表人才，胡子剃得干干净净，很富有男子的魅力。

---

① ［日］夏目漱石：《三四郎》，载《夏目漱石小说选》，陈德文译，人民文学出版社 2010 年版，第 214 页。

② ［日］夏目漱石：《三四郎》，载《夏目漱石小说选》，陈德文译，人民文学出版社 2010 年版，第 86 页。

“一直在等你，看看时间太晚，就来迎你啦。”那人站在美弥子面前，眼睛向下看着，笑了笑。“是啊，谢谢。”美弥子也笑了，回头望着那人的脸，接着又急忙把眼睛转向三四郎。

美弥子的丈夫，初见学生三四郎时，“轻轻地摘下帽子，从对面向三四郎致意”①。他是一位有教养的绅士。美弥子的丈夫无论从哪个方面来说，都是无可挑剔。他不是“伟大的黑暗”，而是现世的成功者。一些论者因此认为这是功利的婚姻。确实，这份婚姻有现实的保障，然而有现实保障的婚姻就一定是功利的婚姻吗？通过结婚，美弥子与三四郎、野野宫等人所代表的“青春”诀别，踏上新的生活旅程。而美弥子曾经的恋爱挫折，表明了明治时期美丽知识女性的孤独，所幸的是，美弥子最终有了一个相对美好的结局。

① ［日］夏目漱石：《三四郎》，载《夏目漱石小说选》，陈德文译，人民文学出版社 2010 年版，第 182 页。

第四章　美与善：日本近代知识分子的道德观

日本文学有脱离现实的倾向，在“为人生”还是“为艺术”两者当中倾向于后者。作为一名日本作家，夏目漱石本身亦是如此。但他的视野毕竟较之一般的“私小说家”宽广，他不单纯追求感性的艺术美，而是提倡“真、善、美、庄严”四种价值的融合。“则天去私”是以“善”为主，统领四种价值的总顶点。他的早期作品《草枕》中，一开始即主张“非人情的美”，“非人情”，就是“排除道德的文学”。但主人公最后顿悟“怜悯”这种“人情”之对于美的不可或缺，既体现了作者的浪漫主义，又可见“则天去私”的萌芽，是“美”与“善”的统一。《道草》中执着于确立自我存在的近代知识分子逐渐关注到他者的生存权，自我与他者从对立走向对话，是“善”的理想的体现。对于夏目漱石小说中的无神论知识分子而言，人间之爱就是他们的信仰，是使他们获得救赎的依靠。当理想和现实的反差使怀揣理想主义的知识分子变得悲观，丧失人生意义，在物质和精神两方面过着空洞化的生活，他们要么希望从爱中找到理想的容身之处，要么徘徊在信仰的边缘，突显出近代人人生意义与信仰的缺失。

第一节　从“非人情的美”到“美的人情”

——《草枕》中“美”与“人情”

《草枕》是《我是猫》第十一章发表在《子规》(1906 年 8 月)之后在《新

小说》9 月号上发表的作品。《我是猫》的结尾表现出来的是对 20 世纪文明的强烈怀疑，这种怀疑由《草枕》中画家的感想继承下来。比如《我是猫》第十一章中，“个性中心的社会”发展的结果，“人和人之间就没有了空隙，生活变成了非常狭隘的东西。拼命地想膨涨自己，膨涨来膨涨去最后只有胀破，于是人们活一天就苦恼一天。因为太苦恼了，就想出种种方法在个人和个人中间寻求空隙”①。

《草枕》的开头一段是这样的：

> 一面登山，一面这样想：依理而行，则棱角突兀；任情而动，则放浪不羁；意气从事，则到处碰壁。总之，人的世界是难处的。越来越难处，就希望迁居到容易处的地方去。到了相信任何地方都难处的时候，就发生诗，就产生画。②

可见，《我是猫》的结尾与《草枕》的开头具有相互呼应的密切关联。

由登山开始的这部小说，处处可见哲学的思辨，带有人生寓言的意趣。《草枕》写了一位画家“归去来兮”的故事，画家疲于人世之苦，从都市旅行至乡下山中。画家从现实界走向自然界，而最终回归现实界完成了画作。画家经历了“入世—出世—再入世”的过程，他通过将自己变成旅人，追求“非人情”，来实现从社会羁绊中的解脱。“日本人大多认为在远离现实的地方才能寻求到作为艺术的文学趣味。并且知识分子作家具有试图在远离现实的地方寻找‘风雅’‘幽玄’的文学倾向。而中国文人则认为脱离人生、脱离政治和社会问题，就不是真正的文学。日本近代文学多注重客观、写实的描写。他们认为文学应从道德和政治中摆脱出来，应客观地描写‘人情’和身边现实。”③起初，《草枕》中的画家也是持有这种想法的一介日本文人。画家为了逃避“人情”而走上旅途，然而途中邂逅形

① ［日］夏目漱石：《我是猫》，载《夏目漱石选集》第 1 卷，胡雪、由其译，人民文学出版社 1958 年版，第 434 页。

② ［日］夏目漱石：《旅宿》，载《夏目漱石选集》第 2 卷，丰子恺译，人民文学出版社 1958 年版，第 113 页。

③ 高西峰：《中日近现代小说中知识分子的自我救赎——明治小说与“五四”小说比较》，载《贵州社会科学》2015 年第 2 期。

形色色的人，特别是与个性强烈的那美女性的相遇，加深了他对“人情”的理解。最终，他悟到完成那美的画像“怜悯”之情不可或缺，达到了对“人情”的认可。“人情”的困惑贯穿于画家思想的始终，始于追求“非人情”的旅行最终归于“人情”。如何理解“人情”和“非人情”呢？他在《文学论》第二编第三章中给“非人情”下过这样一个定义：“可以名之曰‘非人情’，就是排除道德的文学。在这种文学中没有道德成分混入的余地。”①

一、厌恶人情的画家

人的精神世界是知、情、意的综合体，无论固执于知、情、意的哪一端都会行不通。从综合的角度来看，画家的思想是偏颇的，无论是依理、任情还是意气，都是张扬自我个性的表现，这种处世方式也许是画家在现实社会中受困的原因之一。艺术源于生活而又高于生活，而画家并不从生活中寻找艺术的源头。人世间的生活带给他的似乎只有痛苦。画家将艺术与生活割裂开来考虑，认为艺术是逃离难居的人类社会的避难所。“越是如流水般灵动之物活着越少痛苦。流动之物中，若灵魂都能流去，比做基督的门徒更为难得。”②画家反思自己处世的姿态，难以做到像水一样随圆就方只能逃避人世。画家从厌人的心理出发，产生了出世、从人际关系的束缚中得到自由的愿望。画家这样说道：

> 世间充满了执拗、狠毒、苟且，加之厚颜无耻的人。并且还有根本不知道为什么到世间来做人的人。③
>
> 我是画家。正因为是画家，所以是专重趣味的人，即使堕入人情世界，也比东邻西舍的庸夫俗子为高尚。作为社会之一员，可站在为人师表的地位上。比较起不知诗、不知画、没有艺术嗜好的人来，善于表现美的举动。在人情世界中，美的举动是正的，是义的，是直的。

---

① ［日］夏目漱石：《文学论》，王向远译，上海译文出版社 2016 年版，第 137 页。

② ［日］夏目漱石：《旅宿》，载《夏目漱石选集》第 2 卷，丰子恺译，人民文学出版社 1958 年版，第 172 页。略有改动。

③ ［日］夏目漱石：《旅宿》，载《夏目漱石选集》第 2 卷，丰子恺译，人民文学出版社 1958 年版，第 204 页。

在行为上表现正、义和直的人，是天下公民的模范。暂时离开人情界的我，至少在这旅行中没有回到人情界来的必要。否则特地出来旅行，就变成徒然。我必须从人情世界里拨去了累累的砂粒，而仅看沉在底上的美丽的黄金，以度送旅中的光阴。我并不以社会之一员自任。作为一个纯粹的专门画家，连自身也摆脱了缠绵的利害羁绊而逍遥于画布之中，何况山、水及别人？①

从以上叙述中，可以窥见画家对于“人情世界”的轻蔑与嫌恶，以及超越“人情世界”的自我认识。第五章中有对理发店中镜子的描写：

镜子这件东西，倘使造得不平，不能准确照出人的容貌，就不合情理。倘使挂着不平的镜子，而强迫人去照，这个强迫者简直就同拙劣的照相师一样，是故意损坏对方的容貌。……现在我不得不忍耐地对着的镜子，的确是一直在侮辱我。……这镜子里所映出的我的相貌没有美术味道，这一点即使可以容忍，然而这镜子本身，构造笨拙，色彩难看，水银脱落，光线斑驳，总而言之，是一件极丑陋的东西。譬如被一个小人谩骂一顿，谩骂本身并不使人感到甚么痛痒，但是倘使强迫你在这小人面前起居坐卧，谁都感到不愉快。②

不平的镜子象征着歪曲的社会，也比喻小人扭曲的心灵。画家“我”在潜意识中认为自己是上面提到的正、义、直的化身，是君子，和歪曲不公的社会打交道，自然会受到侮辱。在《草枕》中散见对西方文明的点评。比如：

苦痛、愤怒、叫嚣、哭泣，是附着在人世间的。我也在三十年间经验过来，此中况味尝得够腻了。腻了还要在戏剧小说中反复体验同样的刺激，真吃不消！我所喜爱的诗，不是鼓吹世俗人情的东西，是

① [日]夏目漱石：《旅宿》，载《夏目漱石选集》第2卷，丰子恺译，人民文学出版社1958年版，第216页。

② [日]夏目漱石：《旅宿》，载《夏目漱石选集》第2卷，丰子恺译，人民文学出版社1958年版，第153页。

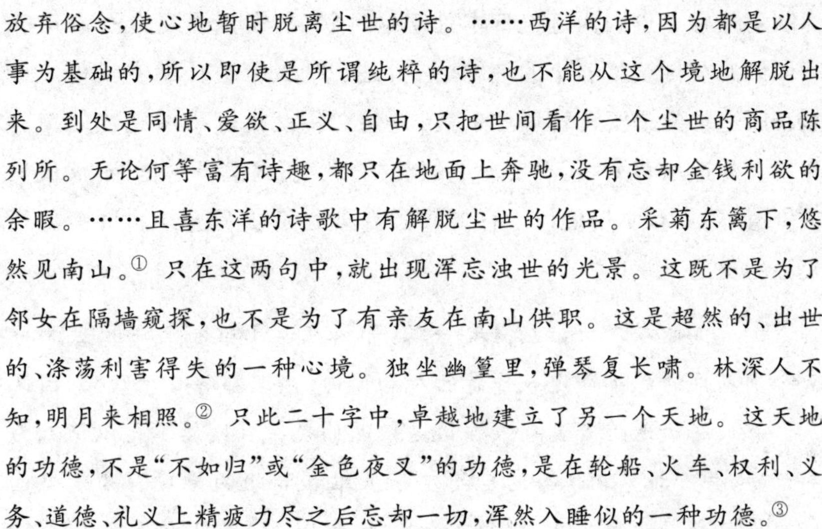

放弃俗念，使心地暂时脱离尘世的诗。……西洋的诗，因为都是以人事为基础的，所以即使是所谓纯粹的诗，也不能从这个境地解脱出来。到处是同情、爱欲、正义、自由，只把世间看作一个尘世的商品陈列所。无论何等富有诗趣，都只在地面上奔驰，没有忘却金钱利欲的余暇。……且喜东洋的诗歌中有解脱尘世的作品。采菊东篱下，悠然见南山。[①] 只在这两句中，就出现浑忘浊世的光景。这既不是为了邻女在隔墙窥探，也不是为了有亲友在南山供职。这是超然的、出世的、涤荡利害得失的一种心境。独坐幽篁里，弹琴复长啸。林深人不知，明月来相照。[②] 只此二十字中，卓越地建立了另一个天地。这天地的功德，不是"不如归"或"金色夜叉"的功德，是在轮船、火车、权利、义务、道德、礼义上精疲力尽之后忘却一切，浑然入睡似的一种功德。[③]

漱石在此借画家之口阐述了自己的一部分艺术观和文学观，这与"出世间"的期望前后错综在一起，将画家"诗意的栖居"或者"诗人"般的存在状态给予模糊的呈现。

日本的堇花有睡眠的感觉。西洋人有诗句形容它为"如天来之奇想"，到底是不相称的。正在这样想的时候，我的脚站住了。脚一站住，就可一直站下去，直到厌了为止。能够一直站下去，是幸福的人。在东京如果这样做，便立刻被电车轧死了。即使不被电车轧死，也一定被警察赶走了。都会是错认太平之民为乞丐，而向扒手的头子侦探致送优厚薪金的地方。[④]

从这里可看出夏目漱石对于不摸索正确定位多样价值观的视角，而朝着西洋这一单一目标狂奔的日本近代的"外发的开化"的批判以及无法

---

① （东晋）陶渊明：《饮酒·其五》。

② （唐）王维：《竹里馆》。

③ ［日］夏目漱石：《旅宿》，载《夏目漱石选集》第 2 卷，丰子恺译，人民文学出版社 1958 年版，第 118 页。

④ ［日］夏目漱石：《旅宿》，载《夏目漱石选集》第 2 卷，丰子恺译，人民文学出版社 1958 年版，第 194～195 页。

抑制的焦虑。正因为近代日本处于这种状况，所以夏目漱石深切感受并意识到悠久传统培养出的纯粹的美，是一种无可替代的宝贵价值。夏目漱石所追求的是汉诗意境中的美，是悠久传统培养出的纯粹的美。对这种“美”的追求背后，还有更深层的动机。“美”在漱石这里，不仅仅具有审美价值，还具有实用价值。它能够医治文明病，是疗愈尘世间疲惫不堪之人心的良药。

> 倘使在二十世纪需要睡眠，那么在二十世纪这种出世的诗趣是少不得的。可惜现今作诗的人和读诗的人，都醉心于西洋，因此很少有人悠然地泛着扁舟来探访这桃源仙境。我固然不是以诗人为职业的，并不打算在现今的世间宣扬王维和渊明的诗境。只是自己认为这种感兴比游艺会、比舞蹈会更为受用，比“浮士德”、比“哈姆雷特”更为可喜。①

因此，在漱石这里，如何主张强调美，与漱石如何苦于文明、如何烦恼于人际关系形成互为表里的关系，这是《草枕》里的明与暗。作为现实主义作家，夏目漱石面对现实的态度是清醒的，并没有一味耽于美。画家憧憬王维和陶渊明的诗境，同时也能冷眼视之：

> 我是人类的一分子，所以即使何等爱好非人情，长久继续当然是不行的。渊明恐怕不是一年四季望着南山的，王维也不是乐愿不挂蚊帐在竹林中睡觉的人吧。……无论何等爱好云雀和菜花，倘要我在山中露宿，这种非人情的事我也不想做。②

世外桃源的梦想，只是暂时脱离现实的一个“退路”，从这种认识当中，可以看出漱石冷静的现实精神。这种精神最终和画家的现实回归密切联系在一起。画家的这种现实取向，决定了他不会长久徘徊在王维、陶

---

① [日]夏目漱石:《旅宿》，载《夏目漱石选集》第2卷，丰子恺译，人民文学出版社1958年版，第119页。

② [日]夏目漱石:《旅宿》，载《夏目漱石选集》第2卷，丰子恺译，人民文学出版社1958年版，第119页。

渊明诗境美中，这为他从"非人情"向"人情"转变埋下了伏笔。

二、非人情的追求

前文提到画家追求的是王维、陶渊明诗的境界，为了追求这种境界，画家选择了"有余裕的第三者的立场"。将"人情"作负面考虑的画家，有意识地追求从"人情"中的解放，追求"非人情"。即使是身处人情世界中，他也将自己置身事外：

> 恋爱是美事，孝行也是美事，忠君爱国也是好事。但倘身当其局，被卷入利害的漩涡中，那么即使是美事，即使是好事，也势必神昏目眩。因此自己看不到哪里有诗趣。倘使要看到，必须站在有看到的余裕的第三者的地位上。只要站在第三者的地位上，看戏剧也有趣味，读小说也有趣味。看戏剧而感到趣味的人，读小说而感到趣味的人，都是把自己的利害束之高阁的。看的时候，读的时候，这个人便是诗人。①

"旁观者"的态度和立场是画家所追求的。这种态度和立场在漱石的其他作品当中也可寻见。比如《梦十夜》的"第八夜"故事中卖金鱼者不为世事喧嚣所动的安静姿态。对于俗世和人类感情的厌恶，在《从此以后》中的代助身上也有体现。代助有着冷静的头脑，厌恶感情的流露，他认为再没有比靠眼泪打动人心更低级趣味的人了。这种态度同样反映在夏目漱石的艺术主张中。夏目漱石青年时代的挚友正冈子规提倡"写生文"，将写生的俳句技法应用于散文中。这一主张在高浜虚子、河东碧梧桐等一众俳人中间非常盛行，而夏目漱石也深受其影响。在《写生文》中，夏目漱石如此阐述："写生文家对于人事的态度，不是贵人视贱者的态度，亦非贤者视愚者的态度。非君子视小人的态度，亦非男人视女人、女人视男人的态度。是大人视小儿的态度。是父母对于儿童的态度。世间人并不会

① ［日］夏目漱石：《旅宿》，载《夏目漱石选集》第2卷，丰子恺译，人民文学出版社1958年版，第117页。

作此观想，写生文家自身亦不作此观想罢。然而分析开来归结于此处。小儿常哭泣。小儿每哭泣时便随之哭泣之父母为疯人。父母与小儿之立场不同。若位于同一平面，受相同程度的感情支配，则小儿哭泣时父母必哭泣。普通的小说家便是如此。他们将邻近的人视为与自己相同程度的人物，在争执万端的社会中，自身亦卷入其中，争执、摩擦，终究是以社会一员的态度来执笔写作。因而，在写隔壁的阿姐哭泣之事时，作者自己也哭泣。自己一边哭泣，一边叙述哭泣之人的故事；而我们是自己不哭而观察着哭泣之人。这两种态度，即使记叙的题目相同，其精神却大相径庭。写生文家是自己不哭而叙述别人哭泣之事的人。”写生家对世间纷繁的人事，采取了父母对小儿的立场与态度。写生家的冷静背后，是如同父母对儿童那样蕴含深厚的爱，却以理性克制。“父母对于小儿不是无慈悲和冷酷，当然有同情。虽然有同情，却没有和掉了点心的孩子一起号啕大哭的同情。写生文家对于人类的同情，不是与被叙述者一起天真幼稚地烦闷、不讲道理地号哭、火冒三丈地跳脚、目不斜视地狂奔底下的同情。是从旁观看不堪同情之里面包含着微笑的同情。不是冷酷。不过是不与世间人一起大声叫嚷。”[①]因此，写生家的态度是早已将一切一目了然、成竹在胸的气度所支撑的态度，不容许自己站在与对方相同的地平线上，而是拥有比对方成熟的人格、站在比对方高的境界去俯视对方而作出判断。

对于写生文主张的热衷，使漱石积极地将其投入《草枕》的创作实践中。画家的态度，正是写生家的态度。因此，画家从踏上旅途之初，就打定主意不动俗念俗情。在第九章那美与画家的谈话中，有关于小说艺术的问答。画家在读小说，却是把它放在桌上，信手翻阅，随性而读，对于书中所写内容并不了解，却认为这样读很有趣味。那美不解其味，追问道：“不想知道它的情节，那么想知道甚么呢？除了情节以外难道还有想知道的东西么？”画家说：“因为是画家，所以读小说没有从头读到尾的必要。随便甚么地方，读起来都有趣味。”他还说：“普通的小说，都是侦探发明的

① ［日］夏目漱石：『写生文』，『漱石全集』第二十卷「評論」，岩波書店1957年版，第17～19頁。

呢！因为没有非人情的地方，所以一点趣味也没有。"[①]画家提倡的是超越人情因果关系的诗意。另外，还可见画家对事物逻辑不感兴趣、对事件不是全面而是从"断面"进行知性抽象、发现意义的性格。画家的眼睛不关注事件的整体进展，而只是停留在断片的美的画面上。在《我的〈草枕〉》一文中，夏目漱石谈到《草枕》的创作动机："我的〈草枕〉，是在与世间一般所言小说完全相反的意义上写的。唯有一种感觉——美的感觉留在读者心头足矣。除此之外别无其他目的。正因如此，既无情节，也无事件发展。"[②]画家这一主人公忠实地实现了作者夏目漱石的创作意图。除了梦想之外，不认为人生有任何价值，"躺着看木瓜而与世相忘"的画家，有逃避现实的特点。画家特别提到自己喜爱木瓜，"它的枝条很顽强，不肯弯曲。……枝头上有不知是红或是白的花安闲地开着。柔软的叶也清清楚楚地附着在枝上。品评起来，木瓜可说是花中之愚而悟者。世间有守拙的人。这些人来世一定投胎为木瓜。我也想做木瓜"[③]。画家借木瓜清楚地表达了自己的志向——要做一个抱愚守拙之清醒人士。这不禁让人联想到漱石之前的一首汉诗。明治二十八年(1895年)，夏目漱石离开东京到四国岛的松山中学任教，他将在那里所作的汉诗寄给好友正冈子规。其中有这样的诗句：

才子群中只守拙，小人围里独持顽。
寸心空托一杯酒，剑气如霜照醉颜。[④]

《菜根谭》中有言：君子"宁默毋躁，宁拙毋巧"[⑤]。作者暂作一位正直、有坚定操守的君子，对这种理想品格的追求同样体现在画家这一人物

① [日]夏目漱石：《草枕》，载《夏目漱石选集》第2卷，丰子恺译，人民文学出版社1958年版，第187～189页。

② [日]夏目漱石：『余が「草枕」——「作家と著作」——』，『漱石全集』第三十四巻「別冊(下)」，岩波書店1957年版，第109頁。

③ [日]夏目漱石：《草枕》，载《夏目漱石选集》第2卷，丰子恺译，人民文学出版社1958年版，第218～219页。

④ [日]夏目漱石：『漱石全集』第二十三巻「詩歌俳句附印譜」，岩波書店1957年版，第35頁。

⑤ (明)洪应明：《菜根谭》，杨春俏译注，中华书局2016年版，第174页。

身上。可以想见画家之所以追求“非人情”，是因为“人情”中有太多“小人”，而他们表现出他所不认同的东西。画家的“非人情”之旅，从消极方面看是逃避；从积极方面看，则体现出画家对理想道德境界以及美好人文环境的憧憬。试想，如果人世间处处皆美好，画家还需要远离尘世特意去寻求“非人情”之美吗？

画家喜静。充满活动变化的现实，经过画家眼睛的过滤，变成了充满静态美的画面。将现实作为画来观赏，是贯穿于《草枕》的画家的根本视点。画家将注目的一切，包括人在内，“统统假定为大自然的点景而观察”①：

> 忧愁也许是跟随着诗人的。然而听云雀的时候心中毫无苦痛。看菜花的时候胸中也只觉得欢喜雀跃。蒲公英也是这样，樱花也——樱花不知甚么时候不见了。这样地到山中来接近自然景物，所见所闻都很有趣。只觉得有趣，并不感到甚么苦痛。要说苦只是两脚吃力，和吃不到甘美的东西而已。然而不感到苦痛是甚么缘故呢？是因为把这片风景只当作一幅画看，只当作一首诗读。②

“一幅画”“一首诗”，没有跃出平面以外，不是立体地活动，所以没有痛苦。这与无常变幻的世间正相反。

> 像普通的小说家似地探求其行动的根源，研究心理，议论人事纠纷，那就俗气了。他们行动起来也不要紧，只要把他们看作画中人物的行动，就无妨了。画中的人物无论怎样行动，总不越出画面之外。倘使觉得他们跳出画面之外而作立体的行动，那么就和这方面发生冲突，引起利害矛盾，就不胜其烦了。越是麻烦，越是不能作美的鉴赏。我对今后遇的人物，必须用超然远离的态度去看，务求双方不致随便流通人情的电气。这样，对方无论怎样活动，也不容易侵入我的胸怀，我就仿佛站在画幅前面观看画中人物在画面中东奔西走。相

---

① [日]夏目漱石：《旅宿》，载《夏目漱石选集》第2卷，丰子恺译，人民文学出版社1958年版，第119页。

② [日]夏目漱石：《旅宿》，载《夏目漱石选集》第2卷，丰子恺译，人民文学出版社1958年版，第117页。

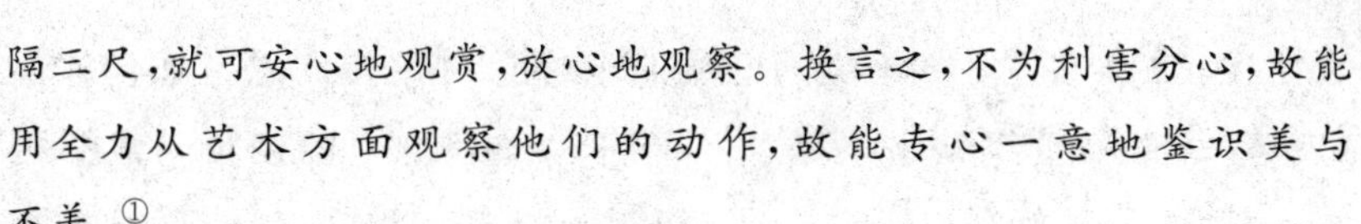

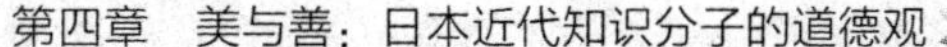

隔三尺，就可安心地观赏，放心地观察。换言之，不为利害分心，故能用全力从艺术方面观察他们的动作，故能专心一意地鉴识美与不美。①

原来画家忌讳的是人与人之间的利害关系带来的纠葛。这段叙述容易联系到夏目漱石最后的作品《明暗》。如同“百鬼夜行图”一般，出场人物立体地活动、跳梁，“自我”与“自我”间冲突不断。各种利害关系错综复杂，令人感到不胜其烦，如同焦热的地狱在人间。而在《草枕》当中，漱石不想表现这种地狱，所以让画家脱离了人情去观看。若能去除人类复杂的情感，就能产生纯粹的艺术，一旦掺杂了人类的感情就会破坏美，这是画家对美的最初认识。然而画家这种带有洁癖感的“非人情”美学到底能够走多远，难以避免与他人联系的画家，对于“人情”不得不进行再认识。通过与女性那美的接触，画家得到了启示。

三、怜悯：美的人情

前面提到的《我的〈草枕〉》中，漱石希望这是一部“以美为生命的俳句式的小说”，“只要将美的感觉留在读者头脑中足矣”。那么是否存在漱石期望的那种如同置身真空之中的、孤立的、纯粹的美感呢？作品后半部“怜悯”之情登场，使作品带有伦理的课题，在某种意义上是对画家理念中“纯粹美”的破坏，然而却深化了作品的主题。这是一种创作动机的混在——离“俗”而又归“俗”，逃向“美”而又趋向“伦理”。以这种双重矢量为机轴，主题在多样化的闪灭中展开。这种主题的多样化混在，正反映了漱石思考的“美”与“伦理”关系的复杂性。社会性决定了人难以在人类社会中找寻绝对的“非人情”，何况在日本这样一个“间人”或“缘人”社会。画家由米勒的奥菲莉亚的画引发思考：“倘使流着的人的表情完全和颜悦色，这就近于神话或寓言了。画成痉挛苦闷之相，固然破坏了全幅画的精神；然而画成丝毫没有痛苦，也不能写出人情。那么画成怎样的相貌才能

① ［日］夏目漱石：《旅宿》，载《夏目漱石选集》第2卷，丰子恺译，人民文学出版社1958年版，第120页。

成功呢?”[①]画家在不知不觉间已从追求“非人情”转而思考如何才能画出“人情”。画家希望画出不是“痉挛苦闷之相”的人的表情。他不再拒绝“人情”,而是希望画出由自己剔抉出来的人情,即“美的人情”。画家最初追求的是“非人情”的“美”,这种“美”的表现,是将空间的、横向的、纵深的一切全部削除掉,只由形状、色彩的感觉美的表现构成。与真实与否,或者定义是非善恶的表现完全无缘。那美的画,不落“情”的踪迹,唯有美的感觉,可说是没有内涵而只有外延的“非人情”的画。“怜悯”“可亲”等人情,有着深厚的历史感,其拥有者是有深度、有历史感的人。追求没有厚重之“情”的单纯之“美”的画家,逐渐开始对这种“美”的单薄感到不满足。“在许多情绪之中,我忘记了可怜这个词。可怜是神所不懂,而最近于神的人类感情。那美姑娘的表情里,这可怜的感情一点也没有流露出来。不足就在于此。”[②]在画家看来,那美的面容是让人感到不满足的难以入画的面容。只能作为从活生生的喜怒哀乐中抽象出来的没有深度的面容来表现。在透过火车车窗眺望流浪汉,流露出“情”时,那美才作为拥有生动美丽面容的女性被表现出来,这时画家才终于完成了那美画像。一直彷徨于只有广度而没有纵深的平面世界中的画家,这时才画成心中理想的画。因此,《草枕》之旅至此必须结束了。穿越通往那古井垭口的画家,思考着保持一定距离来俯瞰现实的“非人情”美学。他说画中人物悉皆作为“自然的点景”而被描绘。然而,等待着他的那古井的世外桃源,只在最初呈现出与“非人情”美学相符的幻境,但很快作为谜一样的女性而出现的那美奏响了不和谐音。与此同时,画家的思索,从形似走向神韵,从埋没自己的“纯客观”走向他自身的内心世界。因此,画家的立场从《草枕》的开头到结束变动很大。换言之,“非人情”的美学向着容忍命运的方向徐徐地扩大深化。从俳谐式的绘画之美,到达包含对内面深层存在的共鸣。从这里出发,结尾才出现了“怜悯”的问题。

---

① [日]夏目漱石:《旅宿》,载《夏目漱石选集》第2卷,丰子恺译,人民文学出版社1958年版,第172页。

② [日]夏目漱石:《旅宿》,载《夏目漱石选集》第2卷,丰子恺译,人民文学出版社1958年版,第198页。

茶色旧礼帽底下，一个髭须满面的流浪汉的脸依依不舍地探出来。那美姑娘和流浪汉不期地打个照面。铁车辘辘地开驶。流浪汉的脸立刻消失了。那美姑娘茫然地目送着开走的火车。在这茫然之中，以前不曾见过的一种“可怜”的表情奇妙地浮现着。“这个便是！这个便是！有了这个就入画了！”我拍拍那美姑娘的肩膀低声说。我胸中的画面在这一刹那间成就了。[①]

在将视线投入世间的污浊之前，漱石创造出的《草枕》这一世界，高尚幽雅，令人怀念。《草枕》是一部描写了对“情境界”的憧憬、对“桃源乡”的梦想的非现实的小说。然而，作品意义并不止于此。为追求“非人情”的静态美而踏上旅途的画家，途中邂逅美丽的女性那美，对于深厚的“人情之美”产生觉醒。“那美”这一名字和日本生国神话中的女神“伊邪那美”中的“那美”同音，暗示了平凡人亦有神性。从《草枕》可以看出漱石出世间的淡泊趣味，然而自《草枕》以后，漱石不再有一部描写“非人情”的作品。这源于上文提到的漱石“我是人类的一分子，所以即使何等爱好非人情，长久继续当然是不行的”[②]现实认识。在此意义上，《草枕》是非常宝贵的作品。它一方面体现了早年漱石的浪漫主义的理想，另一方面，最后的点睛之笔——“怜悯”之情的提示，现出“则天去私”的萌芽。

第二节　“高等游民”代助与“独立独行”的漱石

在《从此以后》中，主人公长井代助以“高等游民”自居，并自诩为“天爵的贵族”。然而代助的状态与天爵的贵族之间是有距离的，代助的这种自我认知实际上是一种脱离现实的、植根于虚妄优越感之上的幻想。作者夏目漱石自身也有过想成为“高等游民”的言论，这是作者关于生活方

① [日]夏目漱石：《旅宿》，载《夏目漱石选集》第2卷，丰子恺译，人民文学出版社1958年版，第231页。

② [日]夏目漱石：《旅宿》，载《夏目漱石选集》第2卷，丰子恺译，人民文学出版社1958年版，第119页。

式的一种理想，但不能因此将作者与主人公混同。本节试图厘清漱石的“独立独行”和“高等游民”主人公的异同点。

一、“高等游民”代助

据夏目漱石的日记记载，《后来的事》于1909年5月30日开始动笔，完成于8月14日。自同年6月27日至10月14日，分110回连载于《朝日新闻》。《后来的事》是漱石的“一道分水岭，成为转机的作品”①等评价，指出了这部作品承上启下的重要作用。作品的重要性主要体现在成功塑造了长井代助这样一位主人公。代助这个人物形象，在当时的日本文学界令人耳目一新。作品中有一段代助在浴室中对镜自我欣赏的场景。作为一名明治时代的男子，在毫不掩饰对自己相貌的优越感这一点上，代助具有超前性。除此之外，代助的生活方式也是精致而西化的。他的早餐是红茶搭配涂着黄油的烤面包。他喜好摆弄花草，欣赏艺术，过着一种消费型的生活。在当时的芥川龙之介等年轻人中，很多人被漱石的《后来的事》所打动。他们深深迷恋于小说主人公长井代助的性格，不少人还自命为代助。可见，长井代助这一人物形象具有相当的典型性。

长井代助年过三十依然没有工作，每月从父亲那里领取生活费。代助被父亲批评为“游民”：“到了三十岁，还像个游民似的无所事事，实在不成体统哪。”对于不工作，代助似乎理直气壮。“代助绝不是想无所事事，他只是在专心思考着自己和那些不必因为职业而有失体面、有颇多闲暇的上等人的问题。”他有一套使其行为正当化的理论：

> 为什么不想干？这不是我不好。说得明白些，是社会不好。说得更大一些，是日本同西方国家的关系太令人失望，所以我不想干什么了。……国民受着这种西方施加的压迫，便无暇用脑子，无法好好工作。教育上的愚民方针，使国民目不暇顾地干活，导致了整体性的神经衰弱。……精神困惫和身体衰弱，不幸同时降临，而且道德的败

① ［日］佐藤泰正：『これが漱石だ』，桜の森通信社2010年版，第168頁。

坏也接踵而至。骋目整个日本，能找到一寸见方的土地是沐浴在光明中的吗？真可谓暗无天日哪。我置身其间，一个人再怎么想有所作为，又何济于事呢？……说实在的，如果日本这个社会在精神上、道义上和体制上大致还健全的话，我至今依然会是个有雄心壮志的人。这样的话，我将有数不清的工作要干哪。……但是这成了泡影。眼下，我毕竟成了现实中的我。正如你所说的，我对这个社会是抱着听天由命、照单全收的态度。我满足于同其中最适合我的东西保持接触。①

代助消极避世，依据自己的喜好选择性地接触生活的某些侧面，并将自己不工作的责任全盘推给了社会。这与漱石主动地投身其中的态度有着天壤之别。对于代助的文明批判具有一种“中间性”，而这取决于他生存状态的中间性。代助一边忍受着生存于明治期外发型开化中的知识分子必然有的不满、不安的心情，一边想要尽量享受内发型的生的乐趣。然而代助既没有认真到沉潜于外发型开化悲剧的底层、最终倒于神经衰弱的程度，也没有不认真到对于表面化的开化照单全收地肯定、讴歌的程度。虽然代助强烈批判近代资本主义经济，讽刺的是，支持他生活的来自父亲的每月的生活费用，却是资本主义经济中的所得利润。无论代助口头上对文明开化的批评是多么尖锐，他都无力抵抗资本主义经济的潮流。他的现实批判是基于对现实无能为力的立场上所发出的批判，其特征是缺乏参与现实的能力。而代助所赖以生存的财产，也不是能由他自由支配的。

在《爱好与职业》中，漱石表达了以下看法：“原本，人类不是游手好闲还能生活下去的生物。有的人看起来悠哉游哉，是因为口袋里的金钱在发挥作用。那金钱并不是不为别人付出就能得来的。那是父亲拼命努力的记念，或是奶奶省吃俭用攒下的私房钱，其中或许还有来历不好的金钱，总之，那是为别人付出的象征。为别人付出所得到的报酬成为自己的

① ［日］夏目漱石：《后来的事》，吴树文译，上海译文出版社2017年版，第76～77页。

钱财,于是自己托这钱财的福,可以过着赋闲的生活。粗略来说,职业的性质大致如此。"①

代助生存的物质基础,是"父亲拼命努力的记念",代助得以"托这钱财的福,过着赋闲的生活"。当代助沉思自己为何投胎人世时,他是这么想的:"人不是为某种目的而降临人世的;与此相反,是人出生之后才产生某种目的的;如果一开始就把某种客观性的目的安到人的身上,这不啻是在人出生后就夺取了他的自由,所以一个人的目的必须由降临人世者本人自己来确立,不过这位本人——不管是谁——绝不能随意确立自己的目的,因为一个人存在于人世的目的,就同他存在于人世的过程一样,实际上是等于向天下公开了的。"②代助只将自己生理的快与不快作为认识和行为的价值基准,这是近代必然产生的"自然的道德"(《文艺与道德》,明治四十四年8月)。这种对于自在的事实的无限制的承认,意味着无法看到超越事实的东西。代助厌恶为了某种目的而行动,只想完全按照自己的意志活动,不想承认一切其他的动机。代助的这种状态和漱石在演讲《爱好与职业》中提到的艺术家的状态很相似。"他人本位无法成立"、作为从事"爱好本位"的"任性"的职业的人,漱石列举了科学家、哲学家或者艺术家这一"特殊阶级"。他们因为"只研究直接与社会的实际生活关系很远的方面",因此难以从社会直接获得物质上的补偿。因此,这一阶层的人需要政府或者个人的"保护"。例如:西方中世纪的艺术家为了生存会受雇于宫廷或者教会,或者寻找资助者以得到经济上的支持,来维持艺术生活。近代以后,艺术家成为独立的个人,艺术成为自我表现的方式。艺术家开始走上自力更生的道路。代助生活于自己钟爱的艺术的世界中,他希望对"自己"忠实,不"为了别人"而妥协。漱石说:所谓"为了别人",不过就是"讨好别人"。这反映出漱石强烈的自尊心。代助想要获得独立的主体性,不屑于"扭曲自己"来迎合他人。他的资助者,是父亲,或者说是家庭。他依赖着父亲维持着生活。然而,这种施与和接受是建立

① [日]夏目漱石:『漱石全集』第二十一卷「評論　雜編」,岩波書店1957年版,第20頁。

② [日]夏目漱石:《后来的事》,吴树文译,上海译文出版社2017年版,第135页。

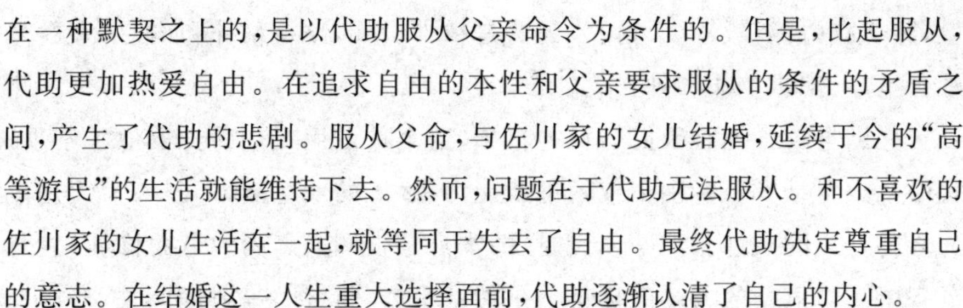

在一种默契之上的，是以代助服从父亲命令为条件的。但是，比起服从，代助更加热爱自由。在追求自由的本性和父亲要求服从的条件的矛盾之间，产生了代助的悲剧。服从父命，与佐川家的女儿结婚，延续于今的“高等游民”的生活就能维持下去。然而，问题在于代助无法服从。和不喜欢的佐川家的女儿生活在一起，就等同于失去了自由。最终代助决定尊重自己的意志。在结婚这一人生重大选择面前，代助逐渐认清了自己的内心。

二、“天爵的贵族”

在《后来的事》第一章中，代助拿书生门野与自己作比较，认为他的头脑里盛的全是“牛脑汁”，“根本不会顺着事情的逻辑进一步思考，他的感觉神经尤其粗糙，仿佛是用粗草绳构成的”，因而“不懂他何以要呼吸着空气活在世上”。而与之相比，代助将自己归为“天爵的贵族”。“代助生有的这副神经，乃是对他身上具备着的特别细致的思索能力和敏锐的反应能力所付出的一种代价；是随同高尚的教育而来的一种相辅相成的苦痛；是天生的贵族要受到的一种不成文法的处罚。正因为甘于忍受了这些牺牲，代助才成其为现在的代助。哦，不，代助有的时候甚至很认真地认为，人生的真谛就体现在这些牺牲上。”[①]“天爵”一词的含义，《孟子·告子上》中是这样诠释的：“有天爵者，有人爵者。仁义忠信，乐善不倦，此天爵也；公卿大夫，此人爵也。古之人修其天爵，而人爵从之。今之人修其天爵，以要人爵，既得人爵，而弃其天爵，则惑之甚者也，终亦必亡而已矣。”[②]其意为：“有天赐的爵位，有人授的爵位。仁、义、忠、信，不厌倦地乐于行善，这是天赐的爵位；公、卿、大夫，这是人授的爵位。古代的人修养天赐的爵位，水到渠成地获得人授的爵位。现在的人修养天赐的爵位，其目的就在于得到人授的爵位；一旦得到人授的爵位，便抛弃了天赐的爵位。这可真是糊涂得很啊！最终连人授的爵位也必定会失去。”显然，这里的“天爵”，是天然的爵位，指的是高尚的道德修养。因德高则受人尊

① ［日］夏目漱石：《后来的事》，吴树文译，上海译文出版社2017年版，第8～9页。

② 杨伯峻译注：《孟子译注》，中华书局2012年版，第296页。

敬,胜于有爵位,故称“天爵”。天爵是精神贵族,注重精神和内心;人爵是社会贵族,偏重物质和外在。

代助自封为拥有天爵的精神贵族,这个称谓用在代助身上似乎不妥。代助只因自己具备特别细致的思索能力、敏锐的反应能力,即认为其是成为天爵贵族的条件。但是,“天爵”的本意是强调人高尚的道德修养,只有具备了高尚道德的人才能称得上是精神贵族,与智力等因素无关,自始至终孟子强调的都是道德。“仁、义、礼、智、信”这些德性的体现,离不开与他人的互涉,是体现在人伦之中的。而代助尽量避免与人接触,只活在自己的小世界中,或者说,以自我为中心地生活着,怎能体现出对他人的美德呢?所以,代助自封为“天爵的贵族”,实际上是对“天爵”的误解,是一种自我满足。在思想的深处,漱石始终意识到“自己”的存在,然而他的“自己”,不是具有社会性的自己,不是个人(the individual),而是对社会性还没有觉醒的自我(the ego)。这使他的“自己”的概念变得暧昧模糊。代助的自我也是如此,他是一种社会性尚未觉醒的自我,而非社会性的个人。

小说开头出现的“旧时代的日本”,指的是绝对主义的天皇制支配下的明治社会及以前的封建时代。日本传统的思想是作为武士阶级道德的封建儒教道德,而代助的父亲正是这种武士阶级的封建儒教道德的继承者。代助的父亲名为“长井得”,过去曾经在政府工作,明治维新时曾参与过平定幕府军的戊辰之战。后辞去官职,进入实业界,成为一名成功的实业家。这样的父亲,一面对代助说教着旧道德,一面灵活地适应着近代社会。父亲的思想和行动的不一致经常令代助感到困惑。他总觉得父亲“是一个隐藏本人真面目的伪君子,要不就是一个没有什么辨别力的笨人,反正二者必居其一”①。对于代助的游手好闲,父亲这样教育道:“一个人不能光想到自己。还有社会,还有国家哪。不为他人做点儿好事,自己也不会愉快的。就说你吧,唔,这样无所事事,心情当然好不了。”②父亲认为代助既然受过高等教育,就应当学以致用,这是传统的儒家思想。

① [日]夏目漱石:《后来的事》,吴树文译,上海译文出版社 2017 年版,第 109 页。

② [日]夏目漱石:《后来的事》,吴树文译,上海译文出版社 2017 年版,第 28 页。

而代助对父亲的话总是不以为然，甚至暗自腹诽。他一直在分析父亲，认为父亲身上带有特殊的色彩，情况比较复杂。

> 他受过那种明治维新前的武士所固有的道义至上主义的教育。这种教育让人们把情意和行为的标准放在离自己远远的地方，眼中看不到由事实的发展加以证实了的浅近的真理。然而父亲被习惯势力所束缚，至今仍迷恋着这种教育。可是另一方面，他又从事着易为剧烈的生活欲所干犯的实业行当。父亲实际上年年在这种生活欲的腐蚀下过到了今天，所以父亲的从前同现在之间，当然存在着很大的差异。父亲自己是不承认这一点的，他公然表示：自己是以从前之身和从前的经验才办成了眼前的这番事业。但是代助认为：如果不是限制和缩小了只有在封建时代可通用的教育的范围，绝不可能随时随刻使现时代的生活欲得到满足。①

换言之，代助认为，时代已经发生了翻天覆地的变化，旧的道德不可能在新的时代完全通用，所以为了适应新的时代，父亲也一定改变了自己的处世方针。可是父亲却宣称自己是靠着明治维新前的武士道精神走到了今天。代助怀疑父亲强调的旧道德在新时代是否具有可行性，他用质疑解构着传统道德的价值。譬如，父亲从自己年轻时的经验出发，提倡“诚实”“热心”的性格。而回顾父亲的发家史，代助明白父亲的成功不仅仅是“诚实”的功劳。代助认为人没有固定的性格，诸如“诚实”“热心”之类，与其说是自己具有的性格，不如说是精神的交换作用。在现代社会，人成为一个流动性的存在，人的性格消失了，人际交往变成了不同场合的临机应变，交换完成后一切结束。在以“轻薄”和“洒脱”为特征的现代，“诚实”“热心”等精神，似乎已经过时，成为无用之物。因此悬挂于父亲书房的，父亲请上代的一位旧藩主所书、爱如珍宝的“诚者天之道也”匾额，在代助看来“极其碍眼”，他甚至想在这“诚者天之道也”的后面加上“非人之道也”。

---

① ［日］夏目漱石：《后来的事》，吴树文译，上海译文出版社 2017 年版，第 109 页。

《中庸》第二十章中有言："诚者，天之道也；诚之者，人之道也。"[①]孟子也提出："诚者天之道也，思诚者人之道也。"[②]天道，即自然的规律，是"诚"，真实无妄。追求"诚"，是做人的道理、法则。从中体现了"天人合一"的理念，天道与人道因"诚"而统一。而代助想在"诚者天之道也"后面加上"非人之道也"，是一种戏谑，若加以深究，他割裂了天道与人道的关系。代助批判父亲，嘲弄儒家道德，然而另一方面，却从儒家经典中摘引语句来装饰自己，如"天爵的贵族"等。虽然他没有感念父亲的恩德，却每月理所当然地从父亲手中领取生活费。这种做法是对父亲"血肉至亲"的天赋之情的一种依赖，可以说代助一边批判着父亲的传统价值观，一边利用着父亲的传统价值观。然而，从家族的立场来看，代助的生活方式无法永久持续下去。代助只不过是一个依赖着父亲与兄长的财力，享受着犹豫期间的优雅的寄食者。终结这个犹豫期间的，一个是来自外部的要求，即父亲的意志；另一个是潜在于代助自身的，最终会显露出来的冲动。

对于与佐川家女儿的亲事，代助持否定态度。他认为，"上辈积下的缘分"，"不如凭我自己种下的缘分去完婚为好"。[③] 但是他的自我主张在"家"这个系统当中完全被无视。代助整个人都是父亲制定的计划的一部分。难怪代助不禁感到"自己花钱虽然不受什么约束，而实质上是最受约束的人"[④]。

作为"知性的快乐主义者"[⑤]，代助基本上是在精神世界中寻求快乐。代助"渴望高尚的生活欲能得到满足，又希望能在某种意义上获得道义欲的满足"[⑥]。由于发现"生活欲"和"道义欲"的冲突，因此他的房间很朴素，对物质享受没有过高的要求。然而在精神享受方面，代助却很奢侈。他享受着所谓"贵族式"的精神生活，却寻不到内心真正的快乐。他逐渐

---

① 陈晓芬、徐儒宗译注：《论语　大学　中庸》，中华书局 2011 年版，第 331 页。

② 杨伯峻译注：《孟子译注》，中华书局 2012 年版，第 185 页。

③ [日]夏目漱石：《后来的事》，吴树文译，上海译文出版社 2017 年版，第 39 页。

④ [日]夏目漱石：《后来的事》，吴树文译，上海译文出版社 2017 年版，第 50 页。

⑤ [日]剑持武彦：『夏目漱石「それから」とダヌンツィオ「死の勝利」』，『夏目漱石作品論集』第六卷，太田登、木股知史、萬田務編，おうふう 1995 年版，第 82 頁。

⑥ [日]夏目漱石：《后来的事》，吴树文译，上海译文出版社 2017 年版，第 136 页。

不再满足于这种依赖于外物的趣味，转而寻找一种能让自己的内心充实起来的支撑和依托。“最后，他作出了这样的结论：能够把自己从这种脆弱的生活中拯救出来的办法只有一个。于是，嘴里对自己说：‘还是非得去见三千代不可。’”[①]爱情，成了他的救命稻草。代助到达了虚无主义者的境地，筑起了自家特有的世界，丧失了与外界交往的兴趣，尽量不与社会有任何接触。这种生活态度之下，恐怕是没有机会表现“天爵”的美德的。因此，“天爵的贵族”，只是代助一厢情愿的自恋说法。追求自由的代助过着“高等游民”的生活，然而这种生活是带有附加条件的。

通过以上对代助局限性的分析，代助形象逐渐清晰。一个如此单薄的代助，却能够让芥川龙之介等年轻人迷恋不已，个中原因，耐人寻味。也许，芥川从代助身上看到了自己的影子吧。

三、“独立独行”的漱石

在漱石生活中曾有这样一则轶事。根据镜子夫人的回忆，在夏目漱石去中国、朝鲜旅行之前，和中村的闲谈中曾有这样的对话。漱石赤裸裸地说：“总是因贫穷而困扰，想要钱。”[②]于是中村是公说要拿些钱给他。夏目漱石说不想要那样的钱，想要“世袭财产”之类的钱财。世袭财产是高等游民的物质基础。因为有了世袭财产，可以不必劳动而生活下去，不必依赖别人而获得生活的自由。代助的“高等游民”形象来自漱石的内心。漱石作品的很多主人公都是“高等游民”，比如《虞美人草》中的甲野、《春分过后》的松本、《心》中的“先生”，等等，这反映出漱石在人物类型上的偏爱和局限。

漱石心底有一种与世隔绝的、与儒家伦理相悖的东西。在演讲《爱好与职业》当中，漱石提到“独立独行”一词。这一演讲于 1911 年 8 月 13 日在明石举行，在演讲中，漱石回顾了“不用麻烦任何人”“真正的独立独行”的时代。认为生活在自给自足时代的人，“既不用为每月领工资而费心，

① ［日］夏目漱石：《后来的事》，吴树文译，上海译文出版社 2017 年版，第 136～137 页。

② ［日］夏目鏡子述、松岡讓筆録：『漱石の思ひ出』，岩波書店 1982 年版，第 197～198 頁。

也不用担心早晨见面不打招呼而令人不快。生活上可以完全不需要麻烦别人,所以心平气和。既不给别人添一点麻烦,又不接受别人的恩义报答,没有比这更方便的事情。这样的人是真正意义上的独立的人"[①]。这种状态是漱石憧憬的状态,漱石认为那样的时期才是适合使用"真正的独立独行"这一词语的时期。这种"独立独行"的思想主张,反映出漱石对于建立人际关系、参与社会生活的消极排斥心理。现代社会中"职业分化越细致,我们就变得越不健全"[②]。漱石认为这是应该矫正的问题。漱石以博士为例来阐述现代人的状况,即只追求"专业"的深度,而宽度却一再变窄。在这种状况之下,"不健全"的人们之间的互相帮助就成为必然,于是随之产生人与人之间的顾虑和牵制。人无法从人际关系的束缚当中解脱出来,而工作就如同没有自由的人在"乞食"一般的行为。漱石的这一思想在《后来的事》中亦有体现。关于侄子诚太郎的未来,代助作了如下想象:"接下来,诚太郎将朝哪一方面发展、成长呢?这虽不得而知,但是作为一个人,为了生存,命运一定会使他遭到人们的嫌弃。到那时候,他大概会心安理得地穿着极平庸的衣服,像乞丐那样,在社会上向人乞求着、踯躅着吧。"[③]

代助的我行我素,与漱石厌恶现实社会的"独立独行"的思想极为符合。然而,漱石与代助不同的是,他有东方传统文化的根基。他的"独立独行"注定与西方"个人主义"不同,它不再强调个体的孤独,更有独立奋斗、责任意识在里面。他的"独立独行"思想至少包含两方面的内容:一是汉文学传统,包括儒家、道家、禅宗思想;二是西方文学中所包含的"自由""自我"思想。夏目漱石自幼学习汉文学,后又研究英国文学,因此其思想是横跨东西的复杂综合体。其中,尤其是幼年时期学习的汉学经典,对他起到文学启蒙的作用,并终其一生影响着漱石的人生观和文学观。在《文学论》的自序中,漱石这样写道:"我少时好读汉籍,学时虽短,但于冥冥之

① [日]夏目漱石:『漱石全集』第二十一巻「評論　雑編」,岩波書店1957年版,第17~18頁。

② [日]夏目漱石:『漱石全集』第二十一巻「評論　雑編」,岩波書店1957年版,第21頁。

③ [日]夏目漱石:《后来的事》,吴树文译,上海译文出版社2017年版,第133页。

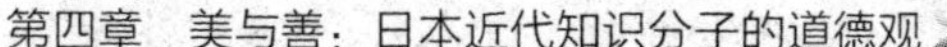

中也从‘左国史汉’里隐约感悟出了文学究竟是什么。我曾以为英国文学亦应如此。若果真如此，我将义无反顾地终生学习文学。”①此处举出“左国史汉”，然而漱石涉猎的汉文典籍绝非仅限于此。比如其笔名“漱石”即来自“枕流漱石”②的典故，可见漱石接触过《世说新语》。而《后来的事》中“诚者天之道也”则取自《孟子》和《中庸》，可见漱石亦受到了《孟子》和《中庸》中儒家思想的熏陶。而处女作《我是猫》中，汉文学典故更是信手拈来，并且能够自如地创作汉诗，足见漱石的汉学功底之深厚。在“修身、齐家、治国、平天下”的儒家思想感召下，夏目漱石积极入世，追求在现世建功立业。在明治三十九年(1906 年)10 月 26 日写给铃木三重吉的书简中，漱石写道：“吾人的处世之所，即使是卑劣的、令人不快的、不情愿的，也决不回避。莫若说况且不主动地投身于其中什么也做不成。只是洁身自好，即如同诗人一般生活，也许是生活意义的几分之一，但只不过是极少的一部分。像《草枕》中的主人公那样是不可以的。虽然那样也无可厚非，然而生存于当今世界，要将自己的长处发挥出来无论如何不像易卜生那样是不行的。”③

除了儒家思想，漱石对道家思想也有极深的兴趣，青年时代曾专门研究老子思想，写过论文《老子的哲学》。《后来的事》中，在准备向三千代表白之前，代助有如下感受：“代助在雨中、在百合花香中、在重现的昔日情景中，找到了纯真无邪的和平的生命。这生命的里里外外不存在欲念、不存在得失、不存在压抑自身的道德成见，这生命像行云流水那样自由自在。一切都是幸福的，所以一切都是美好的。”④这种愿望，和道家思想追求的自然和谐、清静无为、无知无欲是相通的。漱石在去世前不久的 1916 年 11 月 19 日，曾写下如下汉诗：

---

① ［日］夏目漱石：《文学论》，王向远译，上海译文出版社 2016 年版，第 4 页。

② (南朝宋)刘义庆《世说新语 · 排调第二十五》：孙子荆年少时欲隐，语王武子“当枕石漱流”，误曰“漱石枕流”。王曰：“流可枕，石可漱乎？”孙曰：“所以枕流，欲洗其耳；所以漱石，欲砺其齿。”

③ ［日］夏目漱石：『漱石全集』第二十八卷「書簡集(二)」，岩波書店 1957 年版，第 123 頁。

④ ［日］夏目漱石：《后来的事》，吴树文译，上海译文出版社 2017 年版，第 207 页。

大愚难到志难成，五十春秋瞬息程。
观道无言只入静，拈诗有句独求清。
迢迢天外去云影，籁籁风中落叶声。
忽见闲窗虚白上，东山月出半江明。①

诗中的“虚白”一词，令人想到《庄子·人间世》：“虚室生白，吉祥止止。”谓心中纯净无欲。漱石的其他汉诗中亦有不少带有老庄旨趣的诗作，从中可以窥见漱石脱离现实的愿望。儒家和道家思想的综合，使得漱石的思想具有一种张力，一方面表现出儒家经世治国的积极入世观，另一方面又体现出老庄思想出世超脱的倾向。出世与入世，是漱石思想的一体两面。漱石文学的秘密在于具有双重的境界：一方面精神漂流于遥远的彼方，而另一方面能够平静地进入现实世界。漱石继承了日本的所谓“士大夫文学”或者硬骨汉的教养，却同时选择了自由的在野立场。漱石公然违背文部省的指令、拒绝接受博士学位，辞去东京帝国大学的教职、毅然加入朝日新闻社等种种做法，无疑是捍卫了自由知识分子的“野人的立场”，而怀揣强烈的社会责任感，笔耕不辍地写下了大量报纸连载小说，是因为“士大夫”“硬骨汉”的伦理感使然。

明治四十四年(1911 年)8 月，在题为《现代日本的开化》的演讲中，漱石谈道：“西方的开化(即一般的开化)是内发型的，日本的现代的开化是外发型的。”指出日本文明开化的特殊性。西方花了 300 年完成的开化过程，日本希望仅用 40 年就实现。并且这种开化是在外界的压迫下发生的，因此“受开化影响的国民总有空虚之感，并且怀有不满和不安的念头”。漱石指出了现代日本开化的问题，却未能提出好的解决对策。在演讲的末尾，漱石这样说道：“如果我的分析得当的话，那么我们对于日本的未来无论如何都会变得悲观。我也没有锦囊妙计。除了说尽量在不罹患

① [日]夏目漱石：『漱石全集』第二十三卷「詩歌俳句附印譜」，岩波書店 1957 年版，第 55 頁。

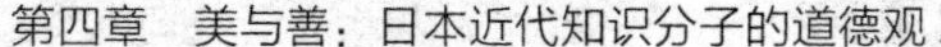

神经衰弱的情况下，内发地变化下去之类动听的话之外，没有任何别的办法。”[①]《现代日本的开化》的演讲发表于《后来的事》连载两年之后，演讲的结尾与《后来的事》中代助的文明批判思想表现出一脉相承的悲观主义。虽然认为现实很黑暗，但漱石仍然不放弃使现实变好的希望。在大正二年(1913年)12月12日，漱石又发表了题为《模仿与独立》的演讲，表达了忠实于自我意志、积极生活的强烈决心。在演讲中，漱石反对盲目的模仿，认为想要反对社会惯例、实行思想上的改革，应该拥有牢固的根底、独立的精神、明确的目标，不忌惮世俗目光，以“强势猛烈的勇气”“断言、宣言、实行”。他还举出日本净土真宗的亲鸾上人和挪威剧作家易卜生的例子，强调要有支配自己的权威才能实现真正的大改革。从以上漱石的种种主张和做法来看，他面对明治时代的社会现实，本质上是悲观主义的，甚至想逃避的。然而，强烈的社会责任感驱使他直面这惨淡的现实，这和他受到的儒家思想的影响分不开。

另外，从个人来看，不幸的身世使得漱石建功立业的愿望尤其强烈。生父将其视为累赘，待他刻薄；养父虽然待他和蔼，却以物质上的溺爱以及人格上的占有将其戕害。在自传体小说《道草》中，漱石这样描述：“不论是生父还是养父，都没有把他当人看待，不如说是一件物品。只不过，与生父把他当作废物对待相比，养父则盘算着将来会对他有点什么用处。‘你将来是要回来的，杂事什么的都会让你来做，你做好思想准备。’健三有一次去养父家，岛田不知因为什么事顺便跟他说了这样一句话。健三吓得逃了回去。一种薄情的感觉让他小小的心灵里产生了些许的恐怖。他不太记得当时是几岁了，但就是在那个时候，他萌生了无论如何都要通过坚持不懈的学习成为一个有出息的人的想法。”[②]因此，漱石的“独立独行”也形成于他特殊的成长经历。

代助的“高等游民”的生活方式，在表面上确实和漱石憧憬的“高等游

① ［日］夏目漱石：『現代日本の開化』，『漱石全集』第二十一卷「評論　雑編」，岩波書店1957年版，第44～53頁。

② ［日］夏目漱石：《道草》，李庆保译，时代文艺出版社2016年版，第189页。

民”很相似。不过,漱石所说的“高等游民”是在拥有“世袭财产”基础之上的假设,只是想想而已,他时刻以清醒的头脑面对现实。但是代助却没有积极面对现实的勇气,只是在海市蜃楼中怨天尤人。他的不参与现实,表面看来是“独立独行”,实际上是因为他不想承担任何责任,所以只是一种自私自利。他没有控制自己命运的力量,因而谈不上自由;相反,却像一个牵线木偶一般,被父亲、被命运牵制。漱石的“独立独行”是拥有自主权基础之上的“独立独行”,而“高等游民”代助是被动的、无力的,如同华丽的躯壳。与“继承了士大夫文学或者硬骨汉的教养,却同时选择了自由的野人的立场”的漱石相比,代助虽选择了“自由的野人的立场”,却明显欠缺了“士大夫”“硬骨汉”的精神。

四、结语

漱石和代助有着根本上的不同。作者漱石虽然也很憧憬“高等游民”的生活,但是他很清醒现实与梦想的差别。漱石的“独立独行”精神是在入世与出世之间自由出入的精神,扎根于他对现实世界的冷静观察。同漱石相比,消极逃避的代助并不是积极入世、奉献自身的真正的“天爵的贵族”。代助看到了社会的各种弊端,却没有支撑自己的“坚强的根底”,没有坚定的理想与信仰。因为没有支配自己的权威,所以无法积极努力地去改变社会现实,结果陷于悲剧的命运。面对明治开化期的社会现实,漱石在消极与积极、悲观与进取之间动摇的矛盾心理,反映出一个有良知的知识分子在转换期的社会中动摇的不安心理。在现实社会面前,一面悲观一面积极生活的漱石的矛盾,在消极与奋起之间挣扎的漱石的痛苦,在代助身上觅不到踪迹。

第三节　近代知识分子夏目漱石的忧愤

现代性的后果,是失根。失根,是因为失德。在近代化过程中,日本人拥抱西方文明,失去了传统文化之根,随现代化潮流载沉载浮。现代性而来的“失根”造就了一批漂泊无依的灵魂。他们孤独、自闭，逃避现实。夏目漱石在作品中塑造了众多因“失根”“失德”而孤独彷徨的近代日本知识分子形象。他们被贴上了“多余人”“孤独者”“批评家”的标签。夏目漱石是考虑用儒家的伦理纲常匡正西方文明弊端的第一个思考者。以下试透过“现代性”这一视角，考察在确立自我主体性、处理个人与社会关系方面，近代自我的艰难跋涉。解读经典作品中的典型人物形象，揭示近代自我因“现代性”的“拔根”而造成的“失根”状况。透过“孤独”这一概念，去更加深刻地反思现代与传统的冲突以及给我们带来的启示。

一、无法回避的“近代”

1853年，佩里率黑船舰队叩关，日本打开国门，结束了封建幕府的闭关锁国状态，被纳入英、美等西方列强的世界殖民范围。沦为殖民地的恐惧驱使日本开展了轰轰烈烈的“文明开化”运动。明治政府成立之初，明治天皇发表了《五条誓文》，明确了要“破旧来之陋习”，“求知识于世界”，学习西方国家，建设一个能“与万国对峙”的近代民族国家的构想。自1868年的明治维新开始，日本政府在政治、经济、军事、文化、教育等各个领域大力移植西方文明，展开了大规模的自上而下的“文明开化”运动。

在明治四十四年(1911年)8月，夏目漱石在和歌山市发表以《现代日本的开化》为题目的演讲，认为日本走上资本主义的“开化”，是与西方不同的。在演讲中，夏目漱石提到，“西方的开化(即一般的开化)是内发型的，日本的现代的开化是外发型的”。西方经由300年的积累而完成的开化，“如行云流水是自然发展的”。而日本“希望仅用40年就实现”，这种开化是“外发的”，是在与外国接触过程中被迫转化的，文化也是在大受刺激下急剧转变的。因为日本与西方的土壤和根基均不相同，因此外来文化的消化吸收存在问题，从而“失去自己本位的能力”，因此“受开化影响的国民总有空虚之感，并且怀有不满和不安的念头”，发生“神经衰弱”病症。为了不患“神经衰弱”，“只能向内发的方向发展”，这是“苦恼的真实”。漱石对明治维新改革的不彻底性是有清醒认识的，却未能提出好的

解决对策。在演讲的末尾，漱石这样说道："如果我的分析得当的话，那么我们对于日本的未来无论如何都会变得悲观。我也没有锦囊妙计。除了说尽量在不罹患神经衰弱的情况下，内发地变化下去之类动听的话之外没有任何别的办法。"在1906年写作的断片中，他说："当知道开化的无价值，就是厌世观的开始。"在1905年前后，写作《我是猫》的时候，夏目漱石写下了这样的句子："汝所见者为利害之世，我所立者为理否之世。汝所见者为现象之世，我所视者为实相之世。人爵——天爵。荣枯——正邪。得失——善恶。"1902年当日本人为日英同盟缔结、日本跻身列强而欢呼时，漱石却冷眼观之。他在致岳父中根重一的信中说："今天欧洲文明失败的原因，就是极为悬殊的贫富差别。"这导致"革命的必然性"，"卡尔·马克思的所论"是"理所当然的事"。日本的矛盾尤其使漱石生厌和悲观。①

夏目漱石曾于1914年11月25日在学习院作了《我的个人主义》的演讲。他提倡"道义上的个人主义"，其内容主要包括三个方面：一是欲使自己的个性得到发展，就必须同时尊重他人的个性；二是欲行使自己所拥有的权力，就必须充分意识到随之而来的义务；三是欲显示自己的财力，就必须尊重与之相伴的责任。个性、权力、金钱这三者背后，必须要有积累了一定程度道德修养的人格作为支撑。继而指出，秉持"道义上的个人主义"原则生活，不结党营私、党同伐异，会伴随着孤独和寂寞之感。"权力的威压""金钱的诱惑"会导致危险的后果，与人的个性也是矛盾的。一个人首先要"发展个性""尊重个性"，"我毫无忌惮地公开说，我是个人主义"。作家认为个人主义以"自己本位"立足，和"国家主义"不是背反的，只是国家间的道义不如个人道义。他主张以个人幸福为基础的个人主义，其内容当然是个人的自由。但是，每个人享有的自由是顺从国家安危的，就像寒暑表的升降一样。这种个人主义，与中国传统士大夫"天下兴亡，匹夫有责"的社会责任意识十分近似。儒家思想强调知识分子的人格修养——"修身、齐家、治国、平天下"。儒家知识分子拥有独立的人格，讲

① 参见吕元明《中译本序》，载[日]夏目漱石：《我是猫》，于雷译，译林出版社2015年版。

求“君子和而不同”。儒家的修身，是拥有独立人格的君子的自我陶冶提升。

漱石看不到摆脱社会矛盾的出路，无法指明克服维新不彻底性的办法。他也力图寻找摆脱矛盾的方法，那就是推进“内发的”变化。对人也好，对社会也好，夏目漱石极为注重其内在内发的因素，批评明治的日本社会不过是模仿西欧的外表形态，绝非内在真髓的变革。作为一名“教养型”的知识分子，夏目漱石指出一条“则天去私”的道路。这是一种东方的宗教观与社会观。在《猫》中，铃木藤十郎的“狂”、甘木医生的“死”和八木独仙的“信”都演绎着“则天去私”的观点。漱石虽然也嘲讽独仙的东方的“自然法”的修养，而最终他也只能在精神信仰上寻求解脱。[①]

二、近代知识分子的尴尬处境

丸山真男认为，传统社会或者说近代以前的知识分子“不管是中世纪的欧洲，还是在古代的埃及帝国，大体具有共同特征。如神官、僧侣、大学博士、中国的读书人，这些都是‘体制知识阶层’。从他们担当的任务来看，他们是社会中正统世界观的垄断性解释者和授予者”。近代知识分子则不同，他们“首先是从身份的制度的锚缆中解放出来，再就是从正统世界观的解释和授予的任务中解放出来。这两种解放是其诞生的前提。‘自由的’知识分子诞生于这两重意义中”。明治时代日本“自由的”知识分子就较为符合这两种解放的要求，他们“几乎都是曾仕奉于幕府的蕃书调所或学问所的知识阶层。萨长藩推翻幕府一方中没有出现多少，反而从幕府一方或佐幕诸藩一方产生了初期的近代知识分子。被打倒一方比较快地被身份抛弃，其处境容易产生一种‘被根除了’的意识”。[②] 曹瑞涛指出，夏目漱石及其笔下的苦沙弥等人物，是明治时代日本社会中出现的第一批真正近代意义上的知识分子。特别是这批人中从事文学的，“或是从官僚制的阶梯中落伍者，或是对直接环境（家和乡土）的逃逸者，要不然

① 参见吕元明《中译本序》，载[日]夏目漱石：《我是猫》，于雷译，译林出版社 2015 年版。

② [日]丸山真男：《日本的思想》，区建英、刘岳兵译，三联书店 2009 年版，第 107～108 页。

就是为了弥补政治运动的挫折感才进入文学领域的，不管哪种情况，都背离了日本帝国‘正常’的臣民途径”[①]。他们作为第一批近代意义上的知识分子，在双重“解放”后，注定游离于正统意识形态之外，为新政权所排斥。他们社会地位被边缘化，经济方面贫穷落魄，进入明治时代后，旧武士阶层整体处于求显不得、谋隐无成的尴尬境地。“因为武士并不像商人和农民那样（虽然这两者的形式也显然不同），在新社会中有固定的立足点，所以他们中间的大多数人都不能作为一个独立的、个别阶级而继续存在下去。可是他们必须适应这种社会变革，而改行去作中央和地方官吏、小商人、资本家、职业军人、农民、手工艺者、工业工人、政论家、僧侣、教员以及除武士而外的任何职业。”[②]在这现实面前，继承了德川时期古雅之风，又受到西方启蒙思想熏陶的日本近代知识分子们，表面上仿佛是超然世外的“盛世逸民”，实际上是一群明治时代日本社会中越来越不合时宜、处境日渐被动的“多余的人”。

三、近代知识分子的现代性反思

（一）金钱至上

一如丸山真男所言，明治日本社会“在政治、经济、文化及所有方面，近代日本都是暴发户型进升的社会（统治层本身则多由这些暴发户构成）”[③]。弗洛姆在《逃避自由》一书中陈述了这样的观点：“随着资本主义的开始，社会各阶级都开始动起来。人在经济秩序中天经地义、毋庸置疑的固定位置不复存在。个人陷入孤立；任何事情都要依赖自己的努力，而非他的传统社会地位的安全保护。”[④]明治维新之后，“士农工商”的等级身份制度逐渐瓦解，“四民平等”成为新时代的发展方向。原本处于等级制度顶端的武士阶层地位一落千丈，生活穷困潦倒。与此同时，明治政权

---

① 曹瑞涛：《“盛世逸民”，或者“多余的人”——从夏目漱石的〈我是猫〉中看日本近代知识分子的生存境遇》，载《杭州师范大学学报（社会科学版）》2016 年第 1 期。

② ［加］诺曼：《日本维新史》，姚曾廙译，商务印书馆 1962 年版，第 83 页。

③ ［日］］丸山真男：《日本的思想》，区建英、刘岳兵译，三联书店 2009 年版，第 107～108 页。

④ ［美］艾里希·弗洛姆：《逃避自由》，刘林海译，上海译文出版社 2015 年版，第 39 页。

对工商业发展大力支持，使商业不断发展，商人地位不断提升，武士阶级逐渐消亡，金钱作为社会地位的衡量标准逐渐取代了封建社会的阶级制度，人们不再受到严格的阶级限制，对金钱的追求却更甚了。整个社会弥漫着一股"一切向钱看"的风气，人们最为关注的是金钱所带来的经济利益。《我是猫》是夏目漱石的第一部作品。漱石写这部作品时，已将近40岁。他本是一位前途有望的大学讲师，未来的学者生活正在等待着他，但是他毅然放弃了大学教授的前途，专事创作。日本当时社会的"阴暗的现实"，迫使漱石非得把压抑在心里的郁愤倾吐出来不可。他后来回顾说，当时的日本社会使他"对一切都感到愤慨"——"金田老爷乃至金田老爷的吧儿狗之类也都能以'人'的资格在街市上通行无阻"，这就使他对金钱万能的社会感到无限愤慨，这就使他宁愿放弃大学教授的生活，用他的一支讽刺的笔来向现实进行挑战。[①] 漱石借"猫"之口慨叹道："使得世间一切事物运动的，确确实实是金钱。能够充分认识金钱的功用，并且能够灵活发挥金钱的威力的，除了资本家诸君之外，再没有其他的人物了。"[②]

伴随着金钱至上而来的是物欲横流，"蚂蚁麇聚于甜味，人簇集于新潮。文明人一面生存于苛酷的新时代，一面抱怨无聊，他们忍受立食三餐的忙碌，担忧自己会昏睡在街头，于是将生命寄托于恣情纵欲，在恣情纵欲中贪享死亡——这便是所谓文明人。这世上，唯文明人最是以自己的发展变化为荣，唯文明人最是因停滞不前而苦恼。文明用剃刀削去人的神经，用擂杵锤钝人的精神，无数麻木于刺激又渴望刺激的文明人不约而同地簇集至新潮的博览会"[③]。梁漱溟在《东西文化及其哲学》中指出，在物质生活方面，"西洋人风驰电掣地向前追求，以致精神沦丧苦闷，所得虽多，实在未曾从容享受"[④]。代助认为现代社会的人们彼此接触时总是在

---

① 参见刘振瀛：《前记》，载《夏目漱石选集》第1卷，胡雪、由其译，人民文学出版社1958年版，第4页。

② ［日］夏目漱石：《夏目漱石选集》第1卷，胡雪、由其译，人民文学出版社1958年版，第283页。

③ ［日］夏目漱石：《虞美人草》，陆求实译，陕西师范大学出版总社2014年版，第130页。

④ 梁漱溟：《东西文化及其哲学》，中华书局2015年版，第162页。

心里互相攻击侮辱对方，他将其称为“20 世纪的堕落”。他认为原因在于“近期急剧膨胀起来的生活欲的高压促使了道义欲的崩溃”[①]。他认为生活欲的显著发展乃是从欧洲激荡过来的海啸。

孔子曰：“富与贵，是人之所欲也；不以其道得之，不处也。贫与贱，是人之所恶也；不以其道得之，不去也。”“君子喻于义，小人喻于利。”[②]这种传统的儒家思想在明治时代却不再适用，封建社会向资本主义社会过渡时期，人们对金钱的欲望打破了传统道德底线。“钱！一看见钱，任何正人君子都马上变成坏人！”这句话，正是对这一时期社会状况的最好表达。[③] 追求“君子”的高尚道德人格的夏目漱石，举目四周，全是汲汲营营于利益的“小人”，他岂能不失望，岂能不愤懑？

> “我从当学生起就讨厌资本家。只要能赚钱，什么也干得出来。用古人的话说，那就是‘商人’嘛！”主人当着和尚骂起秃贼来。
>
> “未必罢——倒也不能说全是那样的。不干不净的地方当然多少也有一些，总之，要是没有和金钱情死的决心，就做不成资本家的。不过，金钱也是一个不大好对付的东西。刚才我还在一个资本家那里听来了这样的話，说是要想赚钱，就得精通三角术，就是要缺义理、缺人情、缺廉耻的意思，不是说得很有趣的么？哈哈哈哈。”[④]

对金钱的贪欲腐蚀了人们的灵魂，整个社会变成一个商品社会。人们坚信“人是经济的动物”这一信条，将无限度地改善人的物质生活条件的欲望看成人的内在本性。金钱成为衡量个体存在价值的唯一尺度，同时金钱也成为确定和他人的关系及保障个人在社会中地位的最有力手段。万事“钱”为首，一切向“钱”看，一切为了“权力”和“前途”：权力，有

---

① [日]夏目漱石：《后来的事》，吴树文译，上海译文出版社 2017 年版，第 108 页。

② 杨伯峻译注：《论语译注》，中华书局 2014 年版，第 49、54 页。

③ 参见张乐涵：《巴金与夏目漱石小说中婚恋观比较研究》，辽宁大学硕士学位论文，2013 年，第 20 页。

④ [日]夏目漱石：《夏目漱石选集》第 1 卷，胡雪、由其译，人民文学出版社 1958 年版，第 130 页。

"权"就得"利"；"前途"，有"钱"就"图"。万般皆下品，唯有"金钱"高。[①]现代人成为失落个性的机器人、待价而沽的商品人、贪婪占有的消费人。人失去敬畏之心，傲慢自大。《我是猫》中的"鼻子夫人"就是傲慢的资本家的代表。在这种社会风气之下，造就了一代偏重物质、精神空虚的年轻人，文明消化不良症患者。人苦于自身的异化，令人不得不仰天长叹："人有病，天知否？"[②]人与人之间的关系也具有异化特征，它呈现出物与物而非人与人之间的关系特征。人不仅卖商品，而且卖自己。较之封建社会，女性地位得到了一定程度的改善，但也产生了一个新的问题，即在商品社会中，女性产生了自我物化、自我商品化的意识，并自觉不自觉地将之付诸行动。

现代女性，在往返学校的途中，在音乐会、慈善会或游园会上喊："请买下我吧！""啊？不喜欢？"……她们自己拍卖自己，再也没有必要雇那些难缠的商贩干那种下贱的寄售营生，喊什么："谁买女孩喽！"人的独立性一提高，自然会这样的。老年人总是不必要地杞人忧天，说三道四。然而老实说，这是文明发展的趋势，是我们万分高兴的好现象，都在偷偷地深表祝贺哩！像从前那样，买主敲敲脑壳，问问货色地道吗？再也没有人说这种蠢话，尽管放心。而且，身在万般复杂的今日社会，如果手续那么烦琐，可就永无尽期了，女人恐怕五六十岁也找不到主、嫁不出门的吧。""仁兄所论甚是。如今的女学生们、小姐们，从她们的自尊自信，直到她们的身体皮肤，处处不服男子汉，实在令人钦佩之至。"[③]

（二）自我意识过剩

个性发展，自我意识过剩，导致竞争加剧。

所谓现代人的自觉意识，指的是对于人际间存在着截然不同的

---

① 参见岳友熙：《追寻诗意的栖居——现代性与审美教育》，人民出版社2009年版，第95页。

② 王增宝：《"拆穿西洋镜"与审美现代性的发生——夏目漱石〈我是猫〉的另一种读法》，载《作家》2014年第14期。

③ ［日］夏目漱石：《我是猫》，于雷译，译林出版社2015年版，第196页。

利害鸿沟了解得过细。并且，这种自觉意识伴随着文明进步，一天天变得更加敏锐，最终连一举手、一投足都要失去天真与自然了。……睡时不忘我，醒时不忘我，我字无处不缠身，弄得举止言行，无不矫揉造作，作茧自缚，使人间充满了辛酸，只得以年轻男女对面相亲时的那种忐忑心情挨过晨昏。什么“悠然自得”“从容不迫”等等字样，变得徒有其名，毫无意义了。从这一点来说，现代人都密探化了，盗贼化了。……因为现代人不论是醒来还是梦中，都在不断地盘算着怎样对自己有利或不利，自然不得不像密探和盗贼一样加强个人意识。他们整天贼眉鼠眼，胆战心惊，直到进入坟墓，片刻不得安宁，这便是现代人，这便是文明发出的诅咒。简直是愚蠢透顶！

古人是教人忘我的，而今，是教育人们不要忘我，完全翻了过来。一天二十四小时，全被我字占据了。因此，一天二十四小时没有片刻太平，永远是水深火热的地狱。若问天下的良药是什么，再也没有比“忘我”更奏效的了。所谓“三更月下人无我”，就是吟咏这种最高境界。而今人，即使对人亲热，也有欠自然。[①]

迷亭发表《未来记》，预卜未来的发展趋势，断言结婚将成为不可能。理由如下：

而今是以个性为中心的世界。人人都强调起个性来，个个都表现得心里有句潜词：“你是你，我是我！”……“因为个性普遍地增强，所以实质上等于个性普遍地减弱。别人已经不那么容易贻害于我，从这一点来看，个人的确是强大了。然而，对别人不得任意干预，从这一点来看，个人的力量又明显地比以前弱了。强大起来都高兴，软弱下来人人扫兴。……人尽可能地自我膨胀，直到胀得破裂，只得在痛苦中生存。剧痛之余，想出的第一个方案便是老少分居制。……对于文明人来说，即使亲子之间，如不任其自我扩张，都觉得吃亏。因此，为了保证双方的安生，势必分居。欧洲由于文明发达，比起日

① [日]夏目漱石：《我是猫》，于雷译，译林出版社2015年版，第382～383页。

本更早地实行了这一制度。即使百里挑一，有的人家二世同堂，儿子跟老子借钱也要纳利，像陌生人一样付给房租。[①]

关于此种现象，梁漱溟老先生曾指出：在社会生活方面，“西洋人先是有我的观念，才要求本性权利，才得到个性伸展的。但从此各个人间的彼此界限要划得很清，开口就是权利义务、法律关系，谁同谁都是要算账，甚至于父子夫妇之间也都如此；这样生活实在不合理，实在太苦”[②]。

“在父子、兄弟都已分居的今天，再也没有什么人需要分手，于是，最后的方案是夫妻分居。……越是贤惠夫人，个性就越是发展得棱角更大；棱角越大就越是和丈夫合不来；合不来，自然要和丈夫发生冲突。因此，既然名之曰贤惠夫人，一定要从早到晚和丈夫别扭。这诚然是无可厚非的事；但越是娶了个贤惠夫人，双方的苦处就越是增多。夫妻之间就像水和油，格格不入，存在着不可逾越的铜墙铁壁。”夫妻最后的结局是“要分手。一定要分手。天下夫妻都要分手。从前是同床共枕是夫妻；今后，世人会把那些同床共枕的人看成没有做夫妻的资格”。[③] 很不幸，现代日本社会的婚姻状况越来越体现出漱石所预言的趋势。日本厚生劳动省的调查显示，2015 年，50 岁仍未结婚的男性高达人口比例的 23.37%，女性达 14.06%。这就意味着，在 50 岁年龄段里，日本男性每 4 人就有 1 人、女性每 7 人就有 1 人终生未婚，孤独而终。年轻人的结婚愿望低下，单身家庭非常普遍，人人面临孤独绝境，已成为严重的社会问题。为此，日本 NHK 电视台拍摄录制了大型纪录片《无缘社会》，于 2010 年 1 月 31 日在 NHK 特别节目中播出，题目为《无缘社会——三万二千人“无缘死”的震撼》。有消息称，再过 20 年，日本社会中独自生活的“单身家庭”将高达四成。

“我等盼望自由，也得到了自由；得到了自由的结果，却又感到不自由，因而烦恼。因此，西方文明似乎好些，但归根结底还是靠不住的。与

---

① [日]夏目漱石：《我是猫》，于雷译，译林出版社 2015 年版，第 392～393 页。

② 梁漱溟：《东西文化及其哲学》，中华书局 2015 年版，第 163 页。

③ [日]夏目漱石：《我是猫》，于雷译，译林出版社 2015 年版，第 392～394 页。

此相反，东方自古讲求精神修养，还是这样正确。试看个性发展的结果，全都害了神经衰弱症，弄得不可收拾。这时，才能发现‘王者之民荡荡焉’这句话的真正价值，才能醒悟到‘无为而治’这句话不可轻侮。但是，到了那时，纵然醒悟，已经毫无办法，宛如酒精中毒以后才明白：‘啊，若是不喝酒多好！’”[①]这正应了弗洛姆在《逃避自由》一书中的观点：“资本主义解放了个人。……个人摆脱了经济及政治纽带的束缚。他在新制度中发挥积极独立的作用，获得了积极意义上的自由。但他同时摆脱了曾给他安全感和归属感的那些纽带。生活不再是一个以人为中心的封闭世界；世界已变得无边无际，同时又富有威胁性。由于人失去他在封闭社会里的固定位置，所以也找不到生活的意义所在。其结果便是他对自己及生活的目标产生怀疑。……他自由了——也就是说，他孤立无助、备受各方威胁。由于没有文艺复兴时期资本家的财富和权力，又失掉了与人和宇宙的一体感，于是他被个人的微不足道感和无助感所淹没。……新自由注定要产生一种深深的不安全、无能为力、怀疑、孤单与焦虑感。”[②]新自由所带来的伴生物是很多现代人所无法承受之重，人们宁愿逃避自由。

小说中的知识分子为我们预言了一个悲哀的“未来文明记”。他们将那种以原子论个人为基础的“个性中心”推演到极端的境地。“个性”的无限扩张将导致家庭、社会伦理的破坏：为了强调独立性，父子分居；进而是夫妇分居，“结婚”因为妨碍个性而成为不道德的野蛮风俗；艺术家和读者之间的差别、不理解也将导致“艺术”的灭亡。尼采的“超人论”即这种个性自由逻辑的哲学体现，不过“超人”并不是尼采的理想，而是他对于个性发达的19世纪的怨恨，是无奈地抒发于书本中的愤慨。总之，个性的发达将使人类间的相互关系越来越窘迫，无穷计算的结果是神经衰弱症。而到了一万年以后，“自杀学”将会取代“伦理”课程，去指导人们如拒绝“整存零付”式的、被社会一天一天虐待而死的死法。[③]

---

① ［日］夏目漱石：《我是猫》，于雷译，译林出版社2015年版，第396页。

② ［美］艾里希·弗洛姆：《逃避自由》，刘林海译，上海译文出版社2015年版，第41～42页。

③ 参见王增宝：《“拆穿西洋镜”与审美现代性的发生——夏目漱石〈我是猫〉的另一种读法》，载《作家》2014年第14期。

四、传统文化的思考

《我是猫》和《后来的事》中明确地表达了知识分子与资本家的尖锐对立。漱石之后的作品也探讨了这个主题，但都不如这两部作品中表现得那么直接和激烈，对日本近代社会的文明批判以更加深入、多样的形式延续到以后的作品中。漱石后来的小说，例如《行人》《心》《道草》等，都以知识分子的内心世界以及人际关系为主要课题，间接表达了漱石的文明批判意识。漱石对资本家的愤怒，源于他作为一名知识分子的良知，而这份良知，与他受中国传统文化的影响有很大的关系。以下试从传统文化的视角，重新思考夏目漱石提出的现代性课题。

（一）“孝”为根本

佐佐木充认为，漱石作品里的主人公形象，大多数是没有父母的。“不仅是猫，苦沙弥、迷亭、寒月、阿圭和阿禄，因为完全没有提到父母的存在，所以他们过着完全随性、自由的生活，然而其反面，却是发散着‘无根的存在’‘浮游不定的存在’这种不可靠的印象。‘存在根据’不明显的存在者，他们的世界只能是一个被隔离的世界。《我是猫》中，是苦沙弥书斋的沙龙，《二百十日》中是不见人影的阿苏山中的空间。唯有在这样的空间当中，他们才可能生息。”[①]无根的、浮游不定的存在，给人的印象是不可靠的，因此他们也不被世界所接受，只能生活在一个被隔离的世界当中，这是一种可悲的现象。《后来的事》的主人公长井代助是一个无职业的“高等游民”，生活在自我封闭的小世界中，他享受现代生活，却不喜工作压力；自诩为“天爵的贵族”，残留着一些古典教养，装饰性地使用一些儒家经典中的名词，与传统渐行渐远。他叛逆、丢弃了传统，却发现现代社会的重重弊端，置身于一个不知何去何从的临界处境。代助的父亲是幕末维新前的武士，维新后摇身一变成为一名成功的商人。代助总是怀疑自己的父亲。“代助每次面对父亲，总觉得父亲是一个隐藏本人真面目

---

① ［日］佐々木充：『母の不在　父の不在——漱石小説の基本設定』，『千葉大学教育学部研究紀要』1988年2月，第36卷，第218頁。

的伪君子,要不就是一个没有什么辨别力的笨人,反正二者必居其一。于是,这种感觉使得代助非常讨厌父亲。"①

从传统文化"孝道"的角度来看代助是不孝的。他对父亲的感情是负面的,不认同自己的父亲,就等于否认了自我存在的根据。不少现代人张扬个性,将自我无限膨胀,将孝道抛到脑后,完全忘记了是谁给了自己宝贵的生命。对父母没有感恩之心,即使有也很淡薄,一味纠结于自我的喜怒哀乐,却忘了报父母恩的大义。因此,从这个角度来看,一味彰显自己个性的现代人,在格局上要比古人狭隘得多。久而久之,岂有不病之理?

(二)自强不息

"常人说:随着文明进步,杀机就会消失,个人之间的交往就会变得斯文,这就大错而特错了。自我意识这么强,怎么会相安无事呢?不错,冷眼看来,很像甚是相安无事的样子,然而,相互之间却极为痛苦。大概很像摔跤人在擂台上双方扭成一团,一动不动的样子吧?从旁看来,多么平平安安,但是,双方的内心岂不怦怦在跳吗?"②夏目漱石亲眼目睹现代社会凸显个人而带来的压力。在现代社会,竞争似乎成了人际关系的代名词。人人担心被"物竞天择"地淘汰掉,内心常处于焦虑之中,毫无自在可言。竞争必然存在输赢,若用自强代替竞争,就不必考虑成败。中国传统文化素来有谦让的美德。祖先告诉我们,人要自尊、自立、自强,不与人争斗,幸福不是来自竞争,而是来自自我的修为。如《周易》中的"天行健,君子以自强不息"③;"地势坤,君子以厚德载物"④。天道运行永无休止,大地蕴藏一切污垢。人居于天地之间,应当效法天地的精神,"自强不息","厚德载物"。《论语》中的"发愤忘食,乐以忘忧,不知老之将至"⑤,讲的也是在有生之年珍惜时间、自我奋斗的精神。

《道德经》中有很多关于谦让不争的智语。第八章中,老子以自然界

---

① [日]夏目漱石:《后来的事》,吴树文译,上海译文出版社 2017 年版,第 109 页。

② [日]夏目漱石:《我是猫》,于雷译,译林出版社 2015 年版,第 384 页。

③ 杨天才、张善文译注:《周易》,中华书局 2018 年版,第 8 页。

④ 杨天才、张善文译注:《周易》,中华书局 2018 年版,第 29 页。

⑤ 杨伯峻译注:《论语译注》,中华书局 2014 年版,第 100 页。

的水来喻人、教人。“上善若水。水善利万物而不争，处众人之所恶，故几于道。”[①]品德高尚者的人格像水一样柔和，甘愿停留在卑下的地方，滋润万物而不与之相争。最完善的人格也具有这种心态和行为，不但做有利于众人的事情，而且还愿意去众人不愿去的卑下的地方。尽其所能地贡献自己的力量去帮助别人，而不与人争功、争名、争利。第二十二章中阐述了作为天下楷模的“圣人”的行为特点：“是以圣人抱一，为天下式。不自见故明，不自是故彰，不自伐故有功，不自矜故长。夫惟不争，故天下莫能与之争。”[②]他们不自我表现，所以才名扬天下；不自以为是，所以才名声彰显；不自我夸耀，所以才有功劳；不自高自大，所以才能处人之上。正因为他们不与人争，所以天下没有人能够同他们争夺。第三十三章中有言：“知人者智，自知者明。胜人者有力，自胜者强。”[③]了解他人的人是聪明的，了解自己的人是明智的；战胜他人的人是有力量的，战胜自我的人更加强大。“知人”和“胜人”，都不如“自知”和“自胜”。

（三）“仁”爱天下

“孤独”，在中国儒家经典中早有阐释。《礼记·王制》中记载：“少而无父者谓之‘孤’，老而无子者谓之‘独’，老而无妻者谓之‘矜’，老而无夫者谓之‘寡’。此四者，天民之穷而无告者也，皆有常饩。”[④]《孟子·梁惠王下》中也阐述道：“老而无妻曰鳏，老而无夫曰寡，老而无子曰独，幼而无父曰孤。此四者，天下之穷民而无告者。”[⑤]意思是，年老而没有妻子的男人称“鳏”（鳏夫），年老而没有丈夫的女人称“寡”（寡妇），年老而没有子女的人称“独”，幼年死去父亲的称“孤”（孤儿孤女）。“孤独”这个词，可视为“鳏寡孤独”的缩略形。《礼记·礼运》中还有这样的句子：“大道之行也，天下为公。选贤与能，讲信修睦，故人不独亲其亲，不独子其子，使老有所

① 王孺童：《道德经讲义》，中华书局 2013 年版，第 17 页。
② 王孺童：《道德经讲义》，中华书局 2013 年版，第 44 页。
③ 王孺童：《道德经讲义》，中华书局 2013 年版，第 60 页。
④ 胡平生、张萌译注：《礼记》，中华书局 2017 年版，第 281 页。
⑤ 杨伯峻译注：《孟子译注》，中华书局 2012 年版，第 37 页。

终,壮有所用,幼有所长,矜(同'鳏')寡孤独废疾者皆有所养。"[①]所谓"废疾",一般指盲、聋、哑、四肢残缺、精神失常,或长期患病的人。儒家设想的"大同世界"的景象,是让年老的各有适当的归宿,年轻的各有一定的用处,年幼的各有应得的成长条件,鳏寡孤独和废疾人都有受到赡养的权利。从儒家的人伦视角去审视,亲情伦理若遭受重创,人必然会陷入"穷民"的孤独之境——孤苦伶仃、举目无亲、无依无靠。夏目漱石文学中主人公的孤独处境,多是由于过于追求个人的"自我",而导致亲情伦理遭受重创,无奈地陷入孤独,是自我孤独化。儒家在人际关系的处理上倡导"仁义礼智信",而漱石小说的主人公为了满足个人的欲望而伤害别人,破坏人际纽带,最终自身也难逃罪责。

(四)"个"为"群"用

阿伦特认为:"自我本身看不清'我是谁',只有在与他人的关系中,'我是谁'才能获得清晰的呈现。"[②]如果个体不处在关系之中,人就没有真正的个体的意识。没有他人,就没有自我认识。

对自由描述最细的当属20世纪最杰出自由主义思想家以赛亚·伯林。他说:"'自由'这个词的'积极'含义源于个体成为他自己的主人的愿望。我希望我的生活与决定取决于我自己,而不是取决于随便哪种外在的强制力。我希望成为我自己的而不是他人的意志活动的工具。我希望成为一个主体,而不是一个客体;希望被理性、有意识的目的推动,而不是被外在的、影响我的原因推动。我希望是个人物,而不希望什么也不是;希望是一个行动者,也就是说是决定的而不是被决定的,是自我导向的,而不是如一个事物、一个动物、一个无力起到人的作用的奴隶那样,只受外在自然或他人的作用,也就是说,我是能够领会我自己的目标与策略且能够实现它们的人。""我希望意识到自己是一个有思想、有意志、主动的存在,是对自己的选择负有责任并能够依据我自己的观念与意图对这些

① 胡平生、张萌译注:《礼记》,中华书局2017年版,第419页。

② 参见[法]朱莉娅·克里斯蒂娃:《主体·互文·精神分析》,祝克懿、黄蓓编译,三联书店2016年版,第97页。

选择作出解释的。只要我相信这是真实的，我就感到我是自由的；如果我意识到这并不是真实的，我就是受奴役的。”①

尊重每个个体的自主性和独特性，是彰显个体生命价值的前提。只有每个个体都充分施展了他的长处，展现出他生命的光彩，整个群体才能有所发展。然而，个体和群体是一种辩证统一的关系，不可偏废。过于强调自己的个性，发展到极致，就会形成一种可怕的自私自利的个人主义，无视他人，一叶障目，不见泰山，甚至成为害群之马。以个人主义为基础的自由主义，在付诸社会实践时，会导致错误而失败的社会人生结果。人的自由选择不应触犯他人的利益边界，更不能损害群体的利益。比如《心》中的 K 和《从此以后》中的代助，他们极端个人主义实践的失败，就是生动的反面教材。这也间接体现了夏目漱石“道义上的个人主义”的主张。中国传统文化向来重视整体格局，同时尊重个体尊严。“天下兴亡，匹夫有责。”每一个个体，哪怕他的社会地位只是一介匹夫，他也担负着天下兴亡之责，这是对每一个个体存在价值的充分尊重。一个封闭的个体是没有生命力的，走出封闭心灵的壳，走向群体（社会、文化），努力做出贡献，才是彰显个体生命价值的出路。

（五）知者不惑，仁者不忧，勇者不惧

> 东京有许多叫三四郎吃惊的事。首先，是那电车叮铃叮铃的声音引起了他的兴趣。随着叮铃叮铃的响声，众多的人上上下下，实在使人觉得新奇。其次是丸之内大街。然而更使他吃惊的是，不管走到哪里，全是一样的东京味儿，而且到处都堆放着木材、石头。新的房屋都远离马路一两丈远，古老的仓库只拆除了一半，前半部被精心地保护下来。看样子所有的东西都在继续遭到破坏；同时，所有的东西又都在建设之中。东京发生着巨大的变动。
>
> 世界如此动荡，自己看到了这种变动，然而却不能投身于这种动荡之中。自己的世界和现实世界排列于同一平面之上，没有一点接

① ［英］以赛亚·伯林：《自由论》，胡传胜译，译林出版社 2011 年版，第 179～180 页。

触。现实世界在动荡的过程中，将自己抛弃而去，他为此甚感不安。”[1]

大学生小川三四郎从熊本的乡村来到日本近代化的前哨——东京，动荡的都市光景令他眼花缭乱，惶惑不已，自信力也随之消失大半，最终成为“迷途的羔羊”，徘徊在都市的边缘。

作为一名初出茅庐的青年，三四郎的迷茫和困惑或许容易理解。可是，《行人》中的主人公长野一郎——一位资深的大学教授，也深受不安之苦。一郎说：“人类的不安来自科学的发展。前进而不知停顿的科学，不曾允许我们裹足不前。从徒步到人力车，从人力车到马车，从马车到火车，从火车到汽车，后来是飞艇。再后来是飞机，到什么地方也不停顿，还不知要带我们到哪里去，实在可怕！”[2]这段话表达了一郎对日新月异的科技发展深感不安的心态，也反映了作者漱石的担忧。这种担忧并非杞人忧天。在夏目漱石去世一百多年以后的当今时代，人工智能已经如火如荼地发展起来，它像一把“双刃剑”，既可以是带来福音的天使，也可能是破坏力巨大的魔鬼。未来人类在多大程度上能够掌握自己的命运，现代人似乎无法确定。极大的不确定性带来了持续的焦虑和不安，人类必须时刻睁大眼睛，保持警觉，生怕一不留神就偏离轨道，走向失控。一百年前就对此有所预感的漱石，是时代的思想先驱者。

从外表看，我蓄着胡须，穿着西服，叼着雪茄烟，确实有一副堂堂的绅士派头。其实，我的心犹如无家可归的乞丐一般，从早到晚七上八下的，整天处在不安之中，慌张得可怜。我终于觉得世上再没有像我这样没涵养的可悲的人了。在这种时候，我在电车里或什么地方，突然抬起眼睛向对面望去，有时会意外地碰到无忧无虑的面孔。我的目光落到那张还没有一点邪念的发愣的脸上，就在这一瞬间，我浑身都感到非常痛快。我的心复活了，恰似久旱枯干的稻穗喜得膏雨一般。同时，那张脸——那张什么也不思索、非常安详的脸显得十分

① ［日］夏目漱石：《三四郎》，载《夏目漱石小说选》，陈德文译，人民文学出版社 2010 年版，第 16 页。

② ［日］夏目漱石：《行人》，张正立译，上海译文出版社 2017 年版，第 349 页。

高雅。即使垂眼角、扁鼻子，不管长相如何，也显得非常高雅。我差一点怀着教徒般的虔诚之心跪在那副面孔前，表示感谢之意。[①]

一郎是大学教授，社会地位崇高，受人尊敬。他仪表堂堂，派头十足，内心却十分不安。一个普通人“无忧无虑的面孔”，“没有一点邪念的发愣的脸”，就可以给一郎带来慰藉和救赎。相由心生，有着这样面孔的人，内心也是无忧、无惧的。衣食住行的物质条件都很优越，不等同于生活得幸福。很多现代人表面上衣食丰足，但实际上却非常痛苦，这种痛苦并非源于物质的缺乏，而是内心的恐惧、不平、失望、焦虑。自杀的人越来越多，是因为他们没有面对痛苦的勇气。

孔子有言：“知者不惑，仁者不忧，勇者不惧。”[②]仁和勇，都与大智慧并存。“知者不惑”，智者明于事理，敬畏因果。面对世间万象，一切了然于心。“仁者无忧”，仁德的人心存他人，心底无私天地宽，因而不忧。人虽生于忧患之中，但仁者依靠其自身修养超越物质环境的羁绊，不以物喜，不以己悲，而达于“乐天知命”的不忧境界。“勇者无惧”，勇者以“仁”为底色，相信天地公义，心胸昭然坦荡，人生没有恐惧。一个精神上的勇者，在现实生活中，即使身处逆境，面对挑战、痛苦、危险、困难、失败、错误、贫穷，乃至正义和邪恶的较量时，能够拿出道德勇气去面对，而不是逃避现实、懦弱畏缩、自怨自艾或怨天尤人。

现代社会已然发展到新阶段，科技日新月异，人类历史不可能倒退，任何回到过去的念头只能是给自己徒增烦恼。唯有直下承当，尽可能地去规避和弥补现代性的弊端和危害，弘扬优秀的传统价值，找回人的存在之“根”，找回失落的道德，找回内心的安宁。唯其如此，才能使现代人的生存不致如此艰辛和沉重，现代人的心灵不致如此空虚和干涸。

---

① ［日］夏目漱石：《行人》，张正立译，上海译文出版社 2017 年版，第 351 页。

② 杨伯峻译注：《论语译注》，中华书局 2014 年版，第 135 页。

结束语

漱石的次子夏目伸六在其所著《父亲夏目漱石》一书中，记录了漱石当众对孩子歇斯底里的暴力场面，几乎颠覆了一般人对于漱石的知性印象。这种歇斯底里的发作究竟为何呢？因为年幼的伸六处处模仿长兄纯一，是一个“模仿者”。夏目漱石曾于大正二年（1916 年）12 月 12 日在第一高等学校作了题为《模仿与独立》的演讲，提倡独立自主，劝诫模仿。一生致力于提倡建立独立主体人格的夏目漱石对于人云亦云、亦步亦趋的“模仿”深恶痛绝，因此格外敏感。

然而，将自己年幼的儿子也贴上“模仿者”的标签，让人颇有小题大做之感。可以想见，对于自己的孩子，漱石也是经常将其相对化，不是将其视为应当无条件爱的对象，而是以理性对待，将其视为观察与分析的对象。在这里可以感到爱的温暖的缺乏以及理性分析的冷漠无情。在晚年的自传《玻璃门内》中，漱石写道：“我不像一般的‘幺弟’那样深得双亲的钟爱。这是多种原因造成的，可能是因为我生性倔强，也可能是因为我长久远离双亲的缘故。反正我至今还有这样的印象：父亲对待我的态度，简直可以说是苛刻的。”①

态度也会遗传。根据伸六的记载，漱石对孩子的态度也相当苛刻，作为父亲的漱石在孩子眼中是可怕的存在。在幼小的伸六的眼中父亲像是不统一的，“正常”时的“真正的父亲”和“可憎的生病的父亲”，“好心情的

---

① ［日］夏目漱石：《玻璃门内》，吴树文译，上海文艺出版社 2012 年版，第 161 页。

父亲”和“头脑不好时的父亲”等，孩子对于父亲的印象是分裂的。年幼的他将这些父亲像混同在一起，无法区别。漱石临终之际，当时 9 岁、读小学二年级的伸六完全无感觉、无关心，“一滴眼泪也没流”[①]。也许是父亲的冷酷留下的后遗症作为“创伤”一直残留的结果。那伤痕冻结了伸六对父亲的感情，使之闭锁起来。“恨”这种感情，悄悄地潜伏在伸六受到伤害的幼小心灵中。随着年龄的增长，伸六通过疾病的视角去看待父亲，理解父亲，原谅父亲，恢复了父子之间的亲密。从恨到恕，伸六所经历的心路历程与父亲很相似。

作为孩子的漱石，曾经经历不幸的身世。回想自己生平的漱石，也许总是带着几分遗憾和自怜。三浦雅士这样评价：“两次被送作养子的体验不会不给幼儿留下伤害，不会不留下对于生身父母的恨。”[②]这种“恨”，其实就是漱石要克服的“私”。父母让漱石称呼自己为“爷爷、奶奶”，而幼小的漱石也一直被蒙在鼓里。直到有一天，一位好心的女仆黑暗中耳语似的悄悄告诉他真相：“你心目中的爷爷、奶奶，其实是你的亲生父母呀。先前，我曾听得两个人在私下议论：‘很可能是因为这个关系在作祟，他才如此喜欢我们这个家的呀，真是奇妙哪！’所以我偷偷地来告诉你。你千万别对任何人讲呀，明白吗？”幼小的漱石“心里感到高兴极了。不过这种喜悦并不是出于有人把事实真相告诉了我，而仅仅是出于女仆对我如此亲热”[③]。“名不正则言不顺”[④]，父母与漱石的关系，从“名”上就是不正的，所以其实质上是扭曲的。将告诉自己这件事的女仆对自己的一点亲昵一直铭记于心，可见，漱石在幼小时是如何欠缺温情。

父母及养父母对待自己的方式，在漱石看来，体现了大人的“私心”。被大人的“私心”所左右的幼年期成长经历，成为漱石厌恶“私”的起源。对大人的不信任感给漱石带来了什么呢？三浦雅士在《出生的秘密》第十二章“妄想与攻击”中这样写道：“在《二百十日》中，华族和有钱人成为痛

① ［日］夏目伸六：『猫の墓』，文藝春秋新社 1992 年版，第 192 頁。
② ［日］三浦雅士：『出生の秘密』，講談社 2006 年版，第 315 頁。
③ ［日］夏目漱石：《玻璃门内》，吴树文译，上海文艺出版社 2012 年版，第 161～162 页。
④ 杨伯峻译注：《论语译注》，中华书局 2014 年版，第 186 页。

骂的对象，却没有对他们进行分析。不进行分析，反而让人感到攻击心的旺盛。华族和有钱人不是因为其实际而被攻击，只是因为需要攻击对象才被攻击。”[①]也就是说，三浦雅士认为，漱石的心中有攻击的冲动。综观漱石作品，对资本家的批判不胜枚举。从宏观的角度来看，这是漱石站在文明开化的高度，去思考资本主义的利弊，针砭时弊，激浊扬清；从微观来理解，出现三浦雅士这种解读也属正常。按照三浦雅士的解释，那不是基于其内实的攻击批判，而几乎是毫无明确理由的讨厌。这种神经质的攻击的开端，就是妄想。妄想症的特征，就是“疑虑深”“敏感性”“冷淡无情”等。“疑虑深”这一性格特点，是漱石作品中很多主人公的共同特征。“不信任”衍生出许多问题。从“不信任人”到“不信任己”，无法“信任”的可怕破坏力在其后期作品《心》中被完全表现出来。“先生”先是被自己的叔父欺骗，横夺了家产。从此以后“先生”不再信任任何人。虽然对房东小姐倾心，却暗中怀疑其母女二人算计自己。因无法证实自己的怀疑，关系陷入僵局，于是他强行将同乡学友 K 拉来同住。K 逐渐也对小姐产生了感情，出于对“先生”的信任，对“先生”和盘托出。“先生”感到一阵恐慌之后，冷静地给予 K 致命一击，并抢先向房东夫人提亲。得知真相的 K 同时失去了友情与爱情，理想也幻灭了，最终选择了自杀。因 K 的自杀而深感良心有愧的“先生”最终也随他而去。这两个人的悲剧，源于“先生”的“不信任”。而使这“不信任”产生的，是叔父的欺瞒，是人性对利益的贪欲。

在漱石的妄想中，据说“被害妄想”和“跟踪妄想”尤其激烈。被害妄想和跟踪妄想在其早期作品《哥儿》中即有体现。《行人》中的一郎怀疑妻子和弟弟的关系，演出了一场荒诞不经的闹剧，全是妄想惹的祸。在妄想的背后，是一些复杂的心理，有作为“弃儿”的自卑感、居下位者对居上位者的嫉妒心等。经济上一直不是特别宽裕的漱石，在留学英国期间尝到经济困难的滋味，对经济类的事情格外敏感。《虞美人草》中的小野清三看到甲野钦吾的书房时，有这样的心理活动：“不管怎样，自己跟甲野相比

---

① ［日］三浦雅士：『出生の秘密』，講談社 2006 年版，第 419～420 頁。

更称得上有用之才。然而有用之才却不得不为了每月六十圆的盘费、为了衣食住行而奔走,甲野却可以无所事事天天过着无聊的日子。让甲野占据这间书房实在不值。如果自己能代替甲野成为这间书房的主人,这两年中就可以做许多事情。但事实却是,他不得不因为贫寒的出身而忍气吞声过着蝼屈不伸般上天给予的不公平日子。”[①]这是作为孤儿而被收养长大,学业成功在即的小野的心态。他的心态中有羡慕、嫉妒和不甘。

《出生的秘密》第十三章“开化的秘密”中有这样的观点:“出生的秘密产生乖僻,开化的秘密产生神经衰弱。”“将自身的乖僻与时代的神经衰弱重合在一起,借以逃避责任的打算在漱石身上是有的。”[②]这里的“逃避责任”,也许是指漱石没有充分地认识自身的缺点,过于苛求社会和他人的不是,对这一点三浦雅士感到不满。“子曰:躬自厚而薄责于人,则远怨矣。”[③]漱石尖锐的现代社会及日本国民性批判,较之其文中的自我反省,显然比重过大。用自己的道德标准去要求别人,远比严于律己感化别人难得多。《从此以后》的主人公长井代助光明正大地扬言,因为日本与西方的关系不行所以不工作。将自己不工作的理由归结于日本与西方的关系,是无理地将自己的问题归罪于近代化。代助只看到近代化的问题,就洋洋洒洒地发表文明批判。然而,任何事物都有其两面性,开化也并非全部是恶。不全面评价开化的功与过,就会流于偏颇之论。而代助在开化的功面前闭上眼睛,完全不愿触及。他置身于开化所带来的物质文明中,舒适地批评着文明开化。

夏目漱石于明治四十四年(1911 年)8 月在和歌山作了题为《现代日本的开化》的演讲。其中,他全然没有触及“开化”的积极意义,单纯陈述“开化”的消极意义:“我们所做之事不是内发的,是外发的。一言以蔽之,现代日本的开化是滑动于皮相之上的开化。……然而不是说因为它不好

---

① [日]夏目漱石:《虞美人草》,陆求实译,陕西师范大学出版总社 2014 年版,第 210 页。

② [日]三浦雅士:『出生の秘密』,講談社 2006 年版,第 464 頁。

③ 杨伯峻译注:《论语译注》,中华书局 2012 年版,第 230 页。

就请求中止它。作为不得已的事实，必须咽下眼泪在表面上滑行下去。”[①]从中可以看出夏目漱石对近代化的悲观想法和消极态度。漱石曾写道：“当知道开化的无价值，就是厌世观的开始。当知道开化无价值却不能避免时更加深了厌世。”[②]出生的秘密，加之对近代化负面价值的认识，构成他悲观的倾向。

经历人生的种种境遇，最终，漱石获得了“骋目环视着人类而微笑”的心境。“我也用同样的视线纵观迄今为止写了那么些无谓文章的自己，怀着自己仿佛成了别人似的感觉，脸上也现着微笑。”[③]即使是被抛弃了还是被母亲爱着，能够拭去怀疑、坦率承认这一事实的漱石，理解和宽谅了母亲。交错着嫌恶与爱的漱石对他人的感情，与他对父母的感情是相通的。“嫌人”与“爱人”综合体的漱石的矛盾，体现在如下的述怀中：“我不是一个主动亲近人或者善于使人亲近自己的人。年轻的时候或许会做出那种举动，如今几乎没有。即使有喜欢的人，也完全不会主动接近。……然而，即使是现在的我，也不是冷淡的人……”[④]漱石临终之时伸六的冷淡表情再次浮现上来。那种冷淡，并非天性的冷淡，而是一个没有得到爱的人的自暴自弃。爱的能力受到毁损，剩下的也只能是一些碎片的爱吧。“好孩子，别哭。”[⑤]临终的病床上漱石对孩子说的最后的话，也是漱石说给自己听的话，是希望从父亲那里听到的话。然而，可悲的是，父亲从来没有对他说过这样的话。作为孩子的漱石，内心是不满足的；作为父亲的漱石，也没有让孩子的心得到满足。围绕着“出生”的漱石的秘密，是一部悲酸的物语。

《论语》中有这样一段话：“子夏曰：君子有三变：望之俨然，即之也温，

---

① ［日］夏目漱石：『漱石全集』第二十一卷「評論　雑編」，岩波書店 1957 年版，第 50～51 頁。

② ［日］夏目漱石：『漱石全集』第二十四卷「日記及断片」（上），岩波書店 1957 年版，第 147 頁。

③ ［日］夏目漱石：《玻璃门内》，吴树文译，上海文艺出版社 2012 年版，第 191 页。

④ ［日］和辻哲郎：『夏目先生の「人」及び「芸術」』，『新小説』大正六年一月二日発行臨時號『文豪夏目漱石』。

⑤ ［日］夏目伸六：『猫の墓』，文藝春秋新社 1992 年版，第 201 頁。

听其言也厉。”[①]一个有高度修养的君子，有三种变相：远远望着，庄严可畏；靠近他，温和可亲；听他讲话，严厉不苟。事实上，漱石一直在以“君子”的标准要求自己，也要求世人。然而“君子求诸己，小人求诸人”[②]。这让漱石的所为成为一个悖论。漱石的目标是君子，他也希望世间全是圣贤君子。可是，现实的情况是，大部分人都是凡夫俗子，这是漱石难以接受的现实。更令他难以接受的是，他发现凡夫俗子的“私”，竟然在自己身上也潜伏着。因此，漱石要与这个“私”作斗争，要去掉这个“私”，于是提出了“则天去私”。应当说，“排斥”和“拒绝”的思维，在漱石脑中一直存在。若不能彻底去掉，何不包容之，进而转化之？“地之秽者多生物，水之清者常无鱼。故君子当存含垢纳污之量，不可持好洁独行之操。”[③]漱石一生志向高洁，疾恶如仇。然而生活的空间里污洁并存，良莠混杂，善恶交错，要想成就一番事业必须要有清浊并容的雅量，宽恕为怀，善于与不同的人、不同的环境打交道。而夏目漱石是一个将“拒斥”态度保持到最后的人。菊池昌实在《漱石的孤独：近代自我的去向》中详细分析了明治日本社会中选择成为新社会的精英而承受孤独的知识分子形象。其中有这样一段评论：“多数日本人是这样处理危机的：以自己的自由意志，虚心接受完全超越于己的外物。持这种态度，现实本身不会有任何改变。现实被绝对化了，改变的只是将现实内化了的人这一侧。通过将现实视为自身的命运，而相信得到了解决。漱石的姿态与此完全相反。他决不接受困难的状况而将其拒绝到底。然而，个人的力量终究是有限的。他能做的唯有忍耐。他从最初就禁止给予自己的任何解决办法。”[④]夏目漱石确实将“漱石顽夫”这一自我调侃的称呼贯彻始终。

总之，无论社会环境如何黑暗，身世如何不如意，修身之路如何艰难，夏目漱石都没有放任自流。他带着苦痛去拼搏，去奋斗，直到生命的尽头。夏目漱石在与芥川龙之介、久米正雄的通信中，对这两位当时尚未成

---

① 杨伯峻译注：《论语译注》，中华书局2014年版，第280页。

② 杨伯峻译注：《论语译注》，中华书局2014年版，第232页。

③ （明）洪应明：《菜根谭》，中华书局2016年版，第177页。

④ ［日］菊池昌実：『夏目漱石の孤独　近代的自我の行方』，行人社1984年版，第141頁。

名但才华横溢的青年殷切直言:宜超然于世间文史之评,如牛之强稳有力迈步向前。旨在指出:勿为文坛之区区评价而喜而忧,勿介意世间文士,要致力于己之所见、己之所尚,则佳作必为世间所承认。这也是夏目漱石一贯的思想。“天行健,君子以自强不息。”①追求成为“君子”的夏目漱石,在用一生的努力去践行《易经》中“乾卦”的这种精神。如果再将“坤封”的“地势坤,君子以厚德载物”②结合起来,漱石将会成就更完美的君子人格。

① 傅佩荣译解:《易经》,东方出版社 2012 年版,第 1 页。

② 傅佩荣译解:《易经》,东方出版社 2012 年版,第 20 页。

主要参考文献

一、日文参考文献

[日]夏目漱石:『漱石全集』,岩波書店 1957 年版。

[日]和辻哲郎:『夏目先生の「人」及び「芸術」』,『新小説』1917 年臨時號『文豪夏目漱石』所載。

[日]久米正雄:『人間雑話』,大正十一年(1922 年)版。

[日]岡崎義恵:『漱石と則天去私』,宝文館 1980 年版。

[日]末次弘:『漱石文学論』,蒼季社 1980 年版。

[日]吉村善夫:『夏目漱石』,春秋社 1980 年版。

[日]島為男:『“草枕”の探訪——その自然・社会・人物——』,三五堂 1981 年版。

[日]夏目鏡子述、松岡譲筆録:『漱石の思ひ出』,岩波書店 1982 年版。

[日]古川久:『夏目漱石辞典』,図書印刷株式会社 1982 年版。

[日]土居健郎:『漱石の心的世界　漱石文学における「甘え」の研究』,角川書店 1982 年版。

[日]桶谷秀昭:『夏目漱石論』,河出書房新社 1983 年版。

[日]実方清:『夏目漱石文芸辞典』,清水弘文堂 1983 年版。

[日]山田輝彦:『夏目漱石の文学』,共信社 1984 年版。

[日]菊池昌実:『漱石の孤独　近代的自我の行方』,行人社 1984 年版。

[日]高田瑞穂:『夏目漱石論』,明治書院 1984 年版。

[日]佐藤泰正:『夏目漱石論』,筑摩書房 1986 年版。

[日]坂口曜子:『魔術としての文学　夏目漱石論』,沖積舎 1988 年版。

[日]松岡譲:『漱石先生』,岩波書店 1986 年版。

[日]松元寛:『夏目漱石　現代人の原像』,新地書房 1987 年版。

[日]平岡敏夫:『漱石研究』,有精堂 1987 年版。

[日]吉本隆明、佐藤泰正:『漱石的主題』,春秋社 1987 年版。

[日]瀬沼茂樹:『夏目漱石』,東京大学出版会 1987 年版。

[日]大岡昇平:『小説家夏目漱石』,筑摩書房 1989 年版。

[日]石崎等:『漱石の方法』,有精堂 1989 年版。

[日]伊豆利彦:『漱石と天皇制』,有精堂 1989 年版。

[日]小森陽一等編:『総力討論　漱石の「こゝろ」』,翰林書房 1996 年版。

[日]大竹雅則:『漱石　初期作品論の展開』桜楓社 1995 年版。

[日]千種キムラ・スティーブン:『「三四郎」の世界　漱石を読む』,翰林書房 1995 年版。

[日]大橋健三郎:『夏目漱石　近代という迷宮』,小沢書店 1995 年版。

[日]神山睦美:『「それから」から「明暗」へ』,砂子屋書房 1995 年版。

[日]小森陽一:『漱石を読みなおす』,ちくま新書 1995 年版。

[日]深江浩:『漱石の20 世紀』,翰林書房 1996 年版。

[日]駒尺喜美:『漱石という人——吾輩は吾輩である』,思想の科学社 1990 年版。

[日]三好行雄編:『漱石書簡集』,岩波文庫 1990 年版。

[日]井上百合子:『夏目漱石試論』,河出書房新社 1990 年版。

[日]佐古純一郎:『漱石論究』,朝文社 1990 年版。

[日]小林一郎:『夏目漱石の研究』,至文堂 1991 年版。

[日]柄谷行人:『漱石論集成』,第三文明社 1992 年版。

[日]鶴田欣也:『漱石の「こころ」どう読むか、どう読まれてきたか』,新曜社 1992 年版。

[日]佐古純一郎:『夏目漱石の文学』,朝文社 1993 年版。

[日]中村完:『漱石空間』,有精堂 1993 年版。

[日]高木文雄:『漱石作品の内と外』,和泉書院 1994 年版。

[日]木村直人:『漱石異説二題』,彩流社 1994 年版。

[日]沢英彦:『漱石文学の愛の構造』,沖積社 1994 年版。

[日]石原千秋:『漱石の記号学』,講談社選書 1999 年版。

[日]萩原桂子:『増補　夏目漱石の作品研究』,花書院 2001 年版。

[日]佐藤泉:『漱石　片付かない「近代」』,NHK 出版 2002 年版。

[日]水川隆夫:『漱石と仏教——則天去私への道』,平凡社 2002 年版。

[日]増満圭子:『夏目漱石論　漱石文学における「意識」』,和泉書院 2004 年版。

[日]石原千秋:『「こころ」大人になれなかった先生』,みすず書房 2005 年版。

[日]水川隆夫:『夏目漱石「こゝろ」を読みなおす』,平凡社新書 2005 年版。

[日]吉本隆明:『夏目漱石を読む』,筑摩書房 2006 年版。

[日]三浦雅士:『出生の秘密』,講談社 2006 年版。

[日]遠藤周作、佐藤泰正:『人生の同伴者』,講談社 2006 年版。

[日]柴田勝二:『漱石のなかの「帝国」「国民作家」と近代日本』,翰林書房 2006 年版。

[日]神山睦美:『夏目漱石は思想家である』,思潮社 2007 年版。

[日]松岡陽子マックレイン:『漱石夫妻　愛のかたち』,朝日新聞社 2007 年版。

[日]亀山佳明:『夏目漱石と個人主義——「自律」の個人主義から「他律」の個人主義へ』,新曜社 2008 年版。

[日]秋山豊:『漱石の森を歩く』,トランスビュー 2008 年版。

[日]德永光展:『夏目漱石「心」論』,風間書房 2008 年版。

[日]佐藤泰正、佐古純一郎:『漱石　芥川　太宰』,朝文社 2009 年版。

[日]小林浩一郎:『夏目漱石論「男性の言説」と「女性の言説」』,翰林書房 2009 年版。

[日]佐々木英昭:『漱石先生の暗示』,名古屋大学出版会 2009 年版。

[日]佐藤泰正:『これが漱石だ』,桜の森通信社 2010 年版。

[日]今西順吉:『「心」の秘密——漱石の挫折と再生』,トランスビュー 2010 年版。

[日]水川隆夫:『夏目漱石と戦争』,平凡社 2010 年版。

[日]吉川幸次郎:『漱石詩注』,岩波書店 2016 年版。

[日]太田登等:『漱石作品論集成』(全 13 巻+別巻),桜楓社 1990～1991 年版。

[日]小森陽一編:『漱石研究』(全 18 巻),翰林書房 1993～2005 年版。

[日]三好行雄等編:『講座　夏目漱石』(全 5 巻),有斐閣 1981～1982 年版。

[日]姜尚中:『近代の憑依と苦悩』,『大谷学報』,2017 年 1 月。

[日]黒川雅之:『八つの日本の美意識』,講談社 2006 年版。

[中]吴鲁鄂:『夏目漱石と中国文化』,武漢大学出版社 1989 年版。

[中]胡興栄:『夏目漱石文学における「自然」と「人間」——「則天去私」への道——』,上海交通大学出版社 2014 年版。

二、中文参考文献

杨伯峻译注:《论语译注》,中华书局 2012 年版。

杨伯峻译注:《孟子译注》,中华书局 2012 年版。

陈晓芬、徐儒宗译注:《论语　大学　中庸》,中华书局 2011 年版。

杨天才、张善文译注:《周易》,中华书局 2018 年版。

胡平生、张萌译注:《礼记》,中华书局 2017 年版。

(明)洪应明:《菜根谭》,杨春俏译注,中华书局 2016 年版。

辜鸿铭:《中国人的精神》,李晨曦译,北京理工大学出版社 2010 年版。

岳友熙:《追寻诗意的栖居——现代性与审美教育》,人民出版社 2009 年版。

刘岳兵主编:《明治儒学与近代日本》,上海古籍出版社 2005 年版。

李卓:《日本近现代社会史》,世界知识出版社 2010 年版。

叶渭渠:《日本文化通史》,北京大学出版社 2009 年版。

郭湛:《主体性哲学——人的存在及其意义》,中国人民大学出版社 2011 年版。

叶飞:《现代性视域下的儒家德育》,北京师范大学出版社 2011 年版。

余乃忠:《现代性批判》,社会科学文献出版社 2014 年版。

叶舒宪:《现代性危机与文化寻根》,山东教育出版社 2009 年版。

冯友兰:《中国哲学史》(上、下),重庆出版社 2009 年版。

冯友兰:《贞元六书》,中华书局 2014 年版。

梁漱溟:《东西文化及其哲学》,中华书局 2013 年版。

张岱年:《心灵与境界》,北京联合出版公司、陕西师范大学出版社 2012 年版。

高西峰、郭晓丽、程静:《日本近代小说中的知识分子——夏目漱石论》,中国文联出版社 2016 年版。

李征:《都市空间的叙事形态:日本近代小说文体研究》,复旦大学出版社 2012 年版。

郭勇:《他者的表象——日本现代文学研究》,上海交通大学出版社 2009 年版。

郑礼琼:《从叙述形态论现代主体的建构与他者的关系——以夏目漱石前、后期三部作为主》,上海交通大学出版社 2012 年版。

王成:《"修养时代"的文学阅读——日本近现代文学作品研究》,北京

大学出版社 2013 年版。

吴光辉编著:《嬗变与回归——现代性日本文学主题研究》,厦门大学出版社 2013 年版。

李光贞:《夏目漱石小说研究》,外语教学与研究出版社 2007 年版。

李玉双:《疯狂与信仰:夏目漱石研究》,中国社会科学出版社 2013 年版。

陈多友:《日本学者的现代中国认识——小森阳一访谈录》,载《开放时代》2005 年第 2 期。

王向远:《日本文学民族特性论》,载《烟台大学学报》2009 年第 2 期。

陈雪:《批判、焦虑、探寻——夏目漱石小说中近代新女性身份的建构》,上海外国语大学博士学位论文,2012 年。

[韩]尹相仁:《世纪末的漱石》,刘立善译,新星出版社 2017 年版。

[美]爱德华·萨义德:《知识分子论》,单德兴译,三联书店 2016 年版。

[美]卡伦·霍妮:《焦虑的现代人》,叶颂寿译,上海译文出版社 2013 年版。

[美]埃里希·弗洛姆:《逃避自由》,刘林海译,上海译文出版社 2015 年版。

[法]朱莉娅·克里斯蒂娃:《主体·互文·精神分析》,三联书店 2016 年版。

[日]NHK 特别节目录制组:《无缘社会》,高培明译,上海译文出版社 2014 年版。

[日]夏目漱石:《文学论》,王向远译,上海译文出版社 2016 年版。

[美]阿尔伯特、克雷格:《哈佛日本文明简史》,李虎、林娟译,世界图书出版公司 2014 年版。

后　记

本书是我在山东大学外国语学院博士后流动站工作期间的一个总结，也是我的第一部学术专著。但书稿的完成和出版并不是我一个人的成果，其中凝聚了太多人的智慧与辛劳。抚今追昔，感恩之情久久萦绕于胸。在这里，我要对给予我帮助的师长、家人和朋友致以衷心的感谢和敬意。

首先要感谢博士后合作导师申富英教授。在博士后流动站工作期间，申老师宽厚慈爱的品格、亲切和蔼的风度、严谨细致的治学态度、开阔灵活的学术思维、谦逊坦诚的人格魅力使我如沐春风、获益良多，是我毕生努力学习的楷模。感谢山东大学外国语学院各位领导、同事以及威海校区翻译学院各位领导、同事的支持和帮助。感谢王湘云院长对年轻教师的悉心培养和关爱提携，使我有机会在求学治学的道路上更进一步。

感谢我硕士、博士课程期间的授业恩师中野新治教授。承蒙中野老师厚爱，给予我继续深造的机会。在前后五年多的留学生活中，导师渊博的学识、严谨的治学态度、亲切质朴的为人、埋头苦干的精神令我大为敬服，深受感动，成为我毕生努力学习的榜样。导师潜移默化的影响是我读博期间最大的收获。感谢增子和男老师在硕士期间给予的帮助和教诲，感谢已故佐藤泰正老师对我的悉心教诲和付出，愿他老人家安息。感谢河野美纪子老师、君村聪老师、文昌盛和麻希伉俪对我在生活上的关心和支持。感谢日中友好协会的金田满男老先生以及已故河野亮老先生等友

好人士的支持和帮助,感谢扶轮社奖学金的资助以及顾问福田维德老先生及夫人的关照。感谢同窗好友在日常生活中给予的理解和帮助,感谢王伟军老师、杨剑老师等本科期间的老师们对我的教导和关照。

感谢中国日本文学界的各位老师。感谢谭晶华老师、王向远老师,您们平易近人、和蔼可亲的态度令后辈有了更多向学的动力。感谢李征老师,您渊博的学识、严谨的治学态度、对晚生后辈的提携和帮助令人感佩。感谢王勇萍老师,与您一起参加学会的时候总是能从您身上学习到很多知识,您的亲切热情给人以无限温暖。

本书得到山东大学自主创新基金支持,在此向学校深表谢忱。感谢山东大学东北亚学院的各位领导和老师们的关照和帮助,感谢山东大学出版社谭学秋等老师为本书的编校出版付出的辛劳。感谢我的家人,你们的包容、支持和关怀,护佑我一路前行。需要感谢的人太多,在此再次向所有帮助和关心我的领导、师友、家人和学生们表示诚挚的谢意和深深的感恩!

本书在很多方面借鉴了他人的研究成果,无法一一表示感谢,祝愿他们今后取得更大的成就。囿于学识和能力,书中一定存有许多不足之处,敬请各位专家学者批评指正,我将在今后的研究中进一步完善。

梁懿文

2018 年 6 月